桂文我上方落語全集

第五巻

四代目
桂文我

Pan Rolling

ごあいさつ

私が二代目桂枝雀へ入門したのは、昭和五十四年三月二日でした。

その日の朝、松阪駅まで見送りに来てくれたのが、父母と数名の友人でしたが、あれから四十三年経った今、父母を含め、その時の友人の半分は他界しています。

「十年ひと昔」という言葉がありますが、昔を四つも重ねると、二度と会えない人も数多くなりましたが、新しい出会いを迎えることも多くなったので、「齢を取ることも、満更悪くない」と思うようになりました。

四十三年前、全く地理もわからない大阪府豊中市の枝雀宅へ内弟子に入ることになりましたが、大阪の鉄道路線図を覚えるだけでも大変で、二年間の内弟子修業期間中、失敗を重ねることは数知れず、師匠一家にとっては、本当に迷惑な弟子だったと思います。

修業が一年ほど経過した頃、雨の降る日、落ち込みながら台所の掃除をしていると、師匠が私に「内弟子の頃のしくじりは、思い出になる。唯、多過ぎるのも問題があるわ。そやけど、このまま頑張ったら、大きいか小さいかはわからんけど、あんたは必ず城を持つ。これは間違い無いと思うから、しっかりやりなさい」と言われました。

落ち込んでいた私への励ましだったのでしょうが、この言葉で心新たに頑張る気持ちが沸き上がったことは間違い無く、より一層、落語の稽古へ力が入ったのです。

事ある毎に、師匠から「掛けた時間分しか、戻ってこん。時間を掛けることを惜しんだり、怠け心が出た時は、停滞か下落しかない。今日、稽古をしたから上手になるとは言えんけど、稽古をせなんだら、確実に下手になるように思う。ピンチの時は、チャンスも兼ねてるよって、いつも気を付けていなさい」と言われたことが、殊に最近、身に滲みるようになりました。

話は変わりますが、令和の今日、ネット全盛期となり、自分の名前を明かさず、中傷誹謗を繰り返している輩も多いようで、御多分に洩れず、落語界でも同じようなことが起こっており、私を含め、仲間内のことを何も知らないのに、知ったかぶりをし、嘘八百を書く輩が居ります。

そんなことをして何が楽しいのか理解に苦しみますが、一生懸命に芸道精進をしている者に対し、ありもしないような馬鹿々々しいことを、さも見てきたように書くのだけは、当然ながら止めた方が良いでしょう。

文句や、言いたいことがあれば、私の落語会の楽屋へ来て、直接意見を述べなさい！

しかし、そんな行動を起こすだけの器や料簡を持ち合わせている人は、匿名で酷い書き込みはしないでしょうが……。

これは私のことだけではなく、落語界全体のために言うべきことだけに、この際、ハッキリと申し上げておきます。

利便性を追求し、便利な世の中になればなるほど、悪い副作用も出てくるようですね。私が噺家になった頃は、そんなことは皆無に等しかっただけに、「自分は噺家より、落語界の内情に詳しい」と思い上がり、訳のわからない行動に出る輩が存在することを、とても悲しく思います。

さて、『桂文我上方落語全集』も五巻目となり、私自身も書き進めるリズムが掴めてきたようで、より一層、作業を加速しながら、巻を増やして参りますので、宜しくお付き合い下さいませ。

翻訳家・金原瑞人氏は、二十年以上も私の高座を聞き続け、さりげない批評を述べて下さる上、『落語「通」入門』（集英社新書）を刊行する御縁を導いて下さいました。

何のお返しも出来ていない上、今回も快く、依頼を快諾していただきましたことを、改めて、御礼申し上げげます。

今後も時間を惜しまず、落語のみに照準を合わせ、高座も執筆も少しずつ改良を重ねて参りますので、末永く、御贔屓・御鞭撻を賜りますよう、お願い申し上げます。

令和四年五月吉日　　四代目　桂文我

目次

お盆

おぼん

和「コレ、権助。一体、どこへ行ってた？」

権「和尚様の用足しで、産湯稲荷（うぶゆいなり）へ行ってただ」

和「ウチの寺から産湯稲荷まで、何里ある？」

権「和尚様は、どこに産湯稲荷があるかを知らねえか？」

和「近所に親戚があるよって、よう知ってる」

権「知ってるのに、何で聞く？」

和「今、何時（なんどき）じゃ？」

権「和尚様は、時を知らねえか？」

和「知ってるよって、遠廻しに聞いてる。お前が行く間に、五遍は行って帰れるわ」

権「そんなら、和尚様が用足しへ行きゃええ」

和「コレ、何を言うのじゃ。何をしてたか正直に言わんと、この寺から追い出すわ！」

権「オラは正直者の権ちゃんで通っとるで、村に居（お）る時、一遍も嘘を吐（つ）いたことが無（ね）え。和尚様は檀家へ行って、『賽銭を持ってお参りに来たら、極楽へ行ける』と言うとるのは、嘘の固まりでねえか」

和「一々、要らんことを言いなはんな。一体、今まで何をしてた？」

権「産湯稲荷の本殿で、昼寝しとりましただ」

和「日暮れまで寝てたら、昼寝やのうて、夜寝になってるわ」

権「賽銭箱へ凭（もた）れて寝とったら、彼方此方（あっちこっち）から小狐が集まってきたで、一匹捕まえて、縄で縛って持って帰っただ。狐汁にして、和尚様と食うべえ」

和「どこの世界に、狐汁を食べる寺がある？」

権「いや、ここにあったら面白かんべ」

和「その狐は、産湯稲荷のお遣わしじゃ」

権「和尚様は、狐を食ったことが無えか？　食ったら、身が清められるぞ」

和「コレ、阿呆なことを言いなはんな。さァ、捕まえた狐は放してやりなさい」

番「えェ、御免やす！」

和「誰か来てはるよって、玄関へ出なはれ」

権「あァ、わかっただ。コラ、うるせえ！　直に行くで、待っとれ！」
和「コレ、偉そうに言いなはんな。玄関へ行ったら、丁寧な言葉遣いで応対しなはれ」
権「(玄関へ行って）一体、何の用だ？」
番「瓦屋町二丁目・田中屋の番頭でございますけど、手前共のお嬢様の目が吊り上がって、座敷を跳び廻っておられます。どうやら、狐が憑いたような塩梅。此方の和尚様は狐を落とせると伺いましたよって、お願いに参りました」
権「あァ、それは駄目だ。この寺の和尚様は、狐も食えねえ」
和「コレ、権助！　要らんことを言わんと、引っ込んでなはれ。この男は間抜けで、物がわからん。愚僧の祈祷で、狐を落として進ぜましょう」
権「和尚様は、御祈祷なんぞ出来ねえでねえか」
和「コレ、引っ込んでなはれ！　狐を落とすには七両二分掛かるが、宜しいかな？」
番「狐が落ちましたら結構ですけど、ほんまに狐が落ちますか？」
和「愚僧が祈祷をすると、娘から狐が飛び出す。狐が落ちなんだら、一文も要らん。唯、お供えを少々置いて行きなさい」
番「一両持って参りましたよって、お盆を貸していただきますように」
権「この寺に、お盆は無え」

和「コレ、お膳の蓋（ふた）を持ってくるのじゃ」

権「箱膳の蓋だったら、そう言え。お盆と言うから、間違うだよ。このお盆は縁が外れ掛かっとるで、無茶に持つと取れるぞ」

番「お盆へ一両置きますよって、お越し下さいますように」

和「直に参りますよって、旦那へ宜しゅうお伝えを。コレ、権助。先様（さきさま）の前で、祈祷が出来んと言う奴があるか！『商売は、道に依って賢し』と言うて、出来んことも出来るようにするわ。それから、お盆が無いと言いなはんな」

権「何で、お盆へ金を乗せる？」

和「相手へ恭（うやうや）しく渡す時、お盆へ乗して出す方が失礼が無（の）うて、形になるわ」

権「ほゥ、そうかね。お嬢さんの狐を落とすのは、どうするだ？」

和「捕まえてきた狐を入れ物へ入れて背負て、後ろから随いてくるのじゃ。田中屋の座敷で線香をくすべて、座敷が線香の煙で包まれたら、風呂敷を解いて、狐を出せ。スッと生け捕ったら、狐が落ちたように思うわ」

権「おォ、寺から持って行くか。オラが捕まえてきた狐だで、礼の半分はもらうぞ」

和「欲の皮が突っぱってるが、ちゃんと小遣いを渡すわ」

権「狐は一体、何へ入れるだ？」

和「古い箱があるよって、それへ入れて、風呂敷で包んで、わしの後を随いてきなはれ。線香をくすべて、座敷が煙で包まれた時、スッと狐を出すのじゃ」
権「狐を箱へ入れたけんども、ガリガリ齧(かじ)って、壊して出そうだ。一体、どうすべえ？」
和「直に箱は食い破れんよって、大丈夫じゃ。さァ、わしの後を随いてきなはれ」
権「オラも小遣えになるで、しっかり務めますだ」
和「さァ、黙って随いてきなはれ。（田中屋へ来て）おォ、此方が田中屋様かな？　早速、御息女へ憑いた狐を落としに参りました」
番「はい、暫(しばら)くお待ちを。（奥へ来て）旦さん、和尚様がお越しで」
旦「ほな、此方へ通ってもらいなはれ。コレ、お茶を淹(い)れて。おォ、お住持。お越しいただきまして、有難うございます。どうぞ、お座布をお当て下さいませ」
和「ほな、座らしていただきましょう。コレ、権助。さァ、其方(そなた)も後ろへ座りなはれ。御息女へ狐が憑いたとは、御心配でございましょう。今から祈祷をすると、御息女から狐が飛び出します。座敷の襖(ふすま)を閉め切って、百把(ひゃっぱ)の線香を揃えてもらいたい。線香の煙を恐れて、御息女から狐が逃げ出します」
旦「はい、承知致しました。コレ、番頭。早速、火の点いた線香百把を段取りするように。暫くの間、お待ち下さいませ」

和「狐は陰の物だけに、蔭へ逃げ込むといかん。薄暗い所は、気を付けなさい。コレ、権助。さァ、ボチボチ段取りをするのじゃ」
権「箱へ慣れて、狐が静かになったようだ」
和「コレ、黙ってなはれ！」
番「線香百把へ、火を点けて参りました」
和「部屋の回りへ、一把ずつ立てるのじゃ」
権「さァ、ボチボチ出すかな？」
和「いや、まだ早い！（『般若心経』を唱えて）仏説摩訶般若波羅密多心經　観自在菩薩行深般若波羅密多時　照見五蘊皆空　度一切苦厄　舎利子　色不異空　空不異色　色即是空　空即是色　受想行識　亦復如是　舎利子　是諸法空相」
権「さァ、ボチボチ出すかな？」
和「いや、まだじゃ！　不生不滅　不垢不浄　不増不減　是故空中無色　無受想行識。（見廻して）さァ、出せ！」
権「（風呂敷を解いて）あァ、駄目だ！　静かになったと思たら、おっ死んどるだよ」
和「あァ、何と不細工な！　えェ、無眼耳鼻舌身意　無色聲香味觸法！」
権「いや、大声を出しても駄目だ。お経を唱えても、狐は生き返らねえ」

和「死んだ狐でもええよって、恭しく出せ！」
権「何ッ、狐の仏を恭しく出すかね？　そんなら、一寸行ってくる」
和「一体、どこへ行くのじゃ？」
権「台所へ行って、お盆を借りてくるだ」

解説「お盆」

「お盆」という落語の演題を聞くと、先祖を迎える夏の仏教行事・お盆の噺と思う方が大半でしょうが、そうではありません。

ご飯や湯呑(の)みを乗せて運ぶお盆のことですが、わかりやす過ぎる演題だけに、どのような内容か、かえってタイトルだけでは判断しにくいネタのように思います。

江戸時代から伝わってきたネタか、明治時代に創作された落語かは判然としませんが、何冊かの速記本に複数の実力者の口演で掲載されているだけに、明治以前からあったネタと考えても間違いないでしょう。

動物虐待の落語は少ないのですが、このネタは狐が気の毒な目に遭(あ)い、最後は死ぬという展開になるので、それを可哀相と感じにくい構成にすることを心掛けました。

このネタのように、精神が冒された要因を狐や狸の仕業とし、ご祈祷などで退散させるという所業は、昔から伝わっています。

私が生まれ育った三重県松阪市は、約五十年前まで、疳(かん)の虫切り（※子どもの夜泣き・癇癪(てんかん)・ひきつけなどを抑える）の家があったり、狐憑きを治す者がいました。

私も幼い頃、疳の虫切りをしてもらった記憶があり、薄暗い座敷で、ご祈祷のような儀式を行い、刃物を身体へ当てられ、怪しげな薬を飲まされた覚えがあります。

子どもの身体の中に悪さをする虫がいるという俗説により、ご祈祷や薬ということになったのでしょうが、そんなことで本当に治るとは、今でも信じられません。

無論、「病いは、気から」とも言うだけに、それで治った子どもがいるかも知れないので、何とも言えませんが……。

狐憑きになると、狐の霊が人間へ憑依し、精神に異常をきたすために、狐の霊を人間から離すということを商いにしていた者がありました。

桂福團治一門の桂さん福（平成三年歿。享年三十二）も、「親戚に狐落としのオバはんがいて、入門先を決めてもらった」と言ったので、「一体、どんなことをするの？」と聞くと、「狐落としのオバはんが、神主のような恰好に着替えて、何やら祈りますねん。私が入門したい師匠連の名前を紙へ書いて、オバはんの前へ置いたら、一心不乱に拝んで、いきなり、『よし、福團治の所へ行け！』と言いました」と真剣な顔で言ったので、笑うにも笑えなかったことを覚えています。

東京落語の七代目橘家圓蔵師は、第二次世界大戦後、食べることに困った結果、狐落としで食いつないだそうで、それは二人組になり、一人が狐の霊に取り憑かれた娘の部屋へ入り、出鱈目な祈祷をし、「エイッ！」と気合いを掛け、窓を開けると、家の外で控えていた圓蔵師が踊りながら、どこかへ走り去って行く。

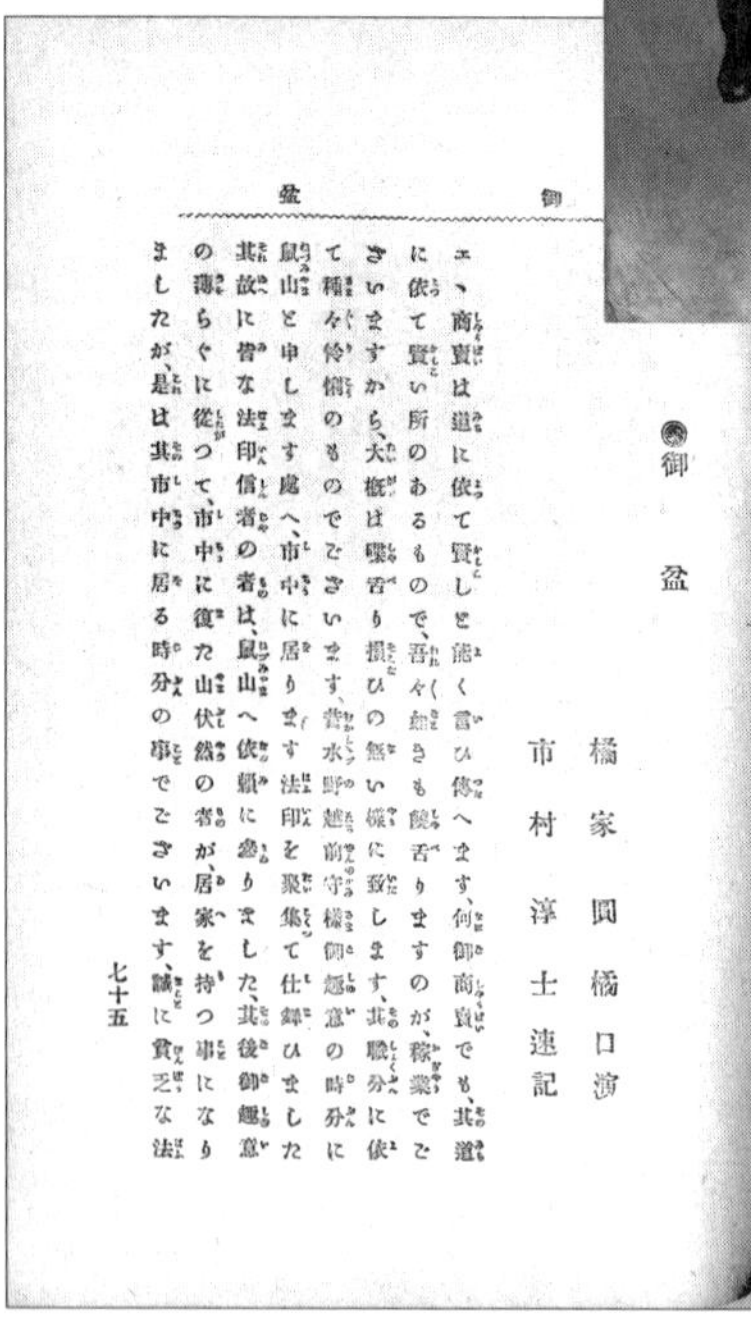
御　盆

御　盆

橘家圓橘口演
市村淳士速記

エ、商賣は道に依て賢しと能く言ひ傳へます、何御商賣でも、其道に依て賢い所のあるもので、吾々如きも饒舌りますのが、稼業でございますから、大概は喋舌り損ひの無い樣に致します、其職分に依て種々怜悧のものでございます、昔水野越前守樣御趣意の時分に鼠山と申します處へ、市中に居ります法印を聚集て仕舞ひました其故に皆な法印信者の者は、鼠山へ依頼に參りました、其後御趣意の薄らぐに從つて、市中に復た山伏然の者が、居家を持つ事になりましたが、是は其市中に居る時分の事でございます、誠に貧乏な法

七十五

『滑稽落語揃』（朗月堂書店、明治32年）の表紙と速記。

『落語名人會』（日吉堂、明治45年）の表紙。

つまり、狐の霊が圓蔵師へ移り、娘は助かったということで、親から礼をもらって帰るという、詐欺の上の詐欺のような商いをしていたそうです。

「食べることにも苦労した時代で、仕方が無かったかも知れないが、困っている者へ付け込むのは良くないだけに面目無い」と懺悔し、悔やんでいたと伺いました。

しかし、人間の精神の病いの原因を、動物・人間の霊・神が憑依したとする考え方は、日本に古くからあり、狐憑きとは離れますが、日本最古の歴史書・文学書とも言える『古事記』には、崇神天皇の御世に疫病が流行(はや)ったことは、大物主大神の祟(たた)りと夢のお告げで知り、お告げに従ったことで、疫病が止んだとされています。

日本だけではなく、精神の病いを何者かのせいにしてまでも治したいという願望は、世界中にあるでしょう。

さて、「お盆」の話へ戻りますが、平成二十四年九月二十四日、大阪梅田太融寺で開催した「第一回・雪月花三人娘を聞く会」で初演しましたが、前名の桂雀司時代に頻繁(ひんぱん)に演じた「鳥屋坊主」の雰囲気と似た所があるだけに、とても演りやすく、当日のお客様にも喜んでいただけました。

今後も「お盆」のような、ばかばかしい内容を大層に表現するネタも、大切に演じていきたいと思っています。

令和の今日では上演されることは稀になりましたが、戦前の速記本で見掛けることも少なくなく、『滑稽落語揃』(朗月堂書店、明治三十二年)、『落語名人會』(日吉堂、明治四十五年)などに掲載されました。

占い八百屋

うらないやおや

善「えエ、お早(はよ)うございます」

筆「はい、誰方(どなた)？　また、あんたや。余所(よそ)で良え菜や大根を買うよって、お帰り」

善「前の女子衆(おなごし)さんは、毎日買(こ)うてくれはりました。一寸、旦さんへ仰って」

筆「何で、旦那と相談せなあかんの。（戸を閉めて）さァ、お帰り！」

善「あァ、閉めてしもた。旦那の縁で来たらしいけど、嫌な女子衆や。あァ、得意先が減ってしもた。障子へ穴が開いてて、走り元が丸見えや。女子衆やったら、直しとけ。水壺の上へ渡してある板の上へ、お神酒徳利(みきどっくり)が置いてある。手を突っ込んだら、盗(と)られるわ。一寸、奥へ押し込んだろ。（障子の穴へ手を入れ、お神酒徳利を押して）あァ、えらいことになった！　お神酒徳利が、水壺の中へ落ちてしもたわ。家の中へ入って、水壺の中へ手を突っ込んでたら、何を言われるかわからん。あァ、どうしょう？」

田「コレ、お筆。早う、お徳利を持ってきなはれ」
筆「(見廻して)アノ、ございません」
田「お神酒を神棚へ上げなんだら、気が落ち着かんよって、ちゃんと探しなはれ！」
善「水壺を一寸覗いただけでは、わからん。ちゃんと覗いたら、水壺の底で徳利が沈んである。何ッ、最前の八百屋が怪しい？　コラ、何を吐かす。一寸、親切が裏返しになっただけや。あァ、旦那にドツかれた。気の毒やけど、嬉しいわ。アレ、女子衆が旦那へ飛び掛かって行った。首を締められて、『誰か、助けてくれ！』と言うてはる。えェ、何か良え手は無いか。あァ、そうや！　(家へ入って)えェ、御免」
田「(女子衆を振り払って)コレ、退きなはれ！　はい、誰方？」
善「えェ、八百屋でございます。何やら、お取り込みで」
田「あァ、八百屋はんか。今、女子衆の躾をしてました」
善「旦那が首を締められながら、躾をなさいますので？」
田「何じゃ、見てたか。あァ、極りが悪い」
善「お神酒徳利が無くなったようですけど、宜しかったら、占いで見付けましょか？　八百屋をする前は占い師で、失せ者・失くし物を当てました。盗られた物は、どこへ隠してあるか、盗った者が男か女か、年恰好や、隠してある所まで当てまして」

田「ほな、占(うらの)てもらいたい。唯、ウチに占いの道具は無いわ」
善「算盤(そろばん)占いですよって、算盤さえあったら結構で」
田「コレ、お筆。早う算盤を持ってきて、八百屋はんへ渡すのじゃ」
善「女子衆は、お筆さんと仰る？　ほんまに、しっかりしなはれ！（算盤の玉を、パチパチと弾いて）あァ、なるほど」
田「ほゥ、そんなことでわかるか？　唯、無茶苦茶に掻(か)き混ぜてるようにしか見えん」
善「いえ、一寸したコツがありまして。さァ、出ました！　お神酒徳利は家の中か、家の近くにあって、水と土と木に縁があると出てますわ」
田「ひょっとしたら、家の前の溝へ落ちてるのと違うか？　溝は水が流れてるし、底へ泥が溜まって、ドブ板が渡してある。コレ、お筆。取り敢えず、溝を浚(さら)うのじゃ。気色悪そうに、竹の棒で掻き廻さんと、手を突っ込んで探しなはれ。なァ、八百屋はん」
善「算盤にも、肩まで浸けるように出てます」
田「八百屋はんも、そう言うてるわ。何ッ、無いか？　八百屋はん、無いそうじゃ」
善「ひょっとしたら、水壺の中と違いますか？　水壺は土で出来てて、中へ水が入れてある。上へ板が渡してあるよって、水壺の中へ落ちてるかも知れませんわ」
田「あァ、なるほど。コレ、お筆。ほな、水壺の中を見なはれ。コレ、一寸待った！　溝を掻き廻した手で、水壺を触りなはんな。ほな、わしが見るわ。（水壺へ、手を入れて）おォ、水壺の底へ沈んでた！　八百屋はん、ピタッと当てなはったな」
善「ヘェ、何でもわかります！」
田「いや、恐れ入った！　コレ、お筆。早速、お酒の支度をしなはれ。一杯呑んでもらわなんだら、気が済まん。あァ、そうじゃ！　もう一遍、算盤占いをしてもらえんか。話をせんとわからんが、わしは信州の生まれで、弟と二人兄弟。わしは大坂で奉公した後、この店を持ったが、弟は江戸の三井へ奉公して、番頭になって」
善「ほゥ、出世なさいましたな」
田「こないだ、弟から『将軍家から賜った、三井家の宝の印籠が紛失した。彼方此方を探しても出てこんし、易も立てたがわからん。上方に良え占いの先生が居られたら、教えてもらいたい』という手紙が届いた。ところが、わしには良え伝が無い。助けると思て、三井家の印籠の在り処を占てもらえんか？」
善「それは、アノ、具合が悪い」
田「最前、ピタッと当てたわ」
善「大坂から念を送っても、江戸と大坂の間にある箱根山で跳ね返ってきまして」
田「ほな、江戸へ足を運んでもろて、三井のお屋敷で占てもらいたい」

善「いや、それも具合が悪い。江戸へ行ってる間、ウチの者が暮らして行けません」
田「御家内は、ウチが面倒を見る」
善「いえ、ウチは家内が多い。嬶(かか)が一人に、子どもが十人居りまして」
田「その齢で、子沢山じゃな」
善「五年続けて、双子が生まれまして」
田「ほゥ、珍しい人じゃ。ほな、十一人か？」
善「それから、親が三人で」
田「何ッ、親が三人？　あんたの両親と、御家内の母親か。ほな、十四人じゃな」
善「それに、叔父さんと叔母さん」
田「お宅に、何で親戚が居る？　火事で焼け出されたとは、気の毒な。ほな、十六人か？」
善「それから、近所が五十軒」
田「コレ、何で近所まで養わなあかん。とにかく、御家内の面倒は見る」
善「唯、江戸は遠い所ですわ。足が弱いよって、歩けん」
田「いや、そんなことは無い。いつも重たい野菜を担(かた)げて、大坂の町を行ったり来たりしてるよって、わしより足は達者じゃ」
善「野菜を担げると、何とか歩けますわ」

田「ほな、野菜を担げて、江戸まで行ったら宜しい。道々、野菜を売って行ったら、無駄が無いわ。取り敢えず、江戸へ行ってもらいたい」

善「はァ、御免！」

田「あァ、帰ってしもた。コレ、お筆。八百屋はんの家を知ってたら、案内しなはれ」

善「(家へ帰って) 今、帰った！」

嬶「まァ、お帰り。何やら、顔色が悪いわ。一体、どうしたの？　お神酒徳利を水壺の中へ落として、コポコポコポ？　まァ、阿呆！　要らんことをして、しくじってるわ。えェ、算盤占い？　今から、江戸へ行く？　そんなことになったら、私は干乾（ひぼ）しになってしまうわ。えッ、田中屋の旦那が追い掛けてくる？　ほな、私に任しなはれ。私は口が達者で、近所でも『雀のお松』と呼ばれてる。さァ、あんたは押入れへ隠れなはれ。咳（せき）もクシャミも辛抱して、息もしなはんな！」

善「おい、死んでしまうわ！」

嬶「取り敢えず、静かにしなはれ。あァ、表へ誰か来たわ」

田「コレ、ここが八百屋はんの長屋か？　ここへ、十六人も住んでる？　(表の戸を開けて) えェ、八百屋の善六さんのお宅は此方で？」

嬶「はい、誰方？　はァ、平野町の田中屋の旦さんで。いつも、お世話になりまして。算盤占いで、江戸の三井へ行ってもらいたい？　ウチの人が居らなんだら、私が干乾しになりますわ。えッ、一日一分の日当を出す？　江戸の行き帰りで四十日掛かったら、四日で一両、四十日で十両！　江戸へ行くだけで、十両もいただけますの？　どうぞ、お貸しします！　四十日が百日、八年半でも！　宜しかったら、買うていただきます！」

田「ほな、江戸へ行ってもろてもええか？」

嬶「どうぞ、どうぞ！　ウチの人も江戸へ行けると言うて、押入れで旅支度をしてます。

一寸、支度は出来た？」

善「(押入れを開けて) コラ、裏切り者！」

嬶「さァ、しっかり頑張りや！」

善「ほんまに、ええ加減にせえ！」

外堀を埋められた八百屋の善六が、「田中屋の旦那が一緒に随いて行くのやったら、御馳走を食べて、隙を見て、大坂へ逃げて帰ったろ」と覚悟を極めると、旅支度を調えて、江戸へ向かう。

江戸へ行く気が無いだけに、一寸歩くと「足が痛いよって、泊まる」、次の日も「疲れたよって、泊まる」と、十日掛かって、やっと大津の宿場へ着いた。

これだけ日数が掛かるとは、どれぐらい嫌がってたか、ハッキリわかる。

その晩、大津の宿場・新羽屋(にっぱ)源兵衛という旅籠(はたご)へ泊まった。

田「あァ、よう呑む人じゃ。呑むだけ呑んで、寝てしもた。ほな、わしも休もか」

新「夜更けに恐れ入りますが、入らしてもろても宜しゅうございますか?」

田「どうぞ、お入りを。はい、何か御用?」

新「(座敷へ入って)私は当家の主・新羽屋源兵衛で、後ろに控えておりますのは番頭でございます。お気を悪されましたら、お許し下さいませ。本日の日が暮れに、帳場の手文庫の中から百両が紛失致しまして。表から盗賊が入った気配も無し、奉公人に怪しい者も居りません。この上は、お上へ届けるしかない。その前に、お客様の持ち物を改めさしていただきたいと存じまして」

田「それは、えらいことじゃ。わしの荷物は、その風呂敷包み。鼾(いびき)を掻いて寝てる者の荷物は、その包みで。おォ、そうじゃ! 御亭主は、この部屋から来なさったか? お宅らは、良え部屋から廻りなさった。鼾を掻いて寝てる者は、失せ者や失くし物を当てる算盤占いの名人じゃ。行き掛けの駄賃に、パチパチッと占てもらおか?」

新「ほゥ、それは有難いことで! 宜しゅう、お願い致します」

田「酒ばっかり呑んでるよって、腕が鈍ってるのやないかと心配してました。腕試しになるよって、丁度ええわ。善六先生、起きなはれ！」
善「(寝惚けて) はい、まだ呑めます！」
田「あんたは、まだ呑む気か。さァ、早う起きなはれ」
善「へェ、何です？ 宿屋の帳場から、百両が無くなった？ いや、そんなことは知らんわ。えッ、算盤占い？ 御亭主と番頭が、頭を下げて頼んでる？ お宅ら、しっかりしなはれ！ どこで、誰に迷惑が掛かるかわからん。占いをしてもええけど、誰が盗ったかわかってるか？」
新「それがわかるぐらいやったら、お願い致しません」
善「あァ、えらいことになった。(呟いて) ボチボチ、逃げ時かも知れん。ところで、御亭主。この座敷やなしに、もっと落ち着く所は無いか？」
新「廊下の突き当たりが離れ座敷で、庭がありまして、塀を越えますと畑。その先は、大坂へ続く街道がございます」
善「はい、やりましょう！ やる気が、グッと出てきました。百両を占うには、神様の力も借りたいよって、五両を供えてもらいたい。その金も小判やのうて、細かい金を銭入れへ入れるように。それから、手甲・脚絆・草鞋が五足」

新「はァ、草鞋？」
善「要るよって、仕方が無い！　提灯と蝋燭も揃えて、握り飯を十。五つは梅干、五つは鰹節に醤油が染んで、固う握った握り飯を竹の皮で包んで、風呂敷包みにして、首へ結わえ易うしてくれた方が御利益が多い。それから、塀の所へ梯子を一つ」
新「ほゥ、梯子？」
善「要るよって、仕方が無い！　それだけ揃えたら、夜中の八つの鐘と共に、百両の在り処が算盤へ出る！」
新「どうぞ、宜しゅうに。仰る物は、ちゃんと揃えます」

逃げる段取りを調えると、離れ座敷で算盤をパチパチパチパチ。

善「あァ、やっと静かになった。さァ、ボチボチ逃げよか。ほな、草鞋を履いて」
千「アノ、開けても宜しゅうございますか？」
善「この部屋は、誰も来んように言うてるのに。（算盤を弾いて）はい、誰方？」
千「（襖を開けて）算盤占いの善六先生は、此方に居られますか？」
善「私が善六ですけど、誰方？」

千「私は新羽屋へ奉公しております、お千という女子衆でございます。先生の算盤へ、百両の在り処から、盗った者の名前まで出るそうで」
善「(算盤を弾いて) はい、八分通り出てきました」
千「ほな、先に申し上げます。百両を盗ったのは、私でございまして」
善「えッ、あんたが！　算盤へ、ちゃんと出てます。千の位へ、パチッと一つ。ソレ、お千と出てる。私の口から言うてもええけど、自分の口から言うた方が楽やと思う。こんなことになった訳を、正直に言いなはれ」
千「私は在方の者でございまして、新羽屋へ奉公に上がりましてから、母親が患い付きまして。医者へ診せたい、薬も呑ましたい。御主人へ給金の前借りをお願いしましたけど、すげのう断わられまして。気が付くと、お帳場の手文庫の中から、金包みを盗っておりました。慌てて返そと思いましたけど、店が大騒ぎになって返せんようになりまして。親孝行をしたい一心だけに、お許し下さいませ！」
善「あんたの言うたことは、皆、算盤へ出てる。一体、どこへ百両を隠した？」
千「去年の秋、えらい雨風で、中庭のお稲荷さんの御社が崩れまして。床が残って、床下へ板が重ねてございます。百両は、三枚目と四枚目の間へ並べました」
善「あァ、やっぱり！　ソレ、算盤へ三と四が出てる。お千ちゃんへ迷惑が掛からんようにするよって、誰にも見つからんように出て行きなはれ。今のことは、誰にも言わんように。給金の前借りも出来て、家へ帰れるようにしてもろたるわ。コレ、ちゃんと襖を閉めなはれ。あァ、万歳！　鴨が葱を背負て、飛んできたわ。一体、何で草鞋を履いてる？　〔ハメモノ／銅鑼〕今、八ツの鐘が鳴った。（ポンポンと、手を鳴らして）コレ、御亭主！」

新「（襖を開けて）はい、百両の在り処は算盤へ出ましたか？」

善「耳の痛い話もしますけど、辛抱して聞いてもらいたい。この家に、お千という女子衆が居りますな。十七、八で、色の白い、鼻筋の通った、中々の別嬪じゃ」

新「器量まで、おわかりで？」

善「算盤へ、き・れ・いと出てます。お千ちゃんが、百両を盗りました」

新「えッ、お千が！　コレ、お千を呼びなはれ！」

善「コレ、一寸待った！　お千ちゃんに聞いても、何にも知らん。実は、これは神様の戒めじゃ。去年の秋、えらい雨風で、中庭のお稲荷さんの御社が崩れたな」

新「ほゥ、よう御存知で」

善「はい、何でもわかります！　御社を直してないよって、お稲荷さんがコンコンと怒ってなさる。お千ちゃんの母親が病気で、給金の前借りを頼みに来た時も断ったな」

新「昨今、手許不如意でございまして」

善「百両の金があって、何が手許不如意じゃ。先ず、御亭主の料簡を改めなはれ。大体、この宿屋は客扱いが悪いし、晩御飯のおかずも不味過ぎる。『魚は焦げて、御飯はベチャベチャで、味噌汁は薄い！』と、お稲荷さんが怒ってなさる」

新「お稲荷さんは、おかずの心配まで」

善「あァ、その通り！　お千ちゃんへ見舞いの金を持たして、親許へ帰してやりなはれ。御社も建て替えて、おかずも美味しゅうするのじゃ。ほな、百両の在り処を教える。崩れた御社の床下へ重ねて置いてある板の、三枚目と四枚目の間に百両はある！」

新「ほな、見て参ります。コレ、調べなはれ。何ッ、あったか！　先生、あったそうで」

善「はい、何でもわかります！」

新「何と、お礼を申して宜しいやら。これは、ほんの鼻紙代で。どうぞ、お受け取りを」

善「(礼を確かめて) ほゥ、五両も入ってる。こんなに鼻をかんだら、鼻が無くなってしまうわ。ほな、有難う頂戴します」

呑めや唄えの大酒盛りで、ガラリ夜が明ける。

千「先生、有難うございました」
善「あァ、お千ちゃん。さァ、此方へ入り。夕べのことは、誰にも言うてないな？　給金の前借りが出来て、親許へ帰らしてもらえるか。この五両は、お母(か)ンへ見舞いや。困ったことがあっても、人の物へ手を付けたらあかん。昔から『渇しても、盗泉の水食らわず』と言うし、これからも親は大事にしなはれ。ほな、旅立つわ」

ええ加減な先生が初めて良えことをして、旅立った。

これからは逃げる暇を与えられず、江戸の三井へ着いてしまう。

田中屋の旦那が、お神酒徳利から百両の一件まで話した。

皆が信じて、善六を取り囲むと、固唾(かたず)を呑んで見守る。

こうなると逃げるにも逃げられず、わからんとは言えんようになっただけに、二十一日の日限で願掛けをして、水を浴びて、神仏へ祈り出した。

満願の二十一日目になった頃には、疲労困憊(こんぱい)。

トロトロッとした頃、サァーッと生暖かい風が吹いてきた。

稲「善六、善六！」

善「（寝惚けて）はい、誰方？　この家で、わしを呼び捨てにする者は居らんはずや」

顔を上げると、そこへ立った御方は、年の頃なら一百余歳。

白い髭を蓄えた翁が、それへさして、ズゥーッ！　〔ハメモノ／楽。三味線・大太鼓・能管・当たり鉦で演奏〕

善「はい、お宅は誰方で？」
新「我こそは、東海道大津が宿。新羽屋源兵衛が地守、正一位稲荷にある」
善「あァ、あの時のお稲荷さんで！　先日は、誠に失礼致しました」
新「あの折、孝心なる娘を助け、盗賊の罪を稲荷へ塗り付けし頓才、天晴れである！」
善「わァ、皮肉なことを仰らんように。どうぞ、堪忍していただきますように」
新「その方が出立し後、新羽屋の地守は霊験あらたかとて参詣人群衆なし、宮造営に相成り、正一位の贈り號を賜ったる段、その方へ礼を申さねばならぬ。いや、有難う」
善「わァ、お茶目な神様でございますな」
新「その方に礼がしたく思い、此方へ参った。三井家の印籠の在り処を教え遣わす故、よっく承れ！　そもそも三井家は、その昔、三井八郎右衛門と申す者が、伊勢国・田丸の宿へ泊まり合わせし折、夜中、庭内の井戸の中より、光る物を見つけたり。明くる朝、探りて見れば、三百両の金が出給うた。落とし主無しとて、この金で松坂の地で呉服商を営み、後に大坂の高麗橋、江戸にて大繁盛。今日の三井の礎を築き給いしが、昨今、三井の者の心緩みて、奢(おご)る平家は久しからずの譬(たと)えを引きたく、八郎右衛門の魂が鼠へ乗り移り、家宝の印籠をくわえ出し、床柱より乾の方角、四十三本目の屋根裏の蜘蛛(くも)の巣の中へ閉じ込め置きたり。印籠を取り出し、先祖を崇(あが)め、商売に勤(いそ)しめば、当家は萬(ばん)代(だい)不易に相成る。努々(ゆめゆめ)、疑うこと無かれ！」

善「ハハァ、誠に有難うございます！　(見廻して)　えッ、夢？　(頬(ほほ)をつねって)　あァ、痛い！　いや、夢やないわ。わしのように、ええ加減なことを言う神様やなかろうな。溺(おぼ)れる者は、藁(わら)をも掴(つか)む。(ポンポンと、手を鳴らして)　コレ、御亭主！　只今、印籠の在り処がわかりました」

三「一体、何方(どちら)にございます？」

善「(咳払いをして)　エヘン！　あァ、よっく承れ！」

三「おォ、急に大きな声を出されまして。ほゥ、なるほど。御先祖様が、私共の心が緩んでると仰いましたか。確かに、そうかも知れません。はァ、屋根裏に印籠がある。早速、調べて参ります。はい、暫くお待ちを。お茶を淹れますよって、お寛(くつろ)ぎ下さいませ。何ッ、あったか！　どうやら、あったようで」
善「何でも、わかります！」
三「おォ、誠に有難うございました！　早速、お酒の支度を致します」

後は大酒盛りになって、この噂が一夜で江戸中へ広がった。

夜が明けると、噂を聞いた大勢の人が、ズラァーッと三井の玄関前へ並んだ。

○「お膳が無くなったよって、見ていただけませんか？」
×「実は、大事な弁当箱が無くなりまして」
△「ウチは、包丁が一丁」
□「昨日、褌（ふんどし）が」
田「はい、お並びを。早速、占ていただきます。さァ、先生をお呼びしなはれ」
番「もし、旦さん。えらいことで、早朝から紛失でございます」
田「何ッ、またか！　一体、何じゃ？」
番「今度は、先生が紛失致しました」

解説「占い八百屋」

東京落語では「御神酒徳利（おみきどっくり）」の演題で、昔から寄席や落語会で馴染（なじ）みの深いネタになっています。

令和の今日、六代目三遊亭圓生・五代目柳家小さん・六代目春風亭柳橋・三代目桂三木助などの各師の形で伝わっていますが、各々の構成や演出が異なっており、圓生・小さんの形の違いを見るだけでも、全く別のネタと言ってもいいぐらいでしょう。

「御神酒徳利」は、明治の東京落語界の名人・三代目柳家小さんが、上方落語の「占い八百屋」を東京へ移し替えたと言われていますが、上方落語の速記は残っておらず、桂米朝師に伺っても、上方落語で演ってる者は見たことがないとのことでした。

元来、昔話を土台にして、上方落語の「占い八百屋」が創作されたという説もありますが、確証はありません。

時代を経て、数多くの演者の手に掛かり、少しずつ工夫が加わるに連れ、形の違う「御神酒徳利」になっていったことは間違いないでしょう。

五代目小さん師は、七代目三笑亭可楽から教わったそうですが、三代目小さんがまとめた形の通り、商家へ出入りの八百屋が、意地悪な女子衆への腹いせに御神酒徳利を隠したことから

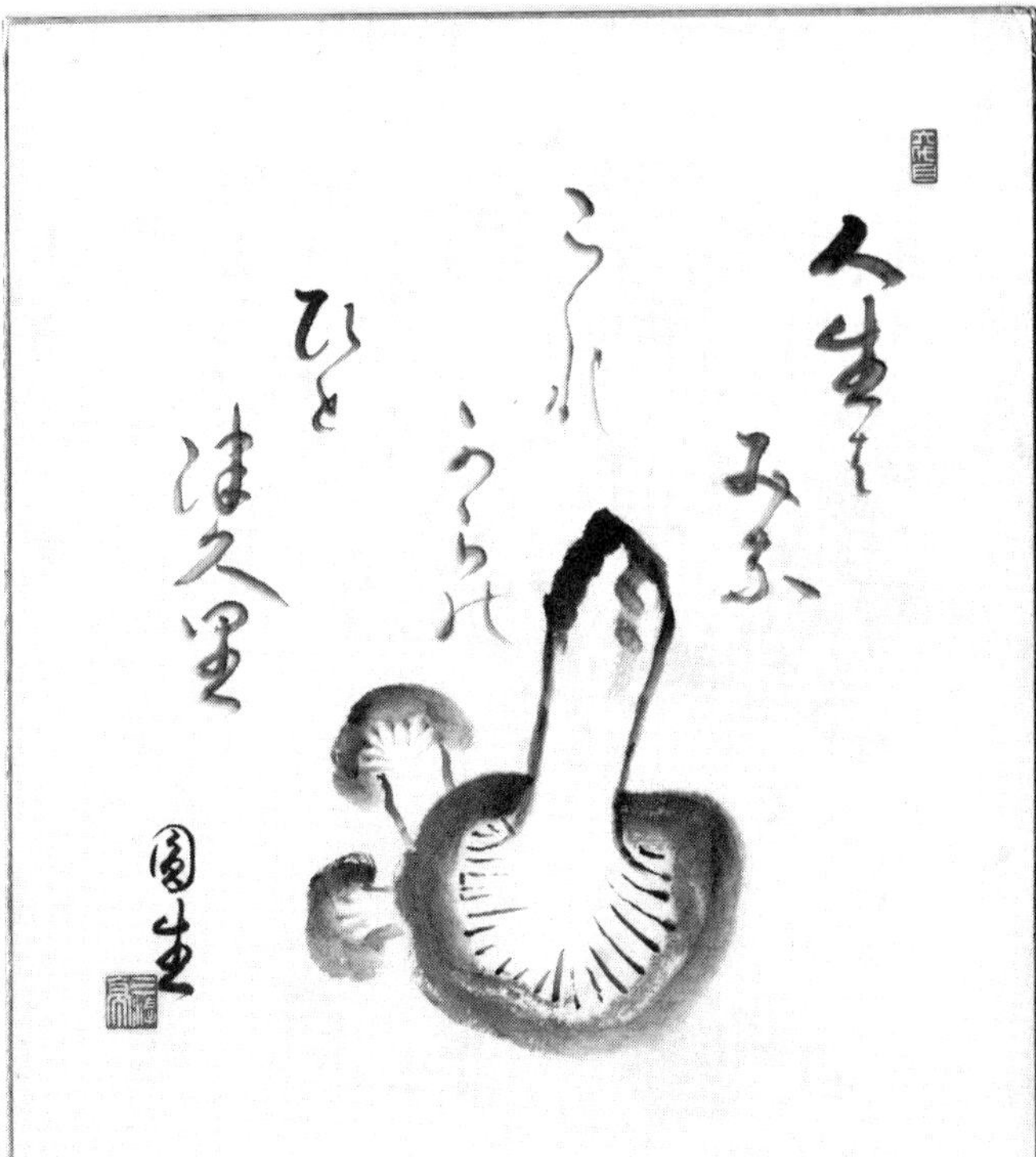

六代目三遊亭圓生の色紙。

始まり、直に見付け出した腕を買われ、商家の主人に頼まれ、三島の親類の占いへ同行する途中、小田原の宿屋で五十両の盗難を占うことに稲荷を絡ませ、オチになるという構成にしました。

六代目圓生師は上方にいた五代目金原亭馬生から教わったそうですが、宿屋の通い番頭の善六の粗忽で、宿屋の先祖が三河国から徳川家康公に随行した時の功で拝領した、葵の御紋入りの御神酒徳利が紛失したことから騒動になり、善六の家内の智慧で算盤占いをし、何とか見つかったことで、宿屋へ泊まっていた大坂の豪商・鴻池の番頭に見込まれ、大坂の鴻池の娘の病状を占いに出掛け、稲荷大明神が現れ、オチが付くという構成にしたのです。

昭和四十八年三月九日、香淳皇后の古希を祝う会へ招かれ、皇居内・春秋の間において、天皇皇后両陛下・皇太子・常陸宮御夫妻の皇族方の前で「御神酒徳利」を口演したことが、生涯の誇りとなりました。

御前口演のネタとして、圓生師は「茶の湯」と「御神酒徳利」を選んだそうですが、宮内庁で「御神酒徳利」の方が良かろうとなったそうで、圓生師も「噺の筋が良く出来ていて、内容的にも差し障りがなく、大変おめでたい噺ですから、皇后様の古稀のお祝いには相応しかろうと思いました」と述べています。

ちなみに、落語を聞きたいと仰ったのは天皇陛下だったそうで……。

御神酒徳利　365

御神酒徳利

…に凝るといふことが、當今は段々減じて、迷信者といふものが餘り御座いません、昔はこれが澤山にあつたもので、信心は徳の餘りと云ひますが、凝過ると狂人になり、それが爲に身を滅茶々々にしたなどゝいふ例が多くあります、併し年を取るともう他に用がなくなりますから、何か佛參とか、神詣とかいふやうな事に氣が入り、運動旁々お參詣に行つて來やうといふ、これは眞に結構な事で御座います、それが凝固ると運動處ではない、法華宗の人は帝釋樣へ徹夜で行く、年寄なれば勘辨も出來ますが、明治十何年に生れたといふやうな血氣盛んな若者で、大きな壜などをぶら下げてお參詣に行く人が今でもまだあるやうで御座います、此目的は何だといふと、お水を稱へて、矢張たゞの水で御座います、これを貰つて來て腹の痛い時に飲むと癒るとか、痛い所へ附ければ癒るとかいふ心得違ひから貰つ

『小さん落語全集』（磯部甲陽堂、明治44年）の表紙と速記。

さて、上方落語の速記が残っていないので、私の「占い八百屋」は、三代目柳家小さんの『小さん落語全集』（磯部甲陽堂、明治四十四年）の速記を下敷きにし、再構成しました。

その時、疑問に感じたのは冒頭部分で、八百屋が女子衆へ腹を立て、腹いせに御神酒徳利を水壺の中へ沈めるシーン。

私の偏見かも知れませんが、このネタの主人公の八百屋の行動には悪意が感じられない方が良く、ボタンの掛け違いや、瓢箪（ひょうたん）から駒の繰り返しで騒動が拡がる所に物語の面白さがあると思うだけに、偶然が重なり、八百屋の都合が良くなる方へ展開するようなネタに仕上げるため、八百屋が周りの人々に追い詰められていく過程に細心の注意を払い、再構成したのです。

笑っていられないような追い詰め方ではなく、「この八百屋だったら、もう少し追い詰めた方が面白いのではないか」という程度で、ギャグを絡ませながら、ストーリーを進めるように心掛けました。

三代目小さんの速記では、小田原の宿屋から八百屋が逃げ出し、オチになります。

しかし、圓生師のように、ラストで神様を登場させた方が噺の世界が拡がると思ったため、三井家の逸話を差し込みました。

本来の三井家の創立は、このネタのようなことが土台になっているのではなく、史実に則（のっと）った方が良いことは重々承知していますが、色付けされた歴史の方が面白いのは、講談（講釈）を聞いていただければ、よくわかるだけに、嘘は承知で、三井家創立の逸話として差し込んだ次第です。

それだけに、ラストの部分が濃厚な内容になりましたが、そこは上方落語の特色のハメモノ（※お囃子）入りで、本調子の「楽」を入れ、大層になる所を程良く表現することが出来たことで、何とか形になりました。

本調子の「楽」について、少しだけ述べておきます。

長唄「連獅子」には「勝三郎連獅子」「正治郎連獅子」の二種類がありますが、「正治郎連獅子」の冒頭で使われる「楽の合方」を採り入れた曲は、雅楽の雰囲気を醸し出し、歌舞伎では公家や高官の出入り・神霊の出現・宮殿の場などに使われており、落語も歌舞伎に準じ、それなりに位のある者の登場で使用されることが大半と言えましょう。

落語のハメモノでは、上方芝居噺の「本能寺」で、小田春永が本能寺奥書院の間へ登場する場面や、「深山がくれ」のラストで、怪しい館から森宗意軒の妻と名乗る老婆が現れるシーンで使用されますが、三味線は落ち着いて、格調高く演奏し、鳴物は大太鼓と当たり鉦で「ドォーン、ドォーン、チリリリリリリ」という手を繰り返し、笛は能管で「ホーヒー、オヒャーロルラー、オヒャーリヤ、オヒャイトイヨー、ヒヒョーヲロー、ヒヒャウロラヒヒャー、ルラールラー、ヒヒャウルロヲロー、ヒューヒュー、ロイヤーロルラー」という、「楽」の唱歌を吹きます。

再構成した「占い八百屋」は、四代目桂文我を襲名する三年前の平成四年六月二十九日、大

『柳家小さん落語全集』（大川屋・いろは書房、大正２年）の表紙。

『柳派三遊派新撰落語集』（大盛堂書店、大正４年）の表紙。

『娯愉快文庫　柳家小さん落語集』（増田平和堂、大正９年）の表紙と速記。

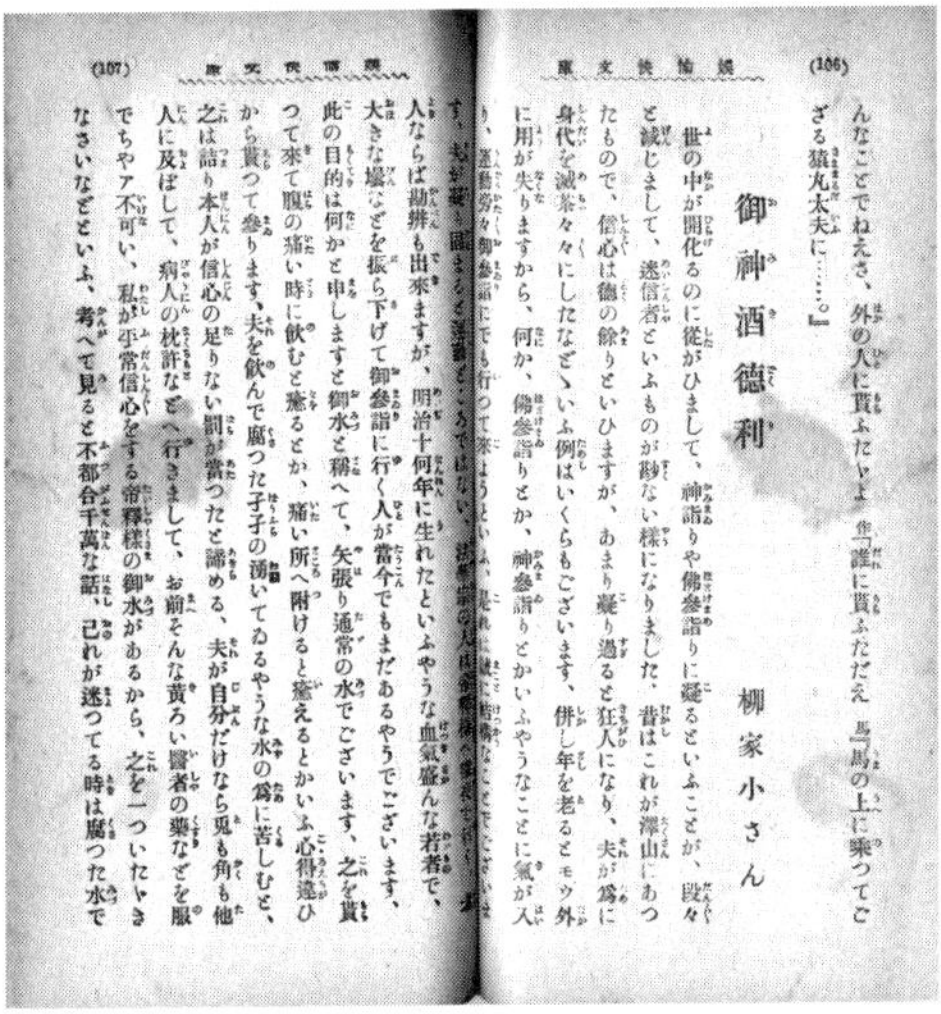

(106)　娯愉快文庫

んなことでねえさ、外の人に貰ふたゞよ　作「誰に貰ふただえ　馬「馬の上に乗つてござる猿丸太夫に……。』

御神酒徳利

柳家小さん

世の中が開化るのに従がひまして、神詣りや佛參詣りに凝るといふことが、段々と減じまして、迷信者といふものが尠ない樣になりました。昔はこれが澤山にあつたもので、信心は德の餘りといひますが、あまり凝り過ると狂人になり、夫が爲に身代を滅茶々々にしたなぞゝいふ例はいくらもございます、併し年を老るとモウ外に用が失りますから、何か、佛參詣りとか、神參詣りとかいふやうなことに氣が入り、運動旁々御參詣にでも行つて來ようといふ、是れは誠に結構なことでございます、[illegible]

(107)　娯愉快文庫

人ならば勘辨も出來ますが、明治十何年に生れたといふやうな血氣盛んな若者で、大きな壜などを振ら下げて御參詣に行く人が當今でもまだあるやうでございます、此の目的は何かと申しますと御水と稱へて、矢張り通常の水でございます、之を貰つて來て腹の痛い時に飲むと癒るとか、痛い所へ附けると癒えるとかいふ心得違ひから貰つて參ります、夫を飲んで腐つた孑孑の湧いてゐるやうな水の爲に苦しむと、之は詰り本人が信心の足りない罰が當つたと諦める、夫が自分だけなら兎も角も他人に及ぼして、病人の枕許などへ行きまして、お前そんな黄ろい醫者の藥などを服でちやア不可い、私が平常信心をする帝釋樣の御水があるから、之を一ついたゞきなさいなどといふ、考へて見ると不都合千萬な話、己れが迷つてる時は腐つた水で

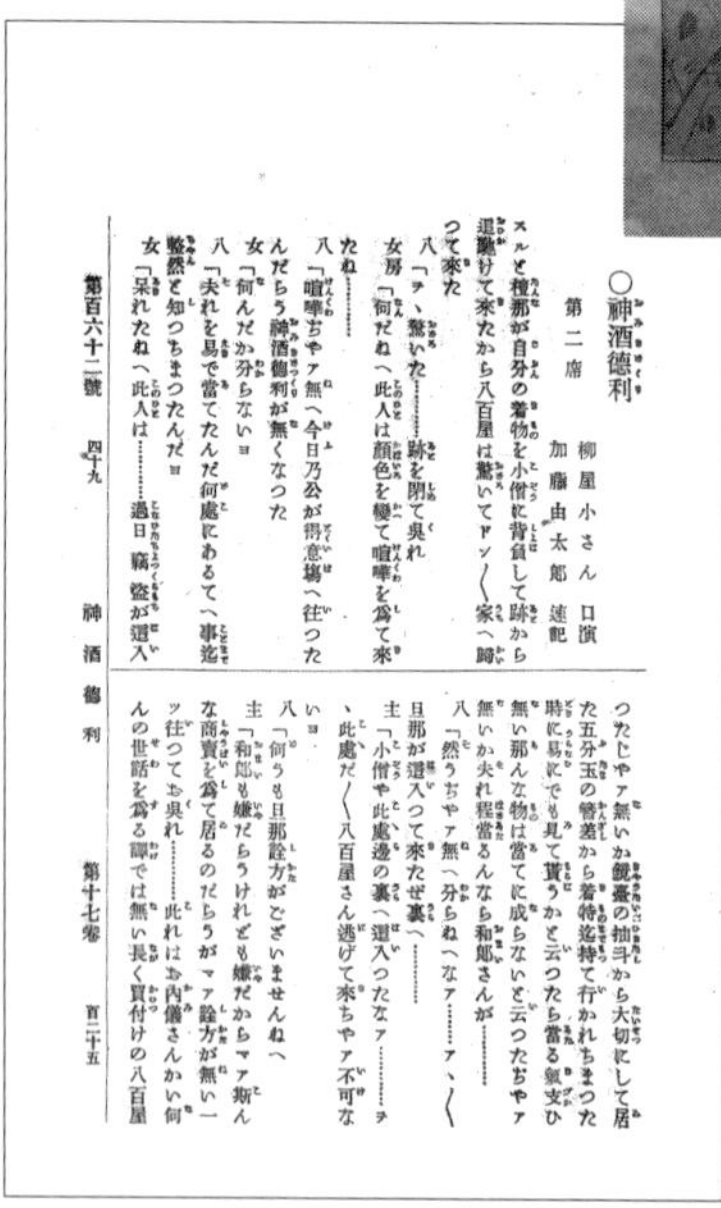

○神酒德利

第二席　柳屋小さん口演
加藤由太郎速記

スルと権那が自分の着物を小僧に背負して跡から追駈けて來たから八百屋は驚いてドン〳〵家へ歸つて來た
八「ヲヽ驚いた……跡を閉て呉れ
女房「何だねへ此人は顔色を變て喧嘩を爲て來たね……
八「喧嘩ぢやァ無へ今日乃公が得意塲へ往つたんだらう神酒德利が無くなつた
女「何んだか分らないヨ
八「夫れを易で當てたんだ何處にあるてへ事迄整然と知つちまつたんだヨ
女「呆れたねへ此人は……過日竊盜が這入つたぢやァ無いか鏡臺の抽斗から大切にして居た五分玉の簪差から着特迄持て行かれちまつた時に易にでも見て貰うかと云つたら當る氣支ひ無い那んな物は當てに成らないと云つたぢやァ無いか夫れ程當るんなら和郞さんが……
八「然うぢやァ無へ分らねへなァ……ァヽ〳〵旦那が這入つて來たぜ裏へ……
主「小僧や此處邊の裏へ這入つたなァ……ヲヽ此處だ〳〵八百屋さん逃げて來ちやァ不可ないヨ
八「何うも旦那詮方がございませんねへ
主「和郞も嫌だらうけれども嫌だからマア斯んな商賣を爲て居るのだらうがマア詮方が無い一ッ往つてお呉れ……此れはお内儀さんかい何んの世話を爲る譯では無い長く買付けの八百屋

第百六十二號　四十九　神酒德利　第十七卷　百二十五

『百花園』17巻162号（金蘭社、明治29年）の表紙と速記。

阪阿倍野近鉄スタジオ一〇〇で開催した「第一回・桂雀司新落語集」で初演しました。

その直前、高松で開催された「桂枝雀独演会」へ同行した時、宿泊したホテルの師匠の部屋で聞いてもらいましたが、「ほォ、大きなネタに仕立てたな。ネタの重さに潰されんように、しっかり演りなさい」という言葉をいただき、嬉しかったことを覚えています。

その後、全国で開催された落語会や独演会で、数多く上演させていただきました。

今後も少しずつ手直しを繰り返し、大切に演じていきたいと思っています。

戦前の速記本は「御神酒徳利」の演題で、『小さん落語全集』（磯部甲陽堂、明治四十四年）、『柳家小さん落語全集』（大川屋・いろは書房、大正二年）、『柳派三遊派新撰落語集』（大盛堂書店、大正四年）、『娯愉快文庫／柳家小さん落語集』（増田平和堂、大正九年）があり、古い雑誌では『百花園／一七巻一六二号』（金蘭社、明治二十九年）などの他、戦後の速記本や個人全集で数多く掲載されるようになりました。

ＬＰレコード・カセットテープ・ＣＤは、六代目三遊亭圓生・三代目桂三木助・五代目柳家小さん・九代目入船亭扇橋などの各師の録音で発売されています。

猫の災難

ねこのさいなん

喜「（酔って）あァ、よう呑んだ。今日は仕事が休みで、昼間から呑屋で引っ掛けた。店の亭主が勧め上手で、コロッと一升空いたわ。（唄を唄って）一で無し、二で無し、三で無し。四、五で無し。六で無し、七で無しネ。八で無し、九で無し、十で無しネ。十一、十二、十三、十四、十五、十六。あァ、この唄は止まらん唄や」

魚「もし、大将！　中々、良え御機嫌ですな」

喜「おォ、誰や？　わしを大将と、軍人みたいに呼ぶのは」

魚「魚屋ですけど、買うとおくなはれ。ウチの魚は皆、イキが宜しい」

喜「ここに並んでる魚は、イキが良えか？　皆、死んでるのと違う？」

魚「もし、ケッタイなことを言いなはんな。死んでても、イキが宜しい」

喜「いろんな魚が並んでるけど、向こう向きに座ってはるのは、タァちゃんと違うか？」

魚「えッ、タァちゃん？　あァ、これは蛸ですわ」
喜「やっぱり、タァちゃんや。後ろ姿が、よう似てると思た」
魚「もし、阿呆なことを言いなはんな。気前良う、蛸を買うとおくなはれ」
喜「蛸の足は、何本ある？」
魚「蛸の足は、八本に決まってますわ」
喜「ほォ、偉い！　中々、勉強してる。『蛸の足は、何本ある？』と聞かれて、直に『へェ、八本』と答えるだけ、勉強してるわ。『蛸の足は、何本ある？』と聞かれて、『へェ、一寸待っとおくなはれ。一本、二本』と数えてるようでは手遅れや。直に『へェ、八本』と答えられるだけ、あんたは偉い！　されば、疣々（いぼいぼ）の数は幾（いく）つある？」
魚「一々、ケッタイなことを聞きなはんな。疣々の数は、わかりませんわ」
喜「ほな、今度の休みに数えとけ」
魚「へェ、わかりました。蛸を買うてくれはったら、八円にさしてもらいます」
喜「あァ、八円は良え値や。八円ということは、足一本一円で、頭はオマケか？」
魚「ほゥ、面白い勘定をしなはった。へェ、それで結構で」
喜「おォ、お互い納得出来るのが嬉しいわ。足一本一円で、頭はオマケか。ほな、懐（ふところ）の都合上、頭だけもろて帰るわ」

魚「もし、阿呆なことを言いなはんな。頭だけ取ったら、恰好が悪て売れませんわ」
喜「ほな、蛸は要らん。真ん中が、ズボッと抜けてる魚があるな」
魚「いや、これは売れません。鯛の造りを頼まれたよって、腹の辺りを造りにして、残りはアラで売ろと思いましたけど、バタバタしてる内に、鯛へ陽が当たって。そんな魚は売らんことにしてますよって、後で煮いて、犬の餌にでもしょうと思て」
喜「おォ、それを食べたい！　その鯛は、一寸も腐ってないやろ？」
魚「陽が当たっただけで、腐ってる訳やない。食べても何ともございませんけど、売るのは気が引けますわ。犬や猫の餌にするのやったら、お持ち帰りを」
喜「お持ち帰りということは、何ぼや？」
魚「つまり、只ですわ」
喜「何ッ、只！　世の中で、只という言葉が一番好きや。ほな、もろて帰る」
魚「直に、竹の皮で包みますわ」
喜「竹の皮は、何ぼ？　竹の皮も、只？　ほな、三枚ほど重ねといて。また、握り飯を包むわ。しかし、あんたは気前が良え。鯛のアラも、竹の皮もくれる。そんな気前の良え人が、何で蛸の頭を売ってくれん？　鯛のアラを、竹の皮に包んでくれたか。ほな、もろて帰るわ。（鯛をブラ下げて）また寄してもらうよって、只の物を置いといて。ほな、おおきに有難う！　（歩いて）只で鯛のアラがもらえるやなんて、上手いことをした。これを煮いて、また一杯呑めるわ。あァ、家へ帰ってきた」
犬「ワン！」
喜「わァ、ビックリした！　あァ、向かいの犬や。何ぼ吠えたかて、紐で繋がれてるよって、此方へ来られん。いつもワンワンと吠えてるよって、いつまでも犬をしてなあかんわ。来世は人間に生まれ変わりたかったら、ニャァとでも鳴いてみい。紐で繋がれてない人間が、羨ましいやろ。（家へ入って）帰ってきて、酒の酔いも醒めてきたわ。さァ、鯛のアラを俎の上へ置いて。真ん中が無いよって、上へ擂鉢を被せといたろ。鯛の腹へ擂鉢が納まったよって、下に鯛の腹があるように見えるわ」
由「（家へ入って）おい、呑みに行こか？　立派な鯛が、俎の上へ乗ってるな。それをアテに、一杯呑むつもりか？　酒を買うよって、お前が半分呑んで、わしに鯛を半分食べさしてくれ。酒を買うてくるよって、鯛を造りにしとけ。ほな、行ってくる！」
喜「由さん、行ったらあかん！　酒を買うのは勝手やけど、鯛の真ん中が無いわ。この鯛を見て、酒を買いに行ってしもた。酒が届いてから、鯛の真ん中が無いとは言いにくい。（表を見て）家の前を通ったのは、隣りの猫や。あァ、猫のせいにしたろ。猫に盗られたと言うたら、由さんも諦めるわ。（表を見て）由さん、お帰り」

由「おい、喜べ。酒屋へ行ったら、酒屋の亭主が『蔵出しの上等が手廻ったよって、一升だけ売ります』と言うて。さァ、一杯呑もか。鯛の造りは、どうした？」
喜「鯛については、（頭を下げて）誠にすまん。この擂鉢を、此方へ退ける」
由「おッ、鯛の真ん中が無いわ。真ん中は、あったやろ？」
喜「海で泳いでる時は、ちゃんとあった」
由「コレ、当たり前や。そんな恰好で泳いでる魚が、どこにある。一体、どうした？」
喜「最前、由さんが出て行く時、入れ替わりに隣りの猫が入ってきた。猫に鯛を盗られんように用心してたら、わしの前へピタッと座って、『もし、喜ィさん』」
由「おい、嘘を吐け！　『もし、喜ィさん』と、猫が言うか」
喜「いや、猫は魔物や。こという時は、しゃべりよる。『もし、喜ィさん』と言うよって、わしも返事せなあかんと思て、『ヘェ、ニャンでんねん』」
由「コレ、ケッタイな返事をするな」
喜「ほな、猫が『実は、お願いがございます。猫仲間で宴会をしますよって、酒の肴に鯛の腹の所を頂戴したい』と言うよって、『それは、あきません。この鯛を楽しみに、由さんが酒を買いに行ってるわ。頭や尻尾、骨やったら上げる』『年寄りが多いよって、硬い所は歯に合いません。どうぞ、腹の柔らかい所を』『いや、あかん！』と断ったのに、聞き分けが無いわ。『ほな、頂戴します！』と言うて、えらい爪で鯛の腹を引っ掛けて、口へくわえて、ダァーッと走りよった」
由「ほな、後を追わんか」
喜「追うたけど、一寸やそっとでは追い付かん。此方は二本足で、向こうは四本足。負けられんと思て、這うて走ったら、余計遅なって」
由「コレ、当たり前や！　這うて、猫を追い掛ける奴があるか」
喜「良え所まで追い付いたら、そこが駅で市電が入ってきた。扉が開いて、ヒョイと猫が乗った時に扉が閉まって、シュシュシュと市電が隣りの町へ行ったとさ」
由「何が、とさや。鯛を一枚、猫に食われてしもたか。ほな、酒のアテが無いわ」
喜「こないだ、静岡の友達から山葵漬を送ってきた。ほな、それをアテに一杯呑もか」
由「頭の中は鯛になって、他は考えられん。鯛を買うてくるよって、酒の燗をしとけ！」
喜「おい、一寸待った！　由さんに酒も肴も買わせるのは面目無いけど、それでもええと言うのやったら、御馳走さん！　あァ、こんなに都合良う行くとは思わなんだ。酒も鯛も御馳走になるのやったら、せめて酒の燗ぐらいはさしてもらうわ。燗徳利は、どこや？　あァ、由さんが蔵出しの上酒と言うてた。良え酒は燗をしたら、酒の精を殺してしまうわ。燗をした方が良えか、冷やの方が良えか、どうしたらわかる？　あァ、呑んで調べるのが一番や。酒を調べるために呑むよって、仕方が無い。寿司屋からもろた大振りの湯呑みは、二合入ると言うてた。（酒を注いで）あァ、筋切り一杯入ってしもたわ。呑んだら、燗が良えか、冷やが良えかがわかる。（酒を呑み干して）フゥーッ！　いや、一杯ではわからん！　（酒を注いで）スゥーッと入ってしもたよって、わからなんだ。（酒を呑み干して）やっと、わかった！　やっぱり、冷やが良え！　こんな良え酒を燗しとけやなんて、阿呆や。あァ、止められん。（酒を注ぎ、一升瓶を見て）半分ぐらい無くなったけど、どうした？　あァ、呑んでしもたか。細かいことを言わんでも、二人で半分ずつ呑むと言うてた。わしには半分呑む権利があるし、半分呑まなあかん義務もある。（酒を呑み干して）よし、続けて行け！　（酒を注いで）半分より大分減ってしもたけど、水を足したらええ。由さんが『この酒は、えらい水臭いなァ』と言うたら、『今年は、梅雨に降ったよって』。ほな、『あァ、そうか』と言いよる。『猫が、市電へ乗って行ってしもた』と言うたら、『あァ、そうか』と言うてた。友達は気が良うて、一寸ぐらい阿呆の方が良えわ。（酒を呑み、表を見て）表を通ってるのは、お光っちゃんと違う？　髪結（かみゆい）さんで丸髷（まげ）に結うて、良え形や。お光っちゃんは、『丸髷に』という唄を知ってる？　何ッ、知らん。あァ、そうか。（『深川くずし』を唄って）『丸髷に結われる身体を持ちながら、粋な島田に、ほんとにそうだね。銀杏返しに、取る手も恥ずかし左褄。チャチャンチャン！』やなんて、こんな唄を知ってる？　何ッ、知らん。あァ、そうか。知らなんでも生きて行けるよって、心配要らん。よォ、後ろ姿は良えぞ。前へ廻ったら、さっぱりワヤや。（酒を呑み干して）よし、トコトン行こ！　（酒を注いで）空の一升瓶は、其方へ転がしとけ。由さんが『おい、酒は？』と聞いたら、『いや、最前の猫が』と言うたらええ。また、『あァ、そうか。ほな、この鯛を造りにしとけ』と言うて、酒を買いに行く。その間に鯛を食べて、由さんが帰って、『おい、鯛は？』と聞いたら、『あァ、最前の猫が』。『あァ、そうか』と言うて、酒を置いて、鯛を買いに行くわ。その間に、わしが酒を呑む。由さんは酒と鯛を買いに走って、わしは呑み食いするばっかりや。（酒を呑んで）暫くの間、こんなことが続いてほしいわ。（酒を呑み干して）よし、終いや！　あァ、今日は良え一日やったわ。（欠伸をして）アァーッ、眠となってきた。一寸、横になったろ」

由「今、戻った！　魚屋へ行ったら、イキの良え鯛があったわ。これを造りにして、一杯呑もか。横になって、どうした？」

喜「あァ、由さん。（床へ突っ伏して）どうも、お帰りやす！」

由「おい、大丈夫か？　酒の燗は、どうなった？」

喜「酒のことは、（両手の掌を、上へ向けて）ファイ！」

由「おい、お前は異人か？　酒の燗は、どうなった？」
喜「酒の燗は、（頭を下げて）誠に済まん！」
由「また、謝ってるわ。空の一升瓶が転がってるのは、どういう訳や？」
喜「それについては、最前の猫が」
由「何ッ、猫？　おい、一寸待て！　猫は市電へ乗って、隣りの町へ行ったわ」
喜「どうやら、往復切符を買うてはったような。戻ってきて、わしの前へ座って、『最前は、失礼致しました。今度は、お酒を頂戴したい』と言うよって、『これは由さんが買うてきた酒やよって、猫さんに上げる訳にはいかん』と断ったけど、猫は聞き分けが無い。『ほな、もらいます！』と言うて、一升瓶を小脇へ抱えて、ダァーッと走るよって、割木を投げたら、猫の前足へ当たった。一升瓶が転げて、詰めが抜けて、トットットットッと酒が出て」
由「零れたら、起こせ！」
喜「起こそと思たけど、機嫌良う零れてはるのに、妙に起こして、気を悪したらあかんと思て」
由「おい、気楽なことを言うな！　お前が酔うてるのは、どういう訳や？」
喜「これにも深い訳があって、一升瓶から酒が零れてるのを見て、お手伝いしてあげたいと思て、チューッと横から吸うた。吸うた酒は、酔いが廻る。眠となってきたよって、今から寝るわ。ほな、由さんも帰って寝え！」

由「コレ、何を吐かす！　一升瓶の酒は、お前が呑んだやろ？」

喜「いや、猫や。由さん、表を見て。あれが悪い猫で、鯛も酒も持って行った。彼方此方へ行けると思て、いろんな物を盗って行くわ。もし、猫さん。一寸、由さんへ言うて。彼方此方へ行けると思て、いろんな物を持って行くやろ？　もし、猫さん。一寸、由さんへ言うて！」

猫が、ヒョイと向かいを見て、

猫「あァ、繋がれてる犬が羨ましい！」

解説「猫の災難」

落語は登場人物が立ち直れるような災難に遭い、笑いにつながることが多いと言えます。

人間は自分の力で立ち直ることが出来ますが、動物は自然に身を委ねることが多いだけに、動物が災難に遭うのは、物語でも避けたいように思いますが、いかがでしょう?

令和の今日でも、地球温暖化を始めとした環境破壊は、全て人間の仕業と言っても過言ではなく、それによって動物も被害を受けています。

昆虫や小動物の犠牲の上で、人間同士の接し方や、物事の残酷さを学ぶという意見もありますが、出来る限り、動物をいじめることは止めてもらいたい。

ただ、落語で動物が災難に遭うネタが皆無かと言うと、そうではありません。

本書の一席目の「お盆」の狐の他にも、「七度狐」では喜六の投げた擂鉢が狐の頭に当たってしまいますし、「天王寺詣り」では棒を持った無茶者に、犬が棒で叩かれ、死んでしまいます。

演題に災難そのものが使われているのが「猫の災難」ですが、五代目古今亭志ん生は「犬の災難」とし、主人公がせしめる鯛も鶏に替えていました。

この落語を初めて知ったのは、小学四年生の頃、六代目笑福亭松鶴師のラジオ放送。

その後は、LPレコード『春團治三代記』(テイチク)の二代目桂春團治の録音。

当時は子どもだったので、酒呑みの料簡を理解することは出来ませんでしたが、時折、村の宴会で、大人たちが酒を呑み、酔っ払う姿を見たり、残っている徳利の酒を舐めてみることもあっただけに、子どもでありながら、酒を呑むと気分が良くなるという認識はありました。

主人公の酒呑みが、もらった鯛で友達から酒をせしめるというだけの内容ですが、自分だけが酒を呑んでしまった後の言い訳がユニークで、いかにも酒呑みが言い出すような事柄であることが、このネタのポイントです。

昔から東西の落語会で上演されたようですが、構成や演出の違いは歴然としており、東京落語では近所から鯛のアラをもらいますが、上方落語では魚屋で腐り掛けた鯛のアラをもらうことが大半でした。

構成や演出の違いは演者で異なりますが、主人公の酒の呑み方や酔態の見事さが、このネタを聞いた時の観客の満足度につながることは言うまでもなく、湯呑みで一杯ずつ呑みながら、自然に酔っていく様子は、他の芸能では適わない、落語独特の魅力になっています。

酒呑みの酔態を楽しむ落語は、他にも「らくだ」「一人酒盛」「試し酒」などがありますが、酒を一人で呑んでしまったときの言い訳の面白さは、他の酒呑みのネタには無い、抜群のナンセンス度や厚かましさがあると言えましょう。

主人公に酒を呑まれてしまう友達も、自然な質問や怒りになることが必要で、これをデフォルメしてしまうと後味の悪いネタになるだけに、気を付けなければなりません。

小学生の頃、二代目桂春團治のレコードで覚え、友達の前で演っていましたが、噺家になってから高座に掛けたのは、四代目桂文我を襲名する一年前、平成六年一月三十一日、伊勢内宮前・すし久で開催された「第三二回・みそか寄席」でした。

鯛が腐り掛かり、嫌な匂いもするという演出は嫌だったので、魚屋の表で太陽の光に当たった鯛ということに替え、現在も同じ演出で上演しています。

上方落語は、猫が「悪事災ニャン（※難）、逃らし給え」と、可愛らしく言うのがオチになっていますが、そう言えば、私が生まれ育った三重県松阪市の山間部では、家の柱へ「火廼要鎮」「悪事災難逃れますように」という札を貼っている家がありました。

悪事災難から逃れるように祈願する神社も全国各地にあり、それを祈念する祭りも催されています。

一席の落語が、「悪事災ニャン（※難）、逃らし給え」という地口（※洒落）で終わるのも悪くないと思いますが、アイデアのオチにしたいと考え、現在のオチにしました。

毎回、オチを言い終わった後、客席から良い反応があるので、ベストのオチが見つかるまでは、そのまま演り続けようと考えています。

このネタは、主人公の酔態を楽しむ要素が大きいだけに、全国各地の落語会や独演会で酔い方を替えましたが、それは本当に難しく、主人公の可愛げを出すのに苦労することが大半で、満足な結果になることは、ありませんでした。

無論、どの高座も発展途上を見ていただくという、非常に厚かましいことの繰り返しですが、陸上競技のタイムや、球技の点の取り方も、その時々の違いを楽しむ訳ですから、それで良いのかも知れません。

原話は『聞上手』（安永元年江戸板）の「初がつを」で、「初がつををを奢らんと、一盃しかけるところへ、近所から急にお目にかかりたい、ちよつとちよつとと呼びにくる。なむさんけいどう、『コリャ元助、このままおいてゆくぞ、気を付けよ』といひすてて出てゆく。元助もそこらかた付ける内に、三毛めがさし身を半分ほどしてやる。元助おどろき猫をおしのけ、とてものこと残りも三毛にかづけうと、二箸三はし舌打すれば、側から猫がフウフウ」。

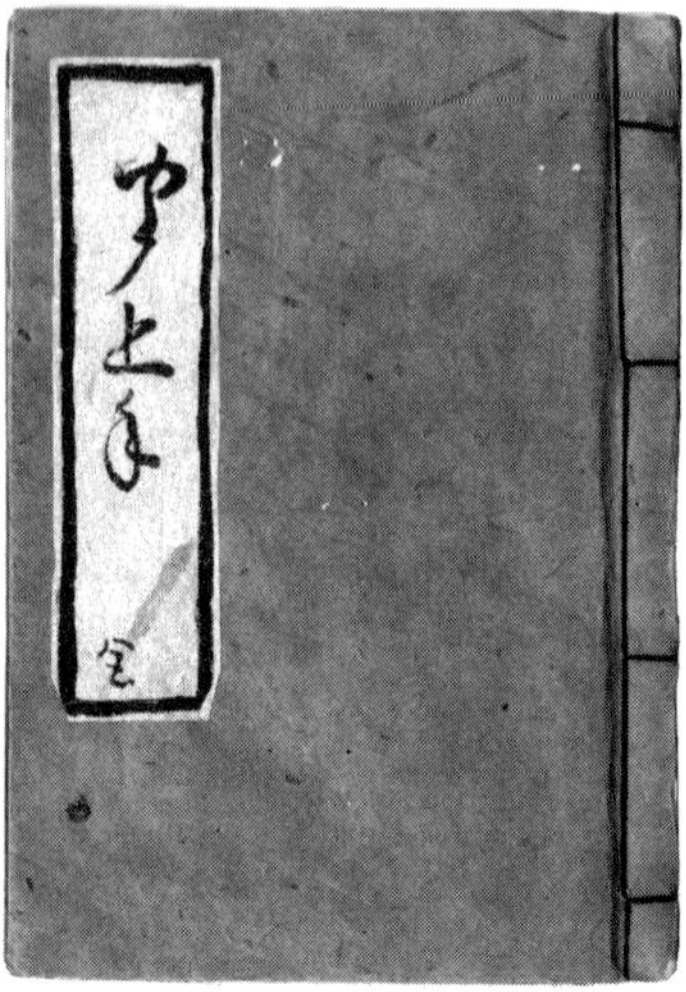

また、『落語事典』（青蛙房、昭和四十四年）では『かす市頓作・巻五』（宝永五年江戸板）に掲載されている「猫の番」ともされています。

私は未見ですが、概要を紹介すると、「鰹を利や売り（料理）しているところへ、隣の男来たれば、『これこれ、頼みたい事がある。おれは三町目まで用が有ってゆくほどに、跡

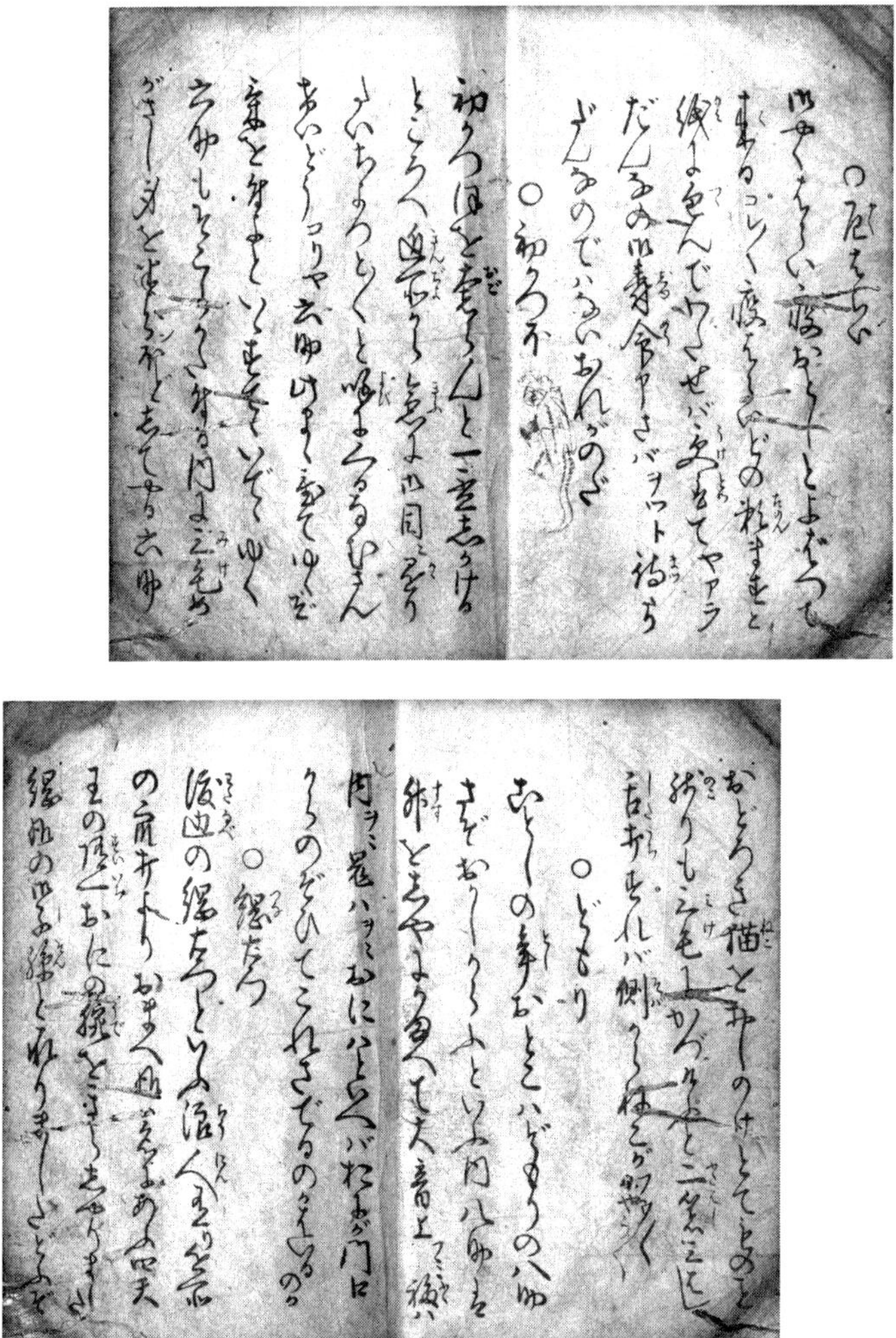

『聞上手』（安永元年江戸板）の表紙と「初かつほ」の項。

でこの鰹を猫がとらぬやうに番して下され』といふて出る。男、番していながら、つくづくと鰹を見て、『さても、新しい事じゃ。これはちと、しよしめませふ』と思ひ、食ひにかかれば、向ふにねらふていた猫が『ふうふう』といつておどした」。

噺の前半から、主人公の酔態で引っ張っていくネタだけに、戦前の速記本には掲載されにくかったようですが、雑誌『キング』（大日本雄辯會講談社、昭和十四年四月増刊号）に、五代目古今亭志ん生が「犬の御難」の演題で掲載しています。

ＳＰレコードは初代桂春團治が吹き込み、ＬＰレコード・カセットテープ・ＣＤでは初代桂春團治・二代目桂春團治・五代目古今亭志ん生・八代目三笑亭可楽・五代目柳家小さん・六代目笑福亭松鶴などの各師の録音で発売されました。

ちなみに、年一回、三重県津市で開催された柳家小三治師の落語会のお囃子を十年以上務めた時、このネタのコツを、さりげなく小三治師から教わったのも懐かしい思い出です。

箒屋娘

ほうきやむすめ

番「若旦那、御機嫌は如何でございます？」

若「あァ、御番頭。至って、機嫌は結構！　この頃、お店の方々は達者で？」

番「奉公人一同、恙（つつが）なく過ごしております」

若「おォ、それは何より！」

番「同じ店に居りながら、お久し振りでございます。あァ、本を読んでおられましたな。本を読むと、何か良えことでもございますか？」

若「ほゥ、御番頭の言葉とも思えません。本を読むと、世の中の全てを知ることが出来ます。歌人、居ながらにして名所を知る。その上、仁義五常八徳の道を知ることも出来ます」

番「ほゥ、仁義五常八徳の道と申しますと？」

若「親には孝、朋友には信、主には忠！」
番「はァ、鼠のように仰る。本を読むと、世の中の全てを知ることが出来ますか？」
若「左様、左様！」
番「やっぱり、昔の人の仰ることに間違いはございませんな」
若「はい、その通り！　昔の御方の仰ることに、愚かはございません」
番「確かに、その通りで。昔から、『論語読みの論語知らず』と申しまして」
若「コレ、けしからん！　御番頭は私のことを、『論語読みの論語知らず』と仰る！」
番「どうぞ、大きな声をお出しになりませんように。世の中の全てを本で知ることが出来ましたら、誰も苦労致しません。本から学んだことを商いへ生かす御方もございますが、それは世の中の一握りで。大抵の者は、額へ汗して働いております。その者の心や働き振りを知らずして、世の中の全てを知ることが出来る訳がございません」
若「御番頭は、私が世の中のことを何も知らんと仰る！」
番「そうは申しませんが、御当家の跡目を継がれる御方が、本ばっかり読んでおられては困ります。親旦那もご心配でございますし、店の者も『若旦那は、どんなお顔やった？　二十年に一遍は、お顔を見ることが出来るか？』と、箒星のように申しております。奉公人のためにも、お身体のためにも、外へ出られては如何で？」

若「外へは、半年前に出ました」
番「いえ、あれは外へ出たとは言えません。あの時、『一遍、世の中を御覧なさいませ』と申しますと、いきなり物干しへ上がって、グルッと周りを見廻して、『あァ、世間は広い！』と仰いました。あの後、店で『あァ、世間は広い！』という言葉が流行ったぐらいで。若旦那は、我が手で、お金を遣われたことがございますか？　お金を遣てこそ、物の値打ちや、お金を稼ぐ苦労が知れます」
若「ほな、外へ出ましょう！」
番「今日は卯の日でございますよって、住吉さんへ御参詣なさったら如何で？　定吉へ財布を預けますよって、お金を遣う稽古をなさいませ。どうぞ、お召し替えを。ほな、店でお待ち致します。（座敷を出て）コレ、定吉。若旦那が、卯の日参りへ出掛けなさる」
定「えッ、座敷わらしが？」
番「コレ、ケッタイな綽名を付けなはんな。今から、若旦那に随いて行きなはれ。いつもお世話してるよって、都合が宜しい」
定「若旦那は都合が良うても、此方は都合が悪いわ。たまに外へ出はっても、『あァ、世間は広い！』と仰る。何をしはるかわからんよって、随いて行くのは嫌ですわ！」
番「ボヤかんと、しっかり務めなはれ。財布を預けるよって、若旦那の欲しい物があったら、御自身で買うてもらうように。今日は、お金を遣う稽古をなさるのじゃ」
定「ほんまに、ケッタイな稽古や。皆、笑いなはんな！　あァ、生贄（いけにえ）や」
番「コレ、阿呆なことを言いなはんな！」
定「ほな、人身御供（ひとみごくう）」
番「グズグズ言わんと、支度しなはれ。若旦那も着替えて、店へ出てきはった」
若「ほな、今から行って参ります。コレ、店へ並んでおられるのは誰方や？」
番「もし、情け無いことを仰いませんように。皆、店の奉公人でございます」
若「お店の方々が働いていただくお蔭で、安楽に暮らすことが出来ますので」
番「奉公人一同、若旦那のお心はわかっております。それより、お忘れ物はございませんか？　コレ、定吉。さァ、しっかり随いて行くのじゃ」
定「あァ、堪忍しとおくなはれ！」

若旦那はニコニコ顔で、丁稚は泣きながら、船場から心斎橋筋を抜けると、日本橋から住吉街道へ出る。
日和（ひより）が良えだけに、卯の日参りは下向（げこう）参詣、行き交う人、そのまた陽気なこと。〔ハメモノ／いざや。三味線・〆太鼓・大太鼓・当たり鉦・篠笛で演奏。※いざや行きましょ、住吉へ。芸者、引き連れて。

新地両側、華やかに。沖にチラチラ、帆掛け船。一艘も二艘も、三艘も四艘も五、六艘も。オヤ、おいてかいな。えェ、湊（みなと）入り。新造船」

定「今日は卯の日で、御参詣の人が仰山出てはります。若旦那、どこへ行きなはる？」

若「此方に、お人が座ってはるわ」

定「お薦（こも）が道を通る人へ、『一文なりとも、お恵みを』と言うてます」

若「ほな、一人一両ずつ上げよか？」

定「えッ、一両！」

若「あァ、少ないか？」

定「いえ、多過ぎますわ！　どこの世界に、お薦へ一両をやる人が居ります。大抵、一文か二文」

若「そんなに少なかったら、気を悪しはる」

定「銭をもろて、文句は言いませんわ。若旦那は、お金を遣う稽古をせなあかん。もし、お薦さん。十文ずつ上げるよって、あの御方へ礼を言うて」

一「えェ、お有難うさんで」

若「僅（わず）かなことで、面目無い」

定「お薦へ頭を下げたら、周りの人が笑いますわ」
若「定吉、あれは何や？」
定「あァ、勝手に行ったらあかん！」
若「雀を籠（かご）へ入れて、何か言うてなさる」
定「あれは放し鳥で、捕まえた雀を逃がしてやります。『生き物を助けてやると、功徳になる』と言うて、ウチのお婆（ば）ンも銭をやって放してました」
若「皆、放して。ほな、十両も払（はろ）たらええか？」
定「えッ、十両！」
若「あァ、やっぱり少ないか？」
定「十両あったら、大坂中の雀を放しても、お釣りが来ますわ。お薦さん、百文上げる。皆、放して。もし、若旦那。ソレ、空へ雀が飛んで行きました」
若「あァ、良かったな」
定「雀を見て、涙ぐんではるわ。人間は変わってても、優しい御方ですな」
若「定吉、あれは何や？」
定「一々、勝手に行きなはんな！　これやったら、犬を連れて歩く方がマシや！」

丁稚が難儀しながら随いて行くと、道の両側へ茶店が並んで、赤前垂(あかまえだれ)を締めた娘が客を引いてる。

甲「へェ、誰方もお休みやす。どうぞ、美味しいお茶(ぶ)をお上がり」

乙「ウチは見晴らしが宜しゅうございますよって、休んでお帰り!」

定「若旦那、疲れましたやろ？　一寸、茶店で休みはったら？」

若「一体、どの茶店へ入る？　どこへ入っても、入らなんだ店へ義理が悪い」

定「一軒ずつ茶を呑んだら、腹がダブダブになりますわ。ほな、この店へ入ります。（茶店へ入って）姐(ねえ)さん、お茶を二つ。床几(しょうぎ)へ座って、何か食います？」

若「コレ、行儀が悪い。食べるとか、いただくとか言いなはれ」

定「ほな、いただいて、食います？」

若「コレ、大概にしなはれ！　私は結構やよって、定吉がいただきなはれ」

定「ほな、そうします。姐さん、牡丹餅(ぼたもち)をおくれ」

若「牡丹餅と言わんと、お萩と言いなはれ」

定「一々、小言や。ほな、お萩の牡丹餅！」

若「コレ、それでは一緒や」

定「ほな、いただきます。（お萩を食べて）美味いよって、何ぼでも食べられる」
若「あァ、行儀が悪い。道の向こう側で、娘さんが筵の上へ座って、何をしてなさる？」
定「あれは箒屋で、箒・ササラ・切り藁を売ってます」
若「コレ、定吉。あの娘さんに、此方へ来てもらうように言うとおくれ」
定「あァ、落ち着いて食べられん。ほな、行ってきます」

年の頃なら十七、八の箒屋は、いつ櫛を入れたかわからんような髪をグルグル巻きにすると、杉箸で留めて、醤油で煮染めたような着物を着て、芯の出た帯を締めてる。みすぼらしい恰好ではありながら、持って生まれた品が備わって、至っての器量良し。

娘「父が長の患いで、難渋致しております。どうぞ、お求め下さいませ！」
定「もし、箒屋はん。茶店で休んではる、あの御方が来てほしいそうですわ」
娘「はい、直に参ります。（茶店へ来て）アノ、何か御用で？」
若「お呼び立て致しまして申し訳ございませんでしたが、お宅は箒屋さんで？」
娘「父が長の患いで、箒・ササラ・切り藁を売り、細々と暮らしております」
若「並べておられる品を、皆、買わしていただきましょう」

娘「そうしていただきましたら、家へ帰って、父の看病が出来ます」
若「いえ、そんなに頭を下げていただかんでも結構で。コレ、定吉」
定「（お萩を、喉（のど）へ詰めて）アグググッ！」
若「コレ、いつまで食べてる。さァ、お金を出しなはれ。品物の値がわかりませんが、お幾らで？　ひょっとしたら、十両か二十両？」
娘「いえ、そんなに頂戴する品やございません。一両でも、お釣りが仰山ございます」
若「定吉、財布を出しなはれ。（金を出して）私は、お金を遣うのは初めてで。さァ、小判で三両。どうぞ、お受け取りを」
娘「父は至って実直で、このような金子（きんす）をいただいて帰りますと叱られます」
若「ほな、二両は返していただきます。一両だけ、お受け取りを」
娘「お心として、頂戴致します」
若「この二両は、臥（ふ）せっておられるお父様へ見舞いにしていただきたい」
娘「盗みを働いたのではないかと、私が責められます」
若「余程、実直な御方で。ほな、証（あかし）を書かしていただきます。コレ、定吉」
定「（お萩を、喉へ詰めて）アグググッ！」
若「コレ、いつまで食べてる。茶店で、紙と筆と硯（すずり）を借りてきなはれ。子どもが、直に用立てて参ります。あァ、借りてきたか。（証を書いて）私の名前と所を書きましたよって、お父様がお疑いになられたら、私の許へ来ていただきますように」

娘「何から何まで、有難う存じます。（証を読んで）大坂船場安土町三丁目・木綿問屋相模屋総兵衛方、倅・総三郎。それでは、頂戴致します」

若「箒・ササラ・切り藁を、此方へ運んでいただけますか。コレ、定吉」

定「（お萩を、喉へ詰めて）アググッ！」

若「コレ、まだ食べてるか！　この御方と一緒に、箒を運びなはれ」

娘「これで皆でございますが、お持ち帰りになりますか？」

若「はい、定吉が持って帰ります」

定「もし、一寸待ちなはれ！　こんな仰山の箒は、一人で持てん」

若「お萩を食べて、力も付いてますよって、定吉が持って帰ります」

娘「生涯、御恩は忘れません。それでは、失礼致します」

若「どうぞ、お父様をお大事に。いえ、何遍も振り返っていただかんでも結構で。コレ、定吉。それを持って、随いてきなはれ！」

定「若旦那、どこへ行きなはる？　（銭を出して）姐さん、これだけ置いとくわ。お釣りは、もうええ。あァ、箒を持って走るのは難儀や。もし、待っとおくなはれ！」

箒屋の娘の後を見え隠れに随けて行くと、娘が行き着いたのは、大坂一の貧乏長屋の長町裏。

みすぼらしい家ではありながら、掃除が行き届いてる。

娘「只今、帰りました」

父「苦労を掛けて、すまん。わしが患わなんだら、こんな苦労はさせまいに」

娘「いえ、苦労とは思いません。一日も早う、病いを治していただきますように」

父「此方（こなた）の辛抱も、もう暫くじゃ。半年も経たん内に、あの世とやらへ参ります」

娘「どうぞ、心細いことを仰いませんように。お医者様も、お父様の病いは薄紙を剥（は）ぐように良うなっておられると仰いました。『病は気から』と申しますよって、しっかりしていただきますように。それより、お薬は呑まれましたか？」

父「この長屋は、親切な御方が多い。お隣りの佐助さんが、薬を煎じ直して下さった。ところで、今日は帰るのが早かったな。何（いず）れかの御方が皆、買うて下さったか。あァ、御先祖様が助けて下さったような」

娘「その御方から頂戴致しました箒代の一両と、お見舞いの二両でございます」

父「何ッ、三両！　コレ、一寸前へ出なされ。（娘の首筋を掴んで）コレッ！」
娘「一体、何をなさいます！　どうぞ、お離し下さいませ」
父「何という、さもしい（※浅ましいこと）気を起こした。見も知らん箒屋へ三両も下さる御方が、どこに居られる？　貧に困って、身を売ったか？　コレ、どこで盗みを働いた？　何ッ、証を書いて下されたとな。（証を読んで）『大坂船場安土町三丁目・木綿問屋相模屋総兵衛方、倅・総三郎。箒・ササラ・切り藁を一両にて買い求め、御尊父様へ二両のお見舞いをお渡し申し候』。娘、すまん。此方を疑うた心が、情け無い。冥土へ行っても、極楽へは通してもらえまい。一両は頂戴しても、見舞いの二両は返してきなされ」
娘「お断り致しましたが、どうしてもと仰いまして」
父「落ちぶれたとは言え、誇り高き家柄故、そこまで施しを受ける覚えは無い。此方が返しに行かなんだら、わしが這うてでも返しに行く！　あァ、道で倒れても本望！」
若「（家へ入って）もし、御免下さいませ！　お初にお目に懸かりますが、私は安土町三丁目、木綿問屋相模屋総兵衛の倅・総三郎と申します」
父「あァ、お見舞いを下さった御方か？　この金は、いただくことが出来ません」
若「行儀の悪いことながら、表で話を聞かしていただきました。二両は返していただき、後日に嬉しゅう、お目に懸かります。ほな、御免！」
定「もし、待っとおくなはれ！　箒を持ってるよって、走れん」
若「（家へ帰って）只今、帰りました」
番「へェ、お帰りやす。若旦那、卯の日参りは如何でございました？」
若「有難いお参りで、世の中のことも詳しく知れました」
番「皆、クスクス笑いなはんな。ところで、お金はお遣いになりましたか？」
若「お店の方々へ、お土産を買うて参りました。男の方はササラ、女子(おなご)の方は切り藁。お父様・お母様・御番頭へは、箒を一本ずつ差し上げます」
番「ほゥ、有難う頂戴致します」
若「それから、私は嫁をもらうことに決めました！」
番「やっと、お心が定まりましたか。ほな、お話がございました伊丹屋のお嬢様で？」
若「いえ、そうではございません」
番「ほな、伊勢屋のお嬢様で？」
若「いえ、違います！　住まいは長町裏で、箒屋の娘。至って、心が清らか。お父様は病いの床へ臥せっておられますが、気骨のある御方。許しが出なんだら、私は死にます！」
番「もし、暫くお待ちを！　早速、親旦那へ御相談致します」

親旦那へ話をすると、「おォ、嫁を決めて帰るとは面白い。早速、話を進めなはれ」。人を走らして、長町裏で尋ねると、近所の評判は上々。

娘は親孝行で、父親も嘘・偽りの無い人柄。

そんな親子やったらと、トントン拍子に話が纏(まと)まって、嫁入りとなる。

父親も一緒に引き取られて、立派な医者へ診せて、良え薬を呑ましてもらうと、薄紙を剥ぐようにどころか、厚紙を引き千切るように良うなった。

婚礼の当日、長町裏へ祝いの赤飯が配られる。

☆「あァ、有難い！　娘の親孝行を、天が見てはったような。やっぱり、人間は良えことをせなあかん。今まで知らなんだけど、あの親子は誇り高い武家の出やそうな」
★「何ッ、誇り（※埃(ほこり)）高い？　あァ、それで箒屋をしてた」

解説「箒屋娘」

振り返ってみれば、若い頃に不思議な体験をした方だと思いますし、ありえないミスが良いことへつながったこともありました。

高校生の頃、素人参加番組の賞金や、年賀状の郵便配達のアルバイトをして得たお金で、落語のレコードを購入していましたが、それを注文するのは三重県松阪市中町通りのカナリヤ楽器店。

店の主人と懇意になり、東芝ＥＭＩから発売されていた『桂米朝上方落語大全集』を、毎月一巻ずつ購入していましたが、ある月のこと、どういう間違いか、ＣＢＳソニーから発売されていた『桂小南集・其の六』が届いたのです。

早速、主人へ「このレコードは注文していませんから、取り替えて下さい」と言うと、「あァ、悪かったな。こんなミスは滅多に無いけど、どこかで入れ替わったような。米朝さんのレコードも注文するけど、お詫びに小南集は差し上げるわ」と仰り、思いがけなく手に入った『桂小南集・第六巻』の中に「箒屋娘」が収録されていました。

戦前の速記本『名作落語全集・第七巻／恋愛人情編』（騒人社書局、昭和四年）に掲載されている二代目桂三木助の速記で、噺の筋は知っていましたが、初めてネタの全容を耳で確かめ

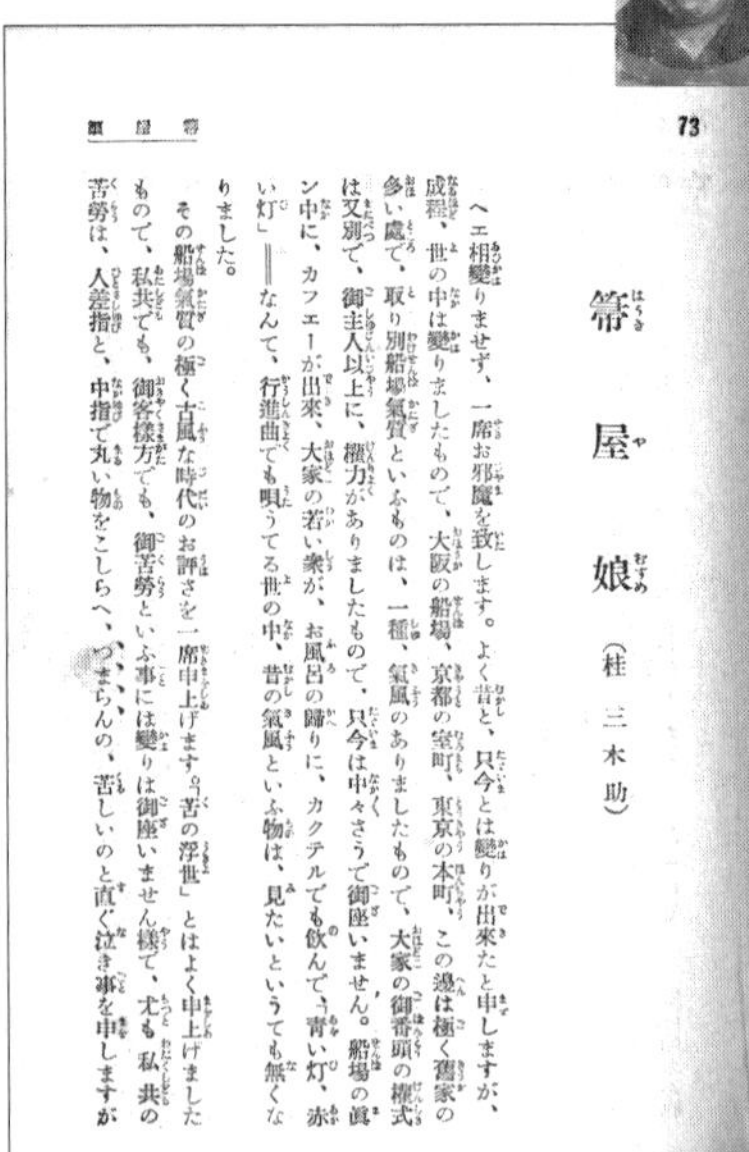

73

帮屋娘（桂 三木助）

ヘエ相變りませず、一席お邪魔を致します。よく昔と、只今とは變りが出來たと申しますが、成程、世の中は變りましたもので、大阪の船場、京都の室町、東京の本町、この邊は極く舊家の多い處で、取り別船場氣質といふものは、一種、氣風のありましたもので、大家の御番頭の權式は又別で、御主人以上に、權力がありましたもので、只今は中々さうで御座いません。船場の眞ン中に、カフエーが出來、大家の若い衆が、お風呂の歸りに、カクテルでも飲んで、「青い灯、赤い灯」――なんて、行進曲でも唄うてる世の中、昔の氣風といふ物は、見たいというても無くなりました。

その船場氣質の極く古風な時代のお話さを一席申上げます。「苦の浮世」とはよく申上げましたもので、私共でも、御客様方でも、御苦勞といふ事には變りは御座いません樣で、尤も私共の苦勞は、人差指と、中指で丸い物をこしらへ、つまらんの、苦しいのと直ぐ泣き事を申しますが

帮屋娘

『名作落語全集第７巻／恋愛人情編』（騒人社書局、昭和４年）の表紙と速記。

ることが出来たのです。

二代目三木助は、明治中期から昭和十年代にかけて上方落語界の大立者で、持ちネタの豊富さと、格調高い芸風で、初代桂春團治や五代目笑福亭松鶴らと並び、吉本の大看板として君臨した、上方落語史上、屈指の名人と言えましょう。

平成二十一年四月二十八日、大阪梅田太融寺で開催した「第四七回・桂文我上方落語選（大阪編）」で初演しましたが、ネタが進むに連れ、次第に演りやすくなり、噺の世界へ入り込むことが出来たように感じました。

このネタの再構成で最初に考えたことは、主人公の若旦那のキャラクターで、この若旦那は他の落語には無い、無垢・無邪気・世間知らずの御曹司ですが、一つ間違えれば、陽気過ぎる変人として描かれてしまう危険性があります。

若旦那のキャラクターをデフォルメすれば、妙なタイプの人間が出てきたと、それだけで観客の笑いを誘うでしょうが、それは笑われるキャラクターに仕立て上げただけで、若旦那に備わる無垢さや優しさが失われてしまうことにもなりかねません。

あくまでも天性の明るさを適度に持ち合わせた、世間知らずの、性格の良い御曹司として表現したいのです。

最初から最後まで若旦那へスポットが当たっているネタだけに、人格に一貫性を持たせることが肝心で、笑いは少なくても、聞き終わった時、良い噺を聞いたと思ってもらえることを心掛けるようにしました。

最初に登場する番頭、若旦那へ付き添う丁稚、箒屋の娘に父親と、どこにも悪意が感じられない人たちばかりが若旦那を取り囲んでいる設定は、良い意味では爽やかさが感じられる一方、噺の弱さにつながることにもなりかねません。

一人でも悪人が登場する方が、噺へアクセントが付いて演じやすく、観客の興味も引くのですが、このネタへ悪人を登場させること自体、噺の味を消すことにもなりかねないため、これで良いのかも知れないと思っています。

物語の半ばから人情噺の雰囲気となり、噺へ緊張感が加わるので、原作では箒屋の家の表で立ち聞きをする若旦那と、その前を通り掛かった羅宇仕替屋がトンチンカンな会話を交わし、多少の笑いを取るのですが、箒屋の娘と父親の会話だけにスポットを当てる方が物語が散漫にならないと思い、親子で揉めた後、若旦那の登場という構成にしました。

若旦那が参詣する住吉大社について、少しだけ述べておきましょう。

住吉大社は、大阪市住吉区にある、関西では馴染みの深い神社で、御田植神事に行われる「住吉踊」が変化し、後の「かっぽれ」が生まれたと聞いています。

卯の日参りは、住吉大社が卯の日に鎮座ましましたことで、卯の日に住吉大社へ参詣するという風習が出来、五月（※明治以前は四月）最初の卯の日に祭を行うだけに、「箒屋娘」という落語は、五月初旬、麗らかな春先に起こった、気持ちの良い出来事と言えましょう。

卯の日参りが出てくる落語は、他に「せむし茶屋」があります。

若旦那が卯の日参りをする時に使用する「いざや」というハメモノ（※落語の中で使う囃子）は、文久年間頃から流行り出したお座敷唄ですが、旦那が芸者を連れて住吉大社へ参詣する様子を面白く表現した曲で、「夏祭浪花鑑（かがみ）／住吉鳥居先の場」「鐘もろとも恨鮫鞘（うらみのさめざや）／住吉いかり床の場」などの住吉大社に関連した芝居にも使われるようになりました。

歌詞は「〔1〕いざや行きましょ、住吉へ。芸者引き連れ、新地両側、華やかに。沖にチラチラ、帆掛け船。一艘も二艘も三艘も、三艘も四艘も五、六艘も、オヤ、追風（おいて。おいで）かいな。えェ、湊入り。新造船（または、そんれはえ）。〔2〕障子開くれば、差し込む窓の月明かり。とぼそまいぞえ、蝋燭（ろうそく）を。闇になったら、とぼそぞえ。一丁も二丁も三丁、三丁も四丁も五、六丁も。オヤ、とぼそぞいの。えェ、蝋燭を。しょんがいな」。

一番の歌詞の新地両側は、豊臣秀吉が堺へ行くために整備した新道の両側へ、立派な料亭が立ち並び、繁盛した様子を唄っており、天下茶屋の地名が生まれたのも、その頃だそうです。

二番の歌詞は、月を楽しむ風景と思われますが、実は艶っぽい内容で、男性器を蝋燭にたとえ、実行に及ぶことを「とぼす」として、「月明かりでは、人に見られるから、闇になったら実行」となるだけに、かなり際どい内容になっているのも面白いと言えましょう。

替え唄も多く、野崎参りが題材の「いざや行きましょ、徳庵へ。堤、連れ立ちて、川も堤も華やかに。花も咲くぞえ、帆掛け船。野には菜の花、野崎参りは観音さん。オヤ、おいてんかいな。えエ、新造。里帰り」という歌詞や、三十石がテーマの「淀の上手の千両の、千両の松は、八幡山から出て招く。ここはどこよと船頭衆に問えば、オヤ、おいてんかいな。えエ、ここは鍵屋裏。おや、ほんまかえ」という歌詞もありました。

落語のハメモノでは「篝屋娘」の他、先程も述べた「せむし茶屋」で住吉へ向かう道中で演奏が始まります。

以前は「住吉駕籠」にも使ったようですが、その使用例は見たことがありません。

三味線と唄はハンナリと演奏するように心掛け、鳴物は〆太鼓と大太鼓を各々のセンスで打ちますが、「大拍子」の「テンテテンテンドン、テンテテンテンドン、テテドドテテドド、テンドドテンドドテンドドテンドン、ドドンドドドックツッドンドン」という手で合わせても良いでしょう。

当たり鉦は自由に打ち、笛は篠笛で曲の旋律通りに吹きますが、いつも入れる訳ではありません。

私は上方舞の名手・楳茂都梅咲師から、この唄の舞を習いました。

楳茂都流のハンナリとした振りが付いた快い舞だけに、機会があれば、「篝屋娘」を演じた後、拙いのは承知の上で、少しだけ舞わしていただこうかと、密かに考えている次第です。

前述した二代目桂三木助の速記の後に「此の落語は、所謂、落語の生命たる落げが、演ぜられぬだけが、遺憾である。此の落げを新たに拵しらへれば折角、昔より傳はる、名作を疵つけ

『桂小南／其の６』(CBSソニー)。

る事と思つて、其の儘に、演じて居る。尤も、明治四十年頃までは、高座で立派に落げを附けてはゐたのであるが、時代の推移で落げを演じなくなつた。此の篇に、まだ「宇治の柴船」も、此の落げが附けられぬ落語である。演者としても、何んだか物足らないが、何卒御諒知を乞ふ」と述べており、これは花月亭九里丸の文と言われていますが、確証はありません。

ＬＰレコード・カセットテープ・ＣＤは、二代目桂小南師の録音で発売されています。

湯文字誉め

ゆもじほめ

昨今、着物で過ごす御方は少のなって、男が着物を着るのは、華道や茶道の先生・日本舞踊の師匠・歌舞伎役者・噺家ぐらい。

噺家は黒紋付を着ることが多いだけに、不幸があっても、そのまま走れるという、不祝儀には都合の良え(え)仕事。

男女を問わず、表から見えん所へ気を遣うのが、ほんまのお洒落(しゃれ)。

男は長襦袢(じゅばん)や羽織の裏に凝って、自分の好きな絵柄や色を染めて喜ぶ。

お茶屋の女将(おかみ)は、初めてのお客の格を羽織の裏で判断したというぐらい、隠れたお洒落は絶大な力を発揮する。

女性は着物の下へ、裾(すそ)よけ・湯巻き・湯文字という物を巻いて、着物の裾がチラチラ捲(めく)れる時、誠に色気があった。

また、女性だけやのうて、男の年寄りの腰が冷えるのを防ぐためにも使たそうで。
隠「さァ、此方へ上がり。直に、お茶を淹れるわ」
喜「いえ、お茶は」
隠「ほゥ、要らんか？」
喜「いや、何ぼでも呑む」
隠「コレ、ケッタイなことを言いなはんな」
喜「急須へ茶の葉と湯を入れて、湯呑みへ注ぐまで暇が掛かるわ。その間に、羊羹を切るという機転は利かんか？」
隠「相変わらず、厚かましい男じゃ。お茶を淹れて、羊羹を切ったわ」
喜「そこまで気を遣たら、寿司も取って」
隠「いや、お茶と羊羹で十分じゃ」
喜「ほな、辛抱するわ」
隠「コレ、ええ加減にしなはれ！　一体、今日は何しに来た？」
喜「(茶を啜り、羊羹を食べて) 今日は、隠居に泥を吐かそと思て」
隠「何じゃ、わしが悪いことでもしてるみたいじゃ」

喜「皆、お見通しや。さァ、泥を吐け！　言わなんだら、お上へ訴えて出る」
隠「一々、大層に言いなはんな。一体、わしが何をした？」
喜「ほゥ、世間の評判を知らんな。町内の者は隠居のことを、どう呼んでる？」
隠「皆から、田中の御隠居と呼ばれてるわ」
喜「あァ、それは表向きや。裏では、腰巻の隠居と呼ばれてるわ」
隠「何ッ、腰巻の隠居？」
喜「人に言われて、ドキッとしたか。こないだから、町内の女子の腰巻が仰山盗られた。良え齢をして、何をさらす。ええい、ド助平(すけべえ)！」
隠「コレ、阿呆なことを言いなはんな。腰巻の御隠居と呼ばれるのは、訳がある」
喜「夜中、盗ってる姿を見られたか？」
隠「いや、そうやない。この頃、腰巻に凝ってる」
喜「やっぱり、女子の腰巻を集めて廻って」
隠「人の腰巻やのうて、呉服屋で腰巻を誂(あつら)えてるよって、そう呼ばれてるわ」
喜「隠居は、いつから女子になった？　そう言うと、妙に艶(いろ)っぽい」
隠「一々、阿呆なことを言いなはんな。わしは若い頃から腰が冷えるよって、内々で腰巻を巻いてるが、こないだから腰巻に凝ろと思て。大抵、木綿のような安物じゃが、絹物の羽二重や縮緬を好きな色で、気に入った柄に染めてるわ」
喜「それを知らんよって、『田中の隠居は、腰巻き盗人！』と言い触らしてた」
隠「コレ、阿呆なことをしなはんな。皆へ、ちゃんと断っときなはれ」
喜「ほな、そうするわ。隠居が誂えた腰巻は、どんな柄や？」
隠「その時の趣向に合わして腰巻を替えてるよって、数は揃えてる」
喜「魚釣りや碁・将棋に凝るのは聞くけど、腰巻は初耳や。一体、どんな腰巻がある？」
隠「見せてもええが、言い触らさんように。内々で誂えて、楽しんでるだけじゃ」
喜「一体、どこにある？」
隠「腰巻は、奥の離れへ置いてあるわ」
喜「さァ、そこへ連れて行け！」
隠「一々、偉そうに言いなはんな。ほな、離れへ来なはれ」
喜「隠居の家に、離れがあるとは知らなんだ。間口の狭い、しょうもない家と思てた」
隠「コレ、ボロクソに言いなはんな。さァ、渡り廊下を通りなはれ」
喜「渡り廊下まであって、勿体無い。こんな廊下は潰して、畑にした方がええわ」
隠「一寸、黙りなはれ。さァ、離れへ来た。腰巻の長持は二棹あって、鍵が掛けてないよって、開けてみなはれ」

喜「（長持を開けて）よいしょ！　綺麗な絵が描いてある布が詰まってるけど、羽二重や縮緬の腰巻か。門松があって、女子が羽根突きをして、此方に獅子舞・注連飾り・独楽も描いてあるわ。これは一体、いつ巻く？」

隠「その腰巻は、お正月の松の内に巻くのじゃ」

喜「ほゥ、腰の回りへ正月を集めたような。皆が隠居を、めでたい人と言うてる訳が知れた」

隠「一々、要らんことを言いなはんな。さァ、次を見なはれ」

喜「真っ白で、雪景色に、お爺さんが傘をさしてる。横へ字が書いてあって、『わかものと　おもへはかるし　かさのゆき』」

隠「それは、『我が物と　思えば軽し　傘の雪』と読むわ」

喜「これは、いつ巻く？」

甚「雪見の時に巻くが、寒いよって、綿入れにしてあるわ」

喜「綿入れの腰巻を、初めて見た。次の腰巻は桃色で、満開の桜で、春一色や」

隠「派手な物も好きやよって、花見へ行く時に巻いて行くわ」

喜「町内の人が、『隠居の頭の中は、花が咲いてる』と言うてる訳が知れた」

隠「コレ、大概にしなはれ！」

喜「あァ、ほんまに洒落た御方や。中々、こんなことは出来ん。最前の桃色から、次は真っ青になった。大海原で、波の色も綺麗。帆掛け舟が走って、涼しそうや」
隠「夏の日が暮れに、夕涼みへ誘われた時に巻いて行く。その腰巻は透けてるが、夕涼みの時、腰巻の中へ蚊が入らんように、蚊帳で拵えてあるわ」
喜「えッ、蚊帳！　こんな所は、蚊も嫌がって入ってこんわ。これは、どこで染めた？」
隠「あァ、京都の友禅じゃ」
喜「夏やよって、幽霊で染めた？」
隠「幽霊やのうて、京友禅」
喜「次は紅葉で、下へ鹿が描いてある。猪が来て、蝶々を飛ばすと、猪鹿蝶（いのしかちょう）になるわ」
隠「一々、阿呆なことを言いなはんな。猪鹿蝶やったら、ちゃんと揃てる」
喜「紅葉と鹿だけで、蝶と猪は描いてないわ」
隠「腹の所に腸（※蝶）があるし、腰巻を捲って、時々、シシ（※猪）をする」
喜「わァ、謎掛けみたいな腰巻や。次は賑やかな絵で、芸妓（げいこ）が三味線を弾いて、その横で餅搗（つ）きをしてるわ」
隠「年の暮れになると、京都島原の角屋（すみや）というお茶屋が日を決めて、鳴物入りで餅搗きをする様子が染めてある。年末の急（せ）わしない時に巻くと、心が落ち着いて、ハンナリした気分になるわ」
喜「これを巻いて、隠居も餅搗きをするか？」
隠「この齢になると餅搗きは出来んが、時々、尻餅をつくことはある」
喜「一年の行事を、ちゃんと揃えてるだけ偉いわ。花見から夕涼み、紅葉狩りに餅搗きまで、四季折々を揃えて。いや、一寸待った！　ここまで凝っても、手落ちがあるわ」
隠「大抵は揃えたつもりじゃが、抜かりがあったか？」
喜「町内で、秋の松茸狩りへ行く時の腰巻が無い。松茸狩りの時は、どうする？」
隠「あァ、その時は外して行くのじゃ」

解説「湯文字誉め」

先代（三代目桂文我）から習いましたが、通常の稽古で教わったネタではありません。

先代の許へ稽古に通っていた頃、艶噺のライブ録音の仕事のあった先代が、「しばらく演ってないよって、稽古せなあかんけど、一人で演ってても面白無い。今から君の前で演るよって、君も覚えなさい」と仰り、「覗き医者」と「湯文字誉め」を語り出したのです。

「若い者が艶噺を演ったら、いやらしく聞こえる。四十歳を過ぎたら、演ってみたらええ」と仰り、私の顔を見て、ケラケラと愉快そうに笑ったのが、強烈な記憶として残りました。

私は内心で、「このネタは、一生演ることは無い」と思いましたが、四十歳を過ぎてから、このネタと向き合うと、捨て難い面白さがあることに気が付き、演ってみる気になったのです。

小咄を膨らませたような内容の落語で、ギャグも少なく、上演時間も短い珍品だけに、笑える所を増やしたり、場面を膨らませたり、腰巻の絵柄の種類も新しく付け加えたりして、私なりに再構成してみました。

二人の登場人物の会話だけで進めるネタで、ストーリー全体を大きな展開へ変えることは無理ですが、話の進行に伴い、腰巻へ描いてある絵柄を想像し、それなりの季節感と趣向を感じ取っていただければ幸いと思い、ネタの改変を繰り返しましたが、山場を設けにくいネタだけ

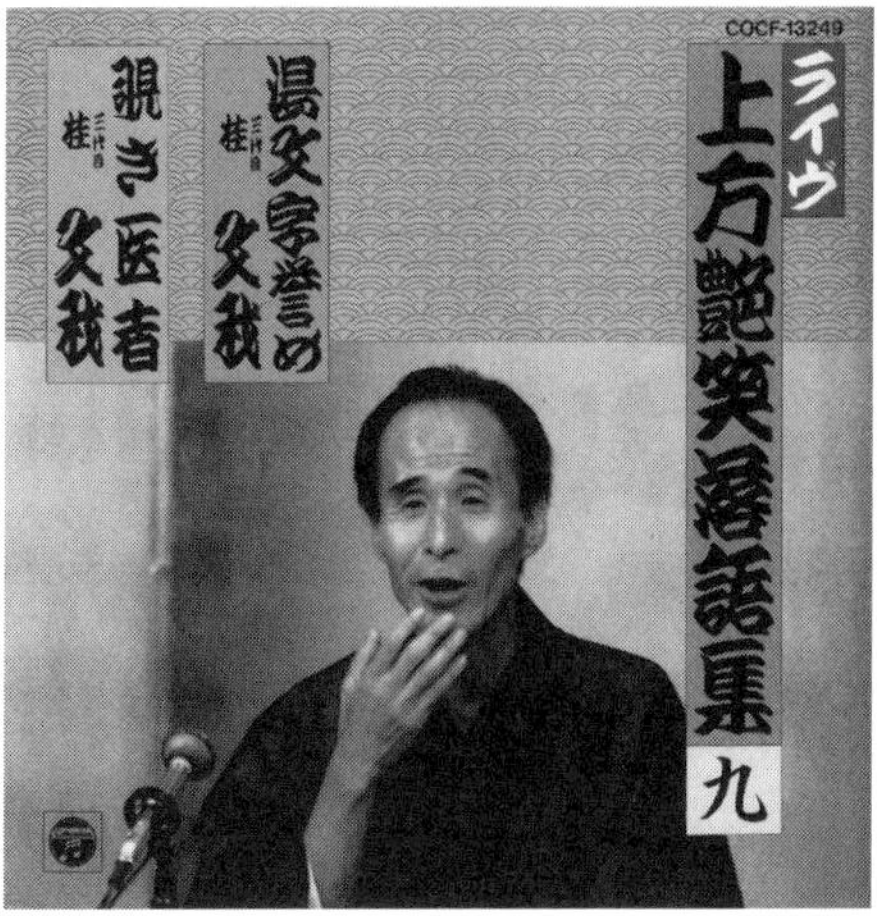

「ライブ・上方艶笑落語集〔9〕三代目桂文我」(日本コロムビア株式会社)。

に、どうしても噺全体が単調になりがちです。

先代は「オチを言うた時、ワッと笑てもらい、洒落たネタと思てもろたら成功や」と述べていましたが、それはネタの筋を淡々と追っていくような口調の噺家のみに許されることでしょう。

艶噺とは言え、それほど強烈な内容ではなく、涼しい風が頬を撫でるような、爽やかな快さが感じられるネタです。

平成十四年二月十八日、大阪梅田太融寺で開催した「第一九回・桂文我上方落語選（大阪編）」で初演しましたが、別に違和感を感じることはありませんでした。

先代から偶然に教わった珍品だけに、再構成を繰り返しながら、今後も楽しく演じていこうと考えています。

湯文字のことについて、少しだけ述べておきましょう。

「日本国語大辞典」（小学館、昭和五十一年）によると、湯文字とは「ゆの字を語頭にもつ語の後半を略して、文字を添えた女房詞。女性が着物の下に、腰から脚部にかけて、直にまとう布。腰巻。湯巻。いもじ」とあり、「湯文字誉め」という演題の他、「湯巻誉め」とも言いました。

昔の速記本や雑誌にも掲載されたと思いますが、私は知らないので、ご存知の方があれば、ご教授下されば幸甚です。

ＳＰレコードへは初代桂春團治が吹き込み、ＬＰレコード・カセットテープ・ＣＤは初代桂春團治・三代目桂文我師の録音で発売されました。

稲川

いながわ

ある年のこと、江戸深川八幡宮の境内で行われた、晴天十日の大相撲。

式「コレ、稲川関。どうしても、大坂へ帰ると仰るのか？」

稲「あァ、こんな情け無いことは初めてじゃ。お江戸は人情が厚いと聞いてたが、大間違いじゃった。荷物を纏めて、大坂へ帰ります」

式「それでは興行がワヤになるよって、行司・式守式部の顔に免じて、千秋楽まで相撲を取ってもらいたい。この通り、頭を下げて頼みます」

稲「式部さんには申し訳無いが、とても辛抱ならん。初日から四日目まで負け知らずじゃが、お江戸の相撲に勝っても、ようやったという声は掛からん。今日の相手は、お江戸の人気力士・伊予海で、三日続けて負け知らず。伊予海には築地の魚河岸の御贔屓(ごひいき)が付いとるで、若い衆から『伊予海、敗けるな！』『大坂相撲へ、一泡食わせてやれ！』という声が掛かる。ジリジリッと土俵の真ん中で仕切ると、息が合うて、軍配が引かれた。ヨイショと前へ出て、パァーンと伊予海の横面を張ったが、グッと堪えた伊予海が、前ミツを取りにきた。左を差して、足を払うと、土俵の真ん中へ、ドシィーンと背中から引っ繰り返ったわ」

式「思い出しても、胸のすくような相撲でしたな」

稲「土俵の上へ、羽織・帯・着物・襦袢・丸めた褌まで飛んできた。やっと、お江戸の衆に迎えてもらえたと思て、有難う頂戴したら、魚河岸の若い衆が『コラ、稲川。その羽織は、伊予海へやったんだ。手を掛けると、俺達が承知しねえ。コラ、贅六相撲の乞食野郎！』と言いなさった。周りの御方も『その着物は、伊予海へやった』『あァ、帯もだ』『コラ、襦袢を触るな』と言うて、丸めた褌まで『おォ、伊予海へやった』と言い出す始末。その内に、『さァ、とっとと上方へ帰れ！』と言い出したぞ」

式「あァ、確かに気の毒じゃった。しかし、関取が土俵で見得を切るとは思わなんだ」

稲「辛抱ならんよって、土俵へ胡座を掻いて、『あァ、お江戸という所を見損無うた！お江戸は情け深い所と聞いて、大坂から楽しみに出てきたが、負けた者へ花をやり、勝った者へ花が無いのは、どういう訳じゃ！　面目無うて、大坂へ帰れん。土俵で腹を切って死ぬよって、可哀相じゃと思たら、線香の一本も手向けてくれ』とな」
式「えらいことになったと思て、見物と稲川関の間へ割って入った。相撲は捌いても、相撲取りと見物を捌いたのは初めてじゃ。『稲川の御贔屓、伊予海の御贔屓。御覧の通り、相撲は稲川の勝ちでございます。土俵へお投げになった花は、勝ち力士の稲川へお遣わし願いたい。伊予海へ下さる花は、支度部屋へお遣わしを』とな」
稲「ところが、納まらんのは魚河岸の若い衆じゃ。『ヤイ、行司。よくも、俺達に恥を掻かせやがったな。おゥ、礼に来るから覚えてろ！』と言うて、出て行った。式部さんが『土俵の揉め事は、行司が引き受けた』と言うて、魚河岸まで足を運んでくれて」
式「魚河岸の荒井屋仙松という侠客へ話をすると、『万事、荒井屋が引き受けた』と約束してくれた。気の短いことを言わんと、千秋楽まで相撲を取ってもらいたい」
稲「お気遣いは嬉しゅうございますが、大坂へ帰る腹を決めました。また、大坂でお目に懸かりましょう」
若「稲川関、お客さんで」
稲「何ッ、客人？　お江戸で知った人は一人も居らんが、誰方じゃ？」
若「稲川関と会わしてくれの一点張りで、汚い着物を着たお薦ですわ」
稲「知り合いの無い土地で訪ねて来なさるとは、何か訳でもあるじゃろ。（玄関へ来て）

はい、お待たせ致しました。大坂相撲の稲川じゃが、何か御用で？」
助「おォ、稲川関！　わしは、この辺りの乞食じゃ。元は大坂者で、商いで一旗上げようと思て、お江戸へ出てきたけど、商いの見当が外れて、今は築地でもらい歩いてるわ」
稲「ほゥ、それは気の毒な。仰山は上げられんが、僅かじゃったら」
助「恵んでもらうつもりで来た訳やのうて、稲川関へ頼みがあって」
稲「わしに出来ることじゃったら、お聞き致しましょう。一体、どんなことで？」
助「わしは乞食でも、相撲が三度の飯より好きじゃ。天下の関取へ乞食の贔屓とは、チャンチャラ可笑しいと思うやろけど、昨日はもらいが多かったよって、今日は朝から相撲見物と洒落込んだ。良え取り組みが仰山あったけど、稲川関と伊予海が一番。唯、相撲の後の揉め事はいただけん。魚河岸の若い衆も悪いけど、稲川関の切った啖呵も良うない。土俵の上で相撲取りが腹を切って、誰が喜ぶ？　唯、魚河岸の若い衆を相手に、啖呵が切れるのも立派じゃ。大坂者の誼で、稲川関へ酒を振る舞いたい。乞食風情で酒を御馳走は出来んけど、蕎麦やったら振る舞えるよって、竹の皮へ包んで持ってきた。ケチな贔屓の差し入れを、一口食べてくれんか？」
若「わァ、汚い包みや！　食べたら、腹を壊すわ」
稲「コレ、何を言うのじゃ。広いお江戸で付いてもろた、初めての御贔屓。有り余る金からの御祝儀やのうて、己（おのれ）の食い扶持（ぶち）を減らしてまで、蕎麦を恵んで下さる。御贔屓の差し入れは、有難う頂戴致します」

助「ほゥ、食べてくれるか？　ほな、わしの目の前で食べてくれ」

若「えッ、ここで食べる？　もし、稲川関。裏へ持って行って、犬にやりなはれ」

稲「要らんことを言わんと、早う箸を持っといで」

助「箸やったら、この袋の中にあるわ」

若「ズズ黒い、汚れた袋や」

稲「コレ、黙ってなはれ！　ほな、その箸をお借り致します。（竹の皮包みを開いて）この蕎麦は、えろう固まってますな」

若「わァ、蕎麦や団子やわからん」

稲「コレ、其方へ行ってなはれ！　わしが食べるよって、お前は黙ってぇ！」

助「良え蕎麦は、高いよって買えん。安い蕎麦は引っ付いて食べにくいけど、辛抱してもらいたい。蕎麦つゆは、湯呑みに入ってるわ」

若「わァ、腐ってる」

稲「コレ、ええ加減にしなはれ！　ほな、いただきます。（蕎麦を食べて）おォ、美味い！いや、こんな結構な蕎麦は初めてじゃ。（蕎麦を食べ終えて）はい、御馳走様。魚河岸の見物衆と喧嘩して、お江戸に愛想が尽きましたが、これで気持ち良う大坂へ帰ることが出来る。お大名に山海の珍味も御馳走になりましたが、この蕎麦ほど美味いとは思わなんだ。お大名もお薦も、贔屓の二字に変わりはない。末長く御贔屓を、お願い申し上げます」

助「天下の関取が、乞食の前で頭を下げた。稲川関の料簡が知れたよって、大坂へは帰さん。もし、親分！　どうぞ、お入りを」

荒「おォ、御苦労！」

助「料簡を試して、すまなんだ。この御方は、築地の魚河岸の侠客・荒井屋仙松という大親分で、わしは大坂生まれの助五郎というケチな男じゃ。最前は若い者の頭へ血が上って、あんなことを言うた。唯、若い連中が江戸の相撲を贔屓したいという気もわかるやろ？　大坂でも、負け続けを贔屓にしてる者も居る。若い衆が『面目無いよって、稲川関へ謝りたい』と言うたけど、親分が『稲川の料簡が良うなかったら謝ることはないよって、大坂へ帰してしまえ。料簡が良かったら、築地の魚河岸が贔屓になる』と仰ったよって、わしが猿芝居をした訳じゃ。乞食の蕎麦を、美味そうに食べてくれた。『大名も乞食も、贔屓の二字に変わりはない』と言うた言葉には痺れたな。これからは仙松親分が腰を抱いて、築地の魚河岸が贔屓する。どうか、気持ち良う付き合うてくれ。仙松親分が盃を交わしたいと言うてはるけど、どうする？　さァ、若い衆。皆で、稲川関へ頭を下げんか」
稲「いや、何を仰る。わしも生意気なことを言うてすまなんだし、この後も御贔屓をお願い申し上げます。式部さん、こんな嬉しいことはございません」
式「築地の魚河岸が贔屓に付いてくれたら、千人力。これも皆、関取の人柄のなせる業（わざ）じゃ」
稲「仙松親分を始め、築地の魚河岸の御方。この後も、腰を据えた御贔屓をお願い申し上げます」
助「持ってきたのが蕎麦だけに、腰を据えた贔屓はお約束や。なァ、式部さん」
式「あァ、その通り！　これで、めでとう手打ちにしょう」

解説「稲川」

宮城県仙台市にある子どもの本の専門店・横田やの仕事で仙台を訪れた時、私の古本屋好きを知っていた店主の横田重俊氏が、仕事までの空き時間を利用し、東北自動車道・仙台南インターの近くにある、萬葉堂書店という古本屋へ連れていってくれました。

萬葉堂書店は、東京や大阪にも無いほど、大きな古本屋なのです。

私にとって、古本屋に古本が何十万冊あっても、欲しい演芸本が一冊も無ければ、何の意味も無いのですが、萬葉堂書店の地下には予期せぬ珍本が潜んでいるような、怪しく、澱(よど)んだ空気が漂っていました。

古本屋巡りが嵩(こう)じると、店の前へ立つだけで、その古本屋が醸し出している妖気に近い雰囲気まで察知が出来るようになるのは不思議です。

萬葉堂書店のレジの近くに「地下へ行かれる場合は、レジの者へ断って下さい」という断り書きがあったので、レジ係の男性へ断り、地下へ下りましたが、驚いたことに、戦前の単行本や雑誌が地下倉庫の書棚にギッシリと並んでいました。

何かは見つかるだろうと、胸を躍らせながら、珍本探しに取り掛かったところ、大正時代に刊行された珍しい落語の速記本を何冊か見付け、それだけでも満足だったのですが、一番奥の

…十三年としてあり、餘程古びて居ませう、決して胜…芝居の筋などから取ッたんぢやアありませんから、何卒立派に御捌裁下さいと、斯く申すと小野田氏も、へゝアそれで能く分りましたと首肯されましたが、萬一世間の方々からも、斯様なお疑ひを蒙るやうでは老爺さん甚だ困りますから、念の爲め小野田氏と拙者との問答を、茲に附記致して置きまする。御退屈さま。

（小野田翠雨速記）

稲川次郎吉

金原亭馬生 口演

申上げます、手前はまだお客様の方に餘りお馴染はございません、併し一昨年の一月以來諸方の席でお客様の御尊顔を拝し、御愛顧を受けて居ります、今回博文館から何にか角力の話を一席演ッたら宜からうといふお需めに從ひまして、稲川次郎吉といふ力士の傳を申上げますつもりでございます、併し名人或は先輩者が様々なお話をお客様の方に申上げてありますので、これが珍らしいといふ者もございません、どうかお古いところは御辛抱を願ひます、我々共はお客様に御愛顧を蒙むらなければなりません、役者或は義太夫語、軍談師、皆藝人と申しまして、客商賣とこれを俗に申します、唯今ではこの力士も矢張客商賣でございます、昔は力侍ひと申しまして、

一年を二十日で暮す好い男

實に角力の權式といふものは、別なものでございます當時は四十八手の技藝を持ちまして、お客様の御贔屓に預りますのでげすから、つまり矢張り藝人でげす、その藝人の中で、お客様の御贔屓がありませんのは、誠に工合が悪いもの、乃公は日本一だといッて威張ッても、お客様の御贔屓がなければそれまでのことでございます、力士の中で、唯今で全勝力士ともいふ、常陸山だの梅の谷だのとお客様が皆御贔屓に遊ばします、當時幕の中の力士で、稲川政右衛門といふものがございます、前名を玉風と申しまして、本年の一月場所などは、全勝力士になりましたがために、大阪の新聞社

第六巻第八編　講談　（一四七）

『文藝倶楽部』第6巻第8編（博文館）の表紙と速記。

棚の、照明の灯も届きにくい場所で、怪しげな本が並んでいる気配がします。

長年、古本屋巡りを繰り返してきた者だけに与えられた勘で、珍本が呼んでいると思えるときがありました。

その棚には、明治から大正にかけて四百冊以上も刊行され、各巻ごとに落語や講談が掲載されている『文藝倶楽部』（博文館）の極美本が、約四十冊も並んでいたのです。

新刊書店の棚へ並べてもよいほど、汚れも傷みも無い極美本ばかり。

付けられている値段は安くありませんでしたが、これも何かのご縁と思い、清水の舞台から飛び下りたつもりで、全てを購入。

その夜、仕事を済ませ、宿で休む前に購入した本へ目を通したところ、最初に手に取った本に掲載されていたのが、五代目金原亭馬生の「稲川次郎吉」の速記。

明治三十二年に五代目金原亭馬生を襲名し、しばらくすると大阪へ居付き、副業で玩具屋を営んでいたため、「おもちゃ屋の馬生」と呼ばれ、昭和の名人と言われた六代目三遊亭圓生師へも数多くのネタを教えた人で、圓生師は「ネタの数も多く、時代に合った新しいギャグも程良く入れた人」と述べています。

圓生師の「稲川」も、昭和十四年末頃に馬生から習ったそうですが、萬葉堂書店で購入した本へ掲載されていた速記の前半はカットされており、上演時間も短くなっていました。

後半のお鷹のシーンだけに焦点を絞るため、前半をカットしたのでしょう。

それは噺家の実力と貫祿で、どのような小品でも大きく聞かせてしまうだけの技量と、演者への観客の信用があればこそ成立するのですが、前半部分をカットして演じる度胸は、当時の私にはありませんでした。

前半から少しずつ石垣をこしらえ、最後に天守閣を建てるという作業をしなければ形にならないと考え、出来るだけ的確で着実に物語を進める構成にし、上方落語へ移行する作業に取り掛かったのです。

相撲をテーマにした落語は、「花筏」「佐野山」のように、大抵はラストで取り組みとなり、ストーリーを盛り上げていきますが、このネタのように取り組みが終わった後から始まる落語は特例と言えるでしょう。

ただ、コント仕立ての落語で、全く取り組みが出てこない「大安売」「半分垢」のようなネタもあるのですが……。

何とか上方落語へ再構成し、平成十二年三月二十八日、大阪梅田太融寺で開催した「第一九回・桂文我上方落語選（大阪編）」で初演しました。

上方落語で演じる場合、江戸ッ子言葉を使うのが苦手なのではと思われるでしょうが、私の場合、学生時代に東京落語を東京アクセントで覚えていたこともあるだけに、さほど苦労は感じません。

しかし、あくまでも関西訛り(なま)の江戸ッ子言葉ということだけは、ご容赦下さい。

大坂相撲が江戸へ受け入れられる物語は、上方の噺家の私にとっては人事のように思えず、稲川の心理状態を理解しながら、厭味無く、爽やかに、その料簡を伝えることが出来ればと考えている次第です。

「稲川」という演題の他、昔から「関取千両幟」「千両幟」「稲川次郎吉」「稲川治郎吉」「稲川千両幟」など、数多くありました。

古い速記本では『馬生十八番』（三芳屋書店、大正十二年）、『蛙茶番』（南旺社、昭和三十四年）に掲載されています。

ＬＰレコード・カセットテープ・ＣＤは、六代目三遊亭圓生・七代目雷門助六などの録音で発売されましたが、殊に七代目助六の録音は珍しく、桂米朝師に聞いていただいたとき、とても驚かれました。

ちなみに、江戸中期の明和頃、大坂で人気のあった力士が稲川で、人形浄瑠璃「関取千両幟」へ登場する力士・岩川のモデルと言われています。

明治時代に刊行された『千両幟』（上田屋・競争屋、明治二十二年）に、稲川の一代記がまとめられていますから、興味のある方は古本屋で探して、目を通してみて下さい。

これは余談ですが、平成二十三年三月十一日の東日本大震災で、地震が起こった午後二時四十六分、本来であらば、私は萬葉堂書店の地下にいました。

その当日、仙台での「文我独演会」が決まっており、夜の公演までの時間は、いつも通り、

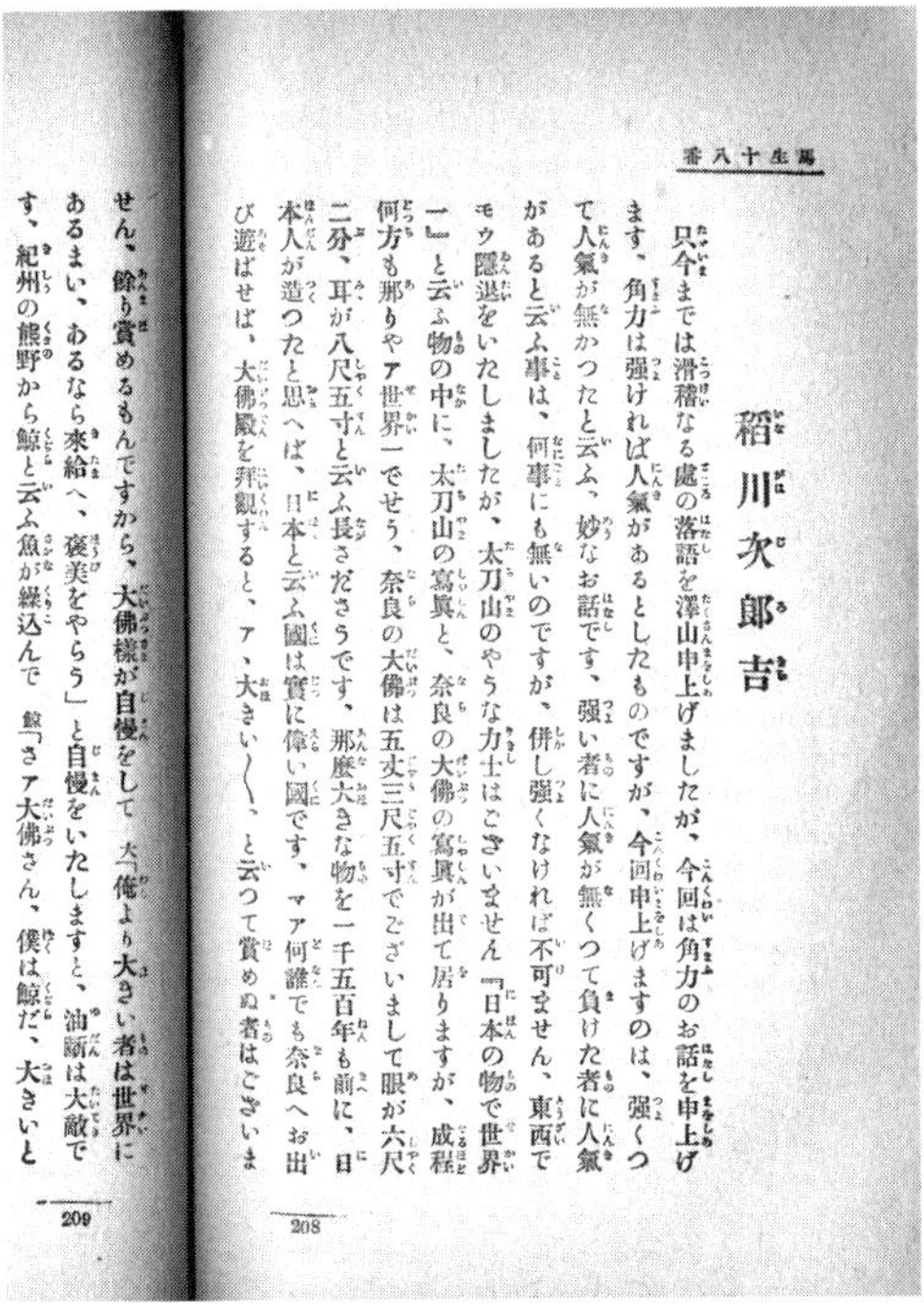
馬生十八番

稻川次郎吉

只今までは滑稽なる處の落語を澤山申上げましたが、今回は角力のお話を申上げます、角力は強ければ人氣があるとしたものですが、今回申上げますのは、強くつて人氣が無かつたと云ふ、妙なお話です、強い者に人氣が無くつて負けた者に人氣があると云ふ事は、何事にも無いのですが、併し強くなければ不可ません、東西でモウ隱退をいたしましたが、太刀山のやうな力士はございません『日本の物で世界一』と云ふ物の中に、太刀山の寫眞と、奈良の大佛の寫眞が出て居りますが、成程何方も那りやア世界一でせう、奈良の大佛は五丈三尺五寸でございまして眼が六尺二分、耳が八尺五寸と云ふ長さださうです、那麼大きな物を一千五百年も前に、日本人が造つたと思へば、日本と云ふ國は實に偉い國です、マア何誰でも奈良へお出び遊ばせば、大佛殿を拜観すると、ア、大きい〳〵、と云つて賞めぬ者はございま

208

せん、餘り賞めるもんですから、大佛樣が自慢をして 大「俺より大きい者は世界にあるまい、あるなら來給へ、褒美をやらう」と自慢をいたしますと、油斷は大敵です、紀州の熊野から鯨と云ふ魚が繰込んで 鯨「さア大佛さん、僕は鯨だ、大きいと

209

『馬生十八番』（三芳屋書店、大正12年）の速記。

落語と山ばなし
蛙茶番
雷門助六
出世豆腐
浪曲息子
抜け雀
頼まれ屋
三井の大黒

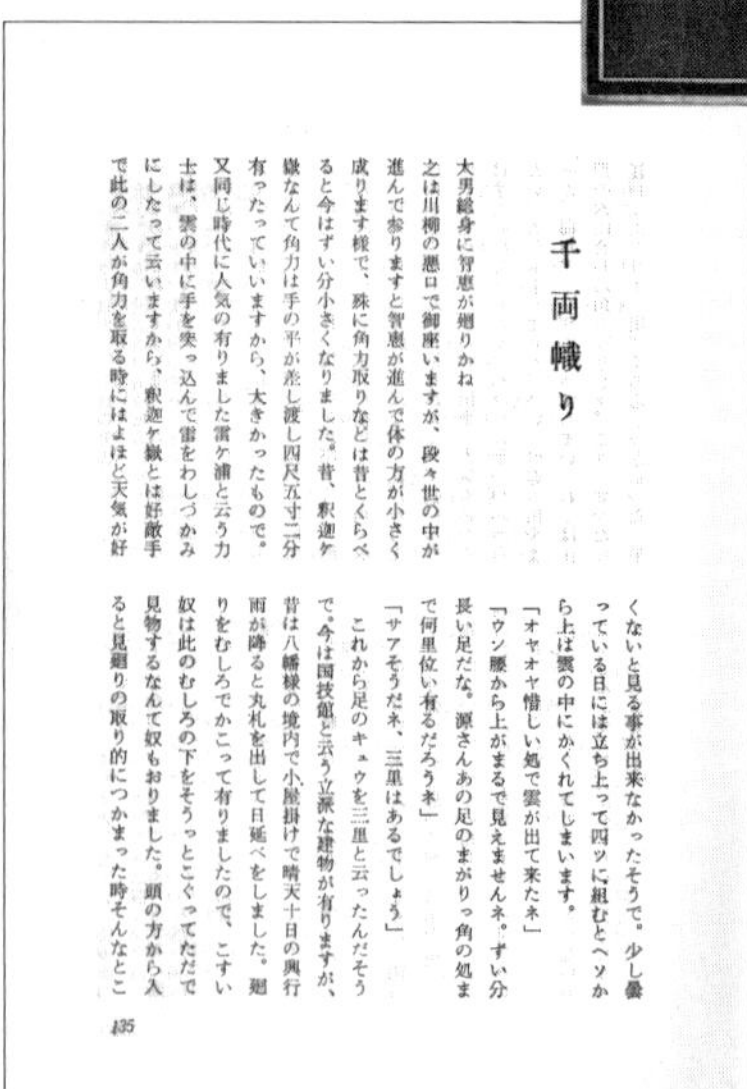

千両幟り

大男総身に智恵が廻りかね

之は川柳の悪口で御座いますが、段々世の中が進んで参りますと智恵が進んで体の方が小さく成ります様で、殊に角力取りなどは昔とくらべると今はずい分小さくなりました。昔、釈迦ケ嶽なんて角力は手の平が差し渡し四尺五寸二分有ったっていいますから、大きかったもので。又同じ時代に人気の有りました雷ケ浦と云う力士は、雲の中に手を突っ込んで雷をわしづかみにしたって云いますから、釈迦ケ嶽とは好敵手で此の二人が角力を取る時にはよほど天気が好くないと見る事が出来なかったそうで。少し曇っている日には立ち上って四ッに組むとヘソから上は雲の中にかくれてしまいます。

「オヤオヤ惜しい処で雲が出て来たネ」

「ウン腰から上がまるで見えませんネ。ずい分長い足だな。源さんあの足のまがりっ角の処まで何里位い有るだろうネ」

「サアそうだネ、三里はあるでしょう」

これから足のキュウを三里と云ったんだそうで。今は国技館と云う立派な建物が有りますが、昔は八幡様の境内で小屋掛けで晴天十日の興行雨が降ると丸札を出して日延べをしました。廻りをむしろでかこって有りましたので、こすい奴は此のむしろの下をそうっとこぐってただで見物するなんて奴もおりました。頭の方から入ると見廻りの取り的につかまった時そんなとこ

135

『蛙茶番』（南旺社、昭和34年）の表紙と速記。

『千両幟』（上田屋・競争屋、明治22年）の表紙と挿絵。

萬葉堂書店の地下で演芸資料を漁る（あさ）ことに決めていたのですが、公演の一カ月前、会場の都合で延期になってしまったのです。

東日本大震災の犠牲になられた方々には、心よりご冥福をお祈りしますが、私の場合、奇しくも、有難いことに災難から逃れることが出来ました。

このような展開で命が助かることが過去にも数回あるだけに、自分としては不思議や偶然で片付けることは出来ません。

神仏や先祖が助けて下さったのであらば、今後も引き続き、よろしく守っていただきたいと願っている次第です。

春雨茶屋

はるさめぢゃや

甚「さァ、此方へ入りなはれ。最前、お前を呼びにやったのは他でもない。こないだ、戎橋の北詰でバッタリ会うた時、鼻緒の切れた下駄を提げて、わしが声を掛けても返事もせんと、血相を変えて走って行ったわ。一体、何があった？」

源「いや、誠に面目無い。一円の割前で、遊び仲間とミナミのお茶屋へ遊びに行って。二階へ上がったら、一円の割前では済まんと思て、玄関先へ座ってたら、女将が酒を持ってきました。それも断ったら、菓子鉢と寿司桶を持ってきたよって、これやったら安付くと思て、寿司や菓子を食べて、お茶を呑んでる内に、残らず食べてしもて。後で勘定したら、菓子が五十銭に、寿司が一円」

甚「ほな、二階で遊んだ方が安いわ」

源「へェ、その通り！　皆が下りてきて、『女将に聞いたら、寿司と菓子を仰山食べたそうな。ここは気楽な店やよって、また遊びに来たって』と頼まれたよって、早速、次の日に一人で遊びに行って」
甚「それは愛想で言うただけで、ほんまに行かんでもええわ」
源「どうやら、そうらしい。二階へ上がって、芸妓や舞妓を呼んだら、三味線を弾いて、唄を唄い出しました。その内に、あんたの世話で養子へ行ったことを馬鹿にして、芸妓が当てこすりの唄を唄うよって、ムカついて！」
甚「芸妓や舞妓は、お前が養子へ行ったことは知らんはずじゃ。一体、どんな唄を唄た？」
源「『春雨』という唄で、終いに『私や鶯、主は梅。身儘気儘になるならば、養子臭いじゃないかいな』と唄うよって、『阿呆臭いや馬鹿臭いは聞いたことがあるけど、養子臭いとは何じゃ！』と言うたら、『さァさ、何でもよいわいな』と唄た。腹が立って、お膳を蹴飛ばしたら、女将が『一体、どうしなはった？』『春雨の終いの養子臭いとは、どんな臭いじゃ！』と言うて、床の間の花瓶を蹴飛ばしたら、『それは養子臭いやのうて、鶯の宿の梅で、鶯宿梅ですわ』。落ち着いて聞くと、『身儘気儘になるならば、鶯宿梅じゃないかいな』と唄てます。鶯宿梅を養子臭いと聞き間違うとは面目無いと思て、二階から下りて、履物を履いて出たら、敷居へ蹴つまづいて。二階から女将が『お勘定をもろてないし、壊した物も弁償してもらいたい。さァ、早う捕まえなはれ！』と、盗人みたいに言われて。蹴つまづいた拍子に、下駄の鼻緒が切れたよって、それを提げて、戎橋の北詰まで走って逃げたら、あんたに出会たという訳で。その折は挨拶もせんと、えらい失礼しました」

甚「コレ、ケッタイな挨拶をしなはんな。『春雨』の唄も知らんのに、お茶屋遊びをすることが大胆な。『春雨』の唄の意味を教えたるよって、お茶屋へ詫びに行きなはれ。その時に唄の講釈もしたら、お前の株が上がるわ。今から言うことを、しっかり覚えなはれ。天暦年間、京都の御所に清涼殿という御殿があって、お庭に帝(みかど)の好んだ梅の木があったけど、一晩で枯れてしもたそうな」

源「悪い病いを患(わずろ)た奴が、小便を掛けて?」

甚「大抵の阿呆は治るけど、お前の阿呆は治らん。自然に枯れたよって、お嘆きになった帝が『コリャ、代わりの梅の木は無いか?』と仰ると、西の京に同じような梅の木があることが知れたよって、『早速、その梅を持って参れ』という勅命が下った」

源「帝が梅の実を採って、内緒で食べようと?」

甚「一々、阿呆なことを言いなはんな。帝は梅の木の姿と、花の香りを好まれた。勅命が下った時、西の京には、二八(にはち)の娘が居ったそうな」

源「うどん屋の女子衆で、二八の娘」

甚「二八というのは、十六の娘じゃ」

源「あァ、それぐらいは知ってますわ。二八十六、二九十八、三三が九、二四が八！」

甚「コレ、一寸黙ってなはれ。紀貫之（きのつらゆき）という御方の娘が、一首の歌を短冊へ書いて、枝へ結び付けた。御所へ運んだ梅を見るなり、帝は喜ばれたが、梅の枝へ〔勅なれば　いとも賢し　鶯が　宿はと問わば　いかが答えん〕という歌を書いた短冊が下がってる。『鶯が戻って、宿はと尋ねた時、何と答えましょう？』という意味だけに、心優しい帝は『この梅が鶯の宿であらば、鶯が可哀相である』と仰って、梅を西の京へ返された。鶯の宿の梅で鶯宿梅とは、これから言うようになったそうな。唄の意味も知らんのに、お茶屋遊びをすることが大胆じゃ。勘定を払て、芸妓や舞妓へ詫びをした後で、『ところで、春雨の唄の意味を知ってるか？』と尋ねると、知ってても愛想を売るのが商売だけに、『いえ、存じません』と言うに違いない。そこで唄の意味を講釈したら、『こんな物知りが、あんなことをなさるとは、洒落でなさったに間違い無い』となって、お前の値打ちが上がるわ」

源「ほゥ、良えことを教えてもろた。お礼に、すき焼きを奢りなはれ」

甚「コレ、お前が奢る方じゃ。さァ、早う行ってきなはれ」

源「教えてもろたことは直に忘れるよって、紙へ書いとおくれやす」

甚「ほんまに、どこまで手数の掛かる男じゃ」
源「取り敢えず、丁寧に書いて」
甚「一々、偉そうに言いなはんな。（書いて）紙へ書いたよって、これを覚えなはれ」
源「ヘェ、おおきに。ほな、行ってきます！」

書いた紙を懐へ入れて、ポイッと表へ飛び出したが、至ってズボラな男だけに、教えてもろたことは覚えもせず、ミナミへ、ミナミへ。
戎橋を越えて、中筋まで来ると、色街は軒の行灯へ灯を入れて、いつに変わらん陽気なこと。〔ハメモノ／春雨。三味線・〆太鼓・大太鼓・当たり鉦・篠笛で演奏〕

源「あの唄で、えらい目に遭うたわ。（店へ入って）えェ、御免！」
女「まァ、先日の大暴れの御方！」
源「あァ、面目無い。こないだの勘定は払うよって、迷惑を掛けた芸妓や舞妓を呼んで」
女「先日のことはお気になさらず、この後も御贔屓に。どうぞ、二階へお上がりを」

二階へ上がって、お膳を据えて待ってると、芸妓や舞妓が顔を出す。

☆「お母ちゃん、今日は何方の御方？」
女「実は、こないだの春雨の阿呆や」
☆「まァ、スットコドッコイのオッペッペ？」
女「そうそう、チョコレンビンのアンケラソ」
☆「まァ、嫌！　お膳を蹴飛ばして、手古鶴さんのお腹へ小鉢が当たるやら、濡衣さんへ徳利が飛ぶやら、無茶苦茶。ほんまに、あの時は怖かった」
女「こないだの勘定は払てもろたよって、大丈夫。さァ、早う二階へ上がりなはれ」
☆「ほな、そうしますわ。（二階へ上がり、襖を開けて）へェ、お越しやす」
源「（大声を出して）イョォーッ！　皆、入って！」
☆「まァ、えらい勢い。あの阿呆声は、どこから出るのやろ？」
源「こないだは無茶をして、面目無い。勘定も済ましたよって、堪忍して。ところで、皆の顔が揃た所で尋ねるけど、春雨の歌の意味を知ってるか？」
★「まァ、嫌！　また、春雨が出たわ」
☆「コレ、黙って聞きなはれ。いえ、存じません」
源「芸妓や舞妓は知ってても、知ってるとは言わんわ。その唄の意味も知らんのに、お茶屋遊びをすることが大胆じゃ！」

★「何を言うてはるか、サッパリわからんわ。もし、姐ちゃん。怖いよって、お先へ帰らしてもらいます」

☆「いえ、もう一寸だけ様子を見なはれ」

源「今から言うて聞かせるよって、しっかり聞くのじゃ。(懐を覗き、紙を読んで) 天暦年間、御所に清涼殿という御殿があって、お庭に帝の好まれた梅の木があったけど、一晩で枯れてしもた。悪い病いを患た者が、小便を掛けたと思うか？」

☆「いえ、そんなことは思いません」

源「コレ、黙らっしゃい！　ここは思う所やよって、思うのじゃ！」

★「目を剥いて怒ってはるよって、帰らしてもらいます」

☆「もう一寸、様子を見なはれ。一々、逆らわん方が身のためや。梅の木へ、オシッコを掛けたと思います」

源「大抵の阿呆は治るけど、お前の阿呆は治らん。(懐を覗き、紙を読んで) 自然に枯れたよって、西の京の同じような梅の木を持ってきた。帝が梅の実を採って、内緒で食べたと思うやろ？」

☆「いえ、そんなことは思いません」

源「コレ、黙らっしゃい！　ここは思う所やよって、思うのじゃ！」
★「もし、姐ちゃん。怖いよって、やっぱり帰らしてもらいます」
☆「もう一寸、辛抱しなはれ。取り敢えず、逃げる支度だけはしとこか。へェ、帝が内緒で食べはったと思います」
源「コレ、阿呆！」
☆「あァ、また叱られた。何のことやら、サッパリわからんわ」
源「(懐を覗き、紙を読んで) 帝は梅の木の姿と、花の香りが好きじゃ。その時、西の京に二八の娘が居った。うどん屋の娘と違(ちご)て、年が十六。二八十六、二九十八、三三が九、二四が八じゃ。紀貫之の娘で、短冊へ一首の歌を枝へ結び付けた。御所へ運ばれた梅の枝の短冊を見ると、〔勅なれば　いとも賢し　鶯が　宿はと問わば　いかが答えん〕という歌が書いてある。これは、『鶯が戻って、宿はと尋ねた時、何と答えましょう？』という意味じゃ。心優しい帝は『鶯の宿やったら、鶯が可哀相じゃ』と仰って、梅を西の京へ返された。鶯の宿の梅で鶯宿梅とは、これから言うたわ！」
★「何を言うてはるか、サッパリわからんわ。あァ、怖い！」
☆「一々、怖がることはないわ。誰かに春雨の唄の意味を聞いて、受け売りをしてはるような。懐を覗いて、書いた物を見ながら言うてはる。頭の中が、オカラみたいな御方や。

もし、お客さん。偉そうに鶯宿梅の意見をなさいますけど、誰かに聞いた受け売りですやろ？　チャンと、お見通しですわ！」

源「あァ、しもた！　鶯宿梅どころか、大シクジリではないかいな」

解説「春雨茶屋」

落語には音曲噺というジャンルがあり、流行った小唄・端唄・長唄・新内・義太夫などを題材にし、落語をこしらえることも多かったようですが、音曲が時代から遠のくと共に、それらのネタも滅んでいったのは当然で、その一つが「春雨茶屋」だったと言えましょう。

柴田花守の作詩で、長崎丸山の遊女が作曲したと言われる「春雨」は、江戸時代末期の嘉永頃、江戸で流行った端唄で、「鶯宿梅」とも言われ、歌詞は「春雨に、しっぽり濡るる鶯の、羽風に匂う、梅が香や。花に戯れ、しおらしや。小鳥でさえも一筋に、塒(ねぐら)定めぬ気は一つ。私ゃ鶯、主は梅。やがて、身儘気儘になるならば、さァ、鶯宿梅じゃないかいな。さァさ、何でもよいわいな」。

わかりやすく述べると、「しっとりと春雨に濡れる鶯の羽風で芳(かぐわ)しく漂う、梅の香り。梅の花に戯れる、可憐な鶯。こんな小さな小鳥でさえも、しっかりと塒は決めており、その梅の木を一筋で暮らしている。私は鶯で、あなたは梅。いつの日か私が自由の身になり、思いのままに過ごすことが出来るようになったとき、鶯宿梅になれるということであろうか。どのように言っても仕方がないので、明るく暮らしましょう」。

色町の遊女を鶯にたとえ、梅の木へ寄り添う鶯のように、いつかは主の男性（※唄では、梅）

と結ばれることを願う遊女の思いが込められていると言われています。

粋な振りが付く、お座敷遊びには最適な端唄ですが、程良く色気を加えるのが難しい曲と、上方舞の名手・楳茂都梅咲師から伺いました。

梅咲師が「春雨」を踊る姿は見たことがありませんでしたが、ご自身の名前が梅咲だけに、他の曲には無い思い入れがあったのかも知れません。

「春雨茶屋」のハメモノにも使用されていますが、お座敷にいるような雰囲気で三味線と唄を演奏し、〆太鼓・大太鼓・篠笛・当たり鉦は、やかましくならないように気を付けながら、程良い演奏をしなければなりません。

「春雨茶屋」の内容は理屈っぽい所もありますが、全体を通してコント仕立てで、無邪気な主人公に周りが振り回されるという、落語ではお馴染みの展開となります。

段取りさえ間違えなければ、それなりにポイントが稼げますし、演っていて楽しいネタであることは間違いありません。

戦前の速記本では『大正文庫 曾呂利茶室落語』（駸々堂書店、大正三年）、『落語三遊集』（三芳屋書店・松陽堂書店、大正三年）、『圓蔵落語會』（三芳屋書店・松陽堂書店、大正六年）、『名人落語十八番』（鈴木泰江堂、昭和四年）、『名作落語全集／芝居音曲編』（騒人社書局、昭和五年）、『続落語全集』（大文舘書店、昭和六年）などがあり、古い雑誌は『百花園／二〇九号』（金蘭社、明治三十年）などに掲載されています。

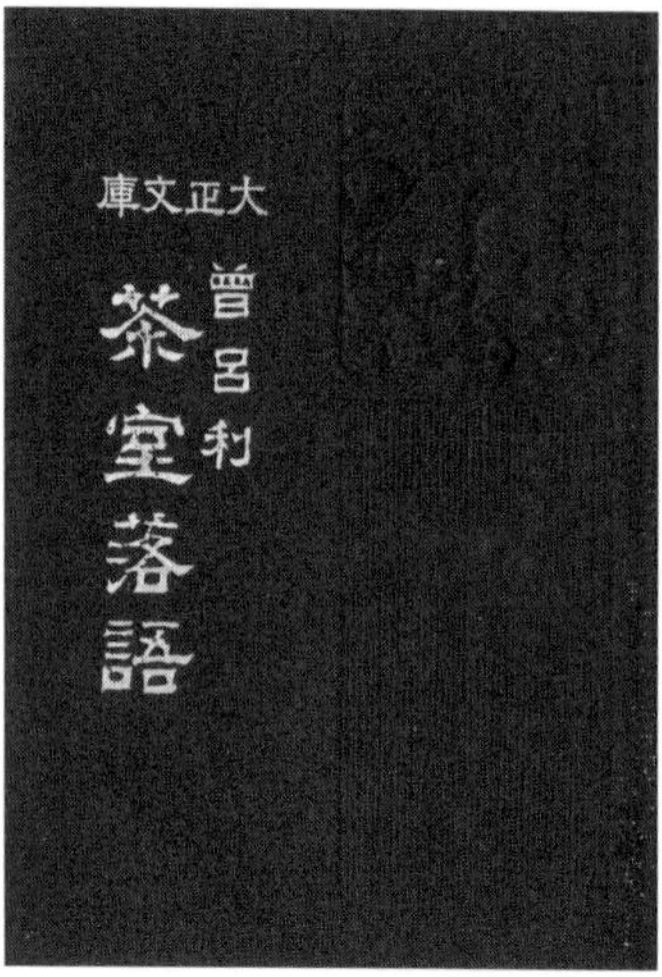

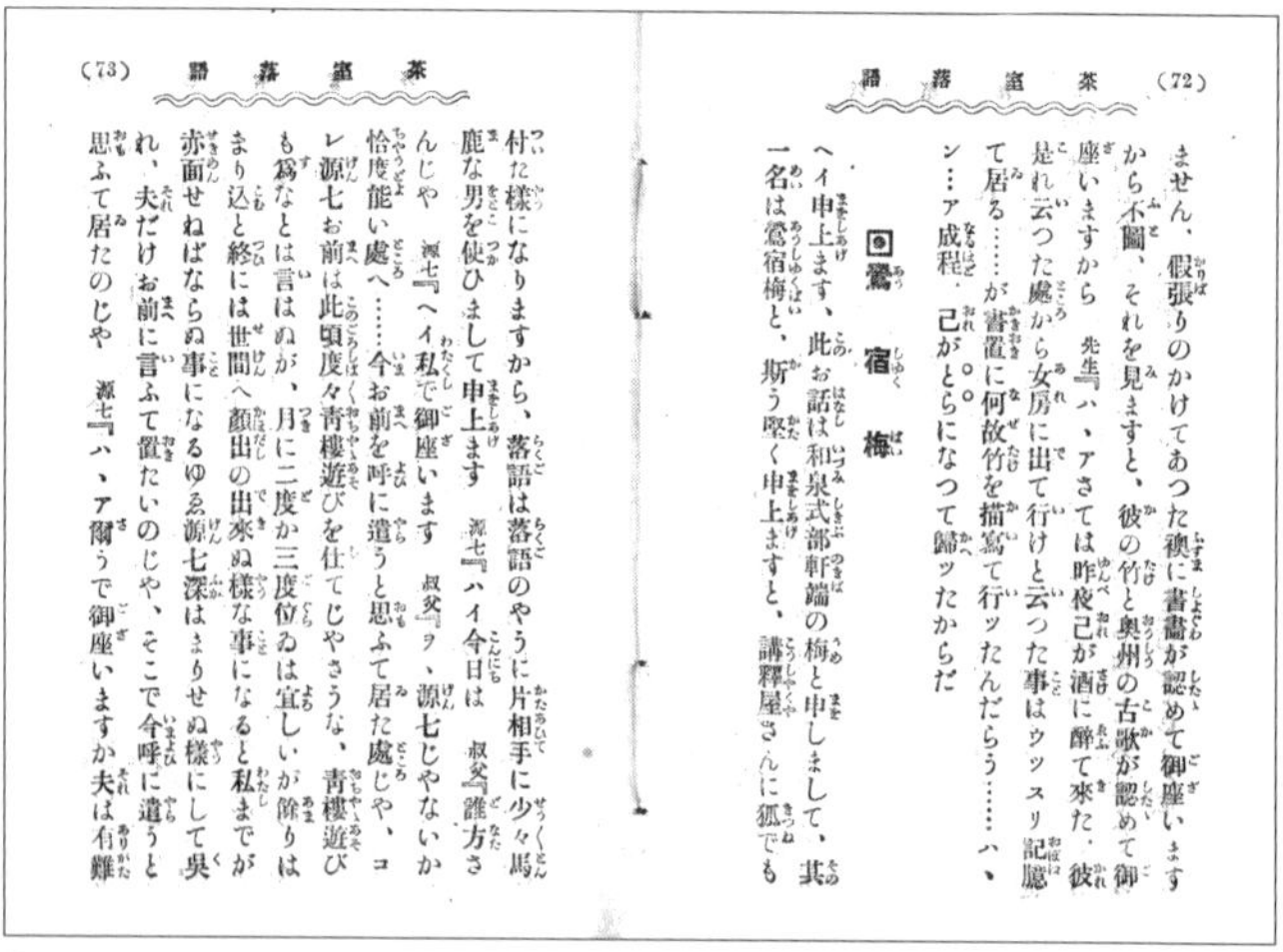

(72) 茶室落語

ません、假張りのかけてあつた襖に書畫が認めて御座いますから不圖、それを見ますと、彼の竹と奥州の古歌が認めて御座いますから　先生『ハ、アさては昨夜己が酒に醉て來た、彼是れ云つた處から女房に出て行けと云つた事はウツスリ記臆て居る……が書置に何故竹を描寫て行ッたんだらう……ハ、ン…ア成程、己がとらになつて歸ッたからだ

回鶯宿梅

ヘイ申上ます、此お話は和泉式部軒端の梅と申しまして、其一名は鶯宿梅と、斯う堅く申上ますと、講釋屋さんに狐でも

(73) 茶室落語

付た様になりますから、落語は落語のやうに片相手に少々馬鹿な男を使ひまして申上ます　源七『ハイ今日は　叔父『誰方さんじや　源七『ヘイ私で御座います　叔父『ヲ、源七じやないか恰度能い處へ……今お前を呼に遣うと思ふて居た處じや、コレ源七お前は此頃度々青樓遊びを仕てじやさうな、青樓遊びも爲なとは言はぬが、月に二度か三度位ゐは宜しいが餘りはまり込と終には世間へ顔出の出來ぬ様な事になると私までが赤面せねばならぬ事になるゆゑ源七深はまりせぬ様にして吳れ、夫だけお前に言ふて置たいのじや、そこで今呼に遣うと思ふて居たのじや　源七『ハ、ア爾うで御座いますか夫は有難

『大正文庫 曾呂利茶室落語』（駸々堂書店、大正３年）の表紙と速記。

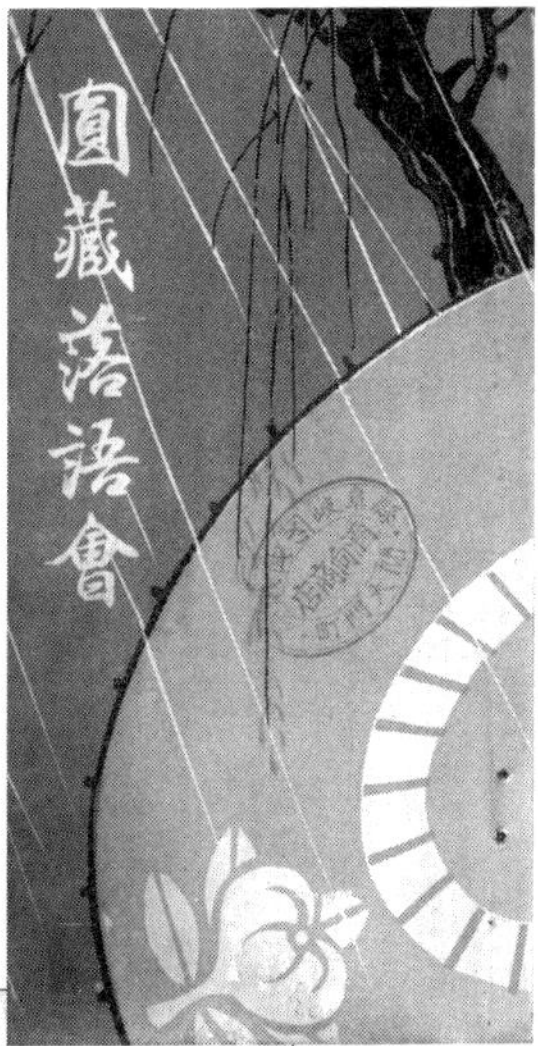

『圓蔵落語會』（三芳堂・松陽堂書店、大正６年）の表紙と速記。

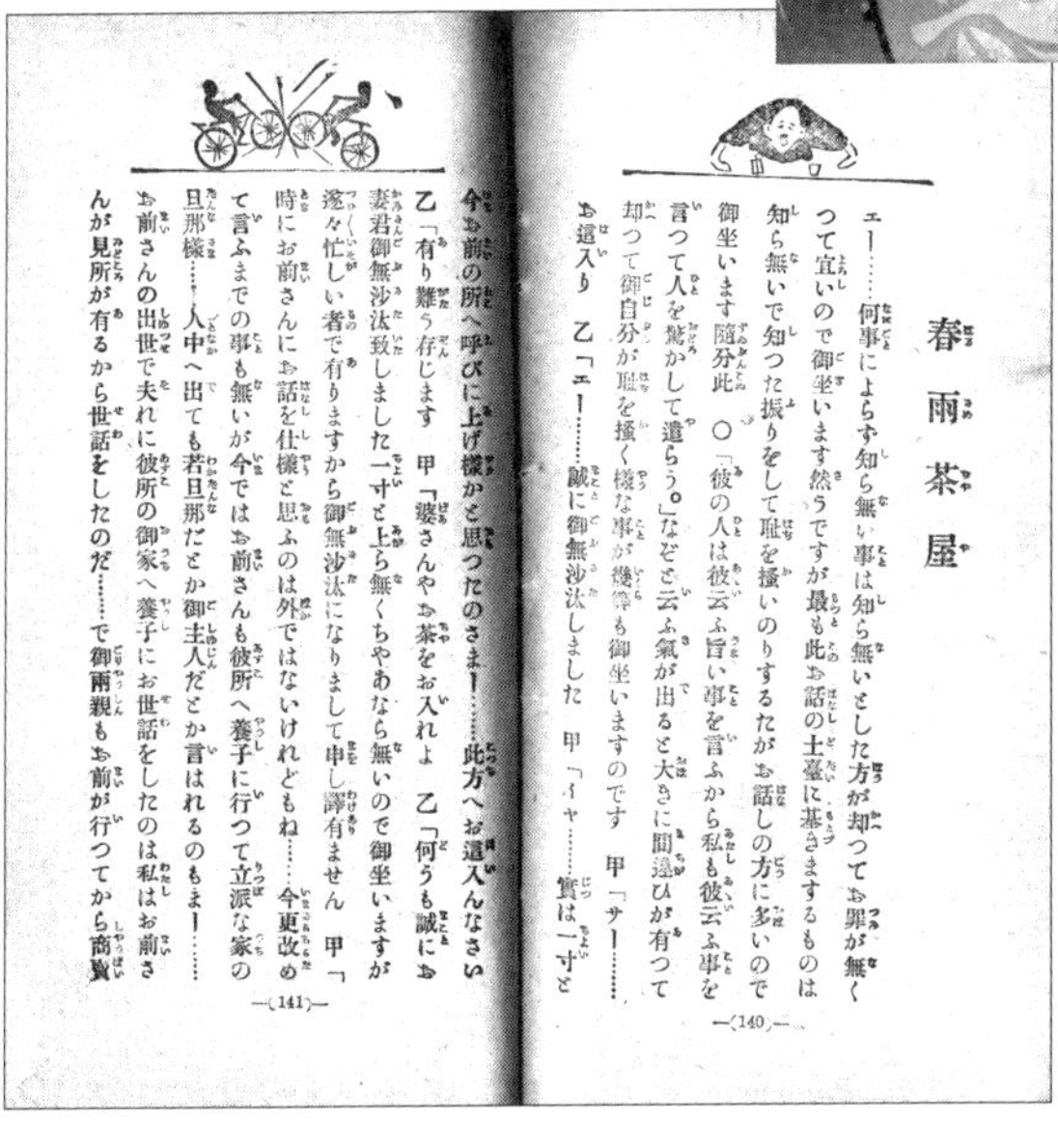

春雨茶屋

エー……何事によらず知ら無い事は知ら無いとした方が却つてお罪が無くつて宜いので御坐います然うですが最も此お話の土臺に基きまするものは知ら無いで知つた振りをして耻を搔いのりするたがお話しの方に多いので御坐います隨分此〇「彼の人は彼云ふ旨い事を言ふから私も彼云ふ事を言つて人を驚かして遣らう。」なぞと云ふ氣が出ると大きに間違ひが有つて却つて御自分が耻を搔く樣な事が幾等も御坐いますのです　甲「サー……お這入り　乙「エー……誠に御無沙汰しました　甲「イヤ……實は一寸と

—（140）—

今お前の所へ呼びに上げ樣かと思つたのさま!……此方へお這入んなさい　乙「有り難う存じます　甲「婆さんやお茶をお入れよ　乙「何うも誠にお妻君御無沙汰致しました一寸と上ら無くちやあなら無いので御坐いますが逐々忙しい者で有りますから御無沙汰になりまして申し譯有ません　甲「時にお前さんにお話を仕樣と思ふのは外ではないけれどもね……今更改めて言ふまでの事も無いが今ではお前さんも彼所へ養子に行つて立派な家の旦那樣……人中へ出ても若旦那だとか御主人だとか言はれるのもま!……お前さんの出世で夫れに彼所の御家へ養子にお世話をしたのは私はお前さんが見所が有るから世話をしたのだ……で御兩親もお前が行つてから商賣

—（141）—

上方落語と東京落語の両方で演じられており、数多くの速記本に掲載されるようなネタだけに、当時は数多くの演者がいたと思いますし、人気のあるネタだったのでしょう。

端唄「春雨」を知っている人が少なくなったことで、このネタを上演する者が無くなったのでしょうが、落語には知らないことを知る楽しみもあるだけに、「春雨」の謂れを聞きながら、トンチンカンな会話を楽しめば、面白くない落語とは言えないと思います。

今後も上演の機会を増やし、ばかばかしさを深めていきたいと考えていますので、よろしくお付き合い下さいませ。

ネタの中で「春雨」の解説をしていますが、これは平安時代後期の歴史物語『大鏡』に記されている、日本の古い故事だそうです。

平安時代、村上天皇の御世、平安京の清涼殿にある梅の木が枯れてしまったので、早速、代わりの木を探させると、西の京の一軒の家に、色濃く咲いて、美しい枝振りの梅の木が見付かりました。

その家の主人に使者が頼み、梅の木を掘り返し、清涼殿へ運びましたが、梅の木の枝には短冊が結び付けてあり、女の字で「勅なれば　いともかしこし　鶯の　宿はと問はば　いかが答えん」という歌が書いてあったのです。

見事な歌だけに、いずれの者の宅かを確かめると、紀貫之の娘・紀内侍の住まいであり、その梅は父の形見だったことを知った村上天皇は「あァ、済まないことをした」と思い、早速、元の場所へ梅の木を返しました。

現在、その梅の木の子孫は、京都市上京区の林光院へ植え替えられていると伝えられ、この寺は臨済宗相国寺派の大本山・相国寺の塔頭で、京都二条西ノ京の紀貫之邸宅跡に開創したそうです。

平成二十四年二月二十四日、大阪梅田太融寺で開催した「第六回　柿ノ木金助連続口演」で初演しました。

高野土産
こうやみやげ

昔から「太閤は秀吉に取られ、天神は菅原に取られ、大師は弘法に取られ」と言うて、太閤は秀吉、天神さんは菅原道真、大師も弘法大師が一番有名。

弘法大師が開いた高野山は、高野山真言宗の総本山で、金剛峯寺(こんごうぶじ)という立派な本堂があって、奥の院には歴史上の人物の墓も仰山ある。

世界遺産になったことで参詣人は増えたが、道路事情が良うなったことで、龍神温泉へ行ったり、そのまま帰ったりして、昨今では宿坊へ泊まる者が減った。

高野山へ参詣して、宿坊へ泊まったのが、大阪の喜六・清八という仲の良え二人連れ。

清「おい、喜ィ公。さァ、ボチボチ寝よか?」

喜「清やんぐらい、えげつない男は無いわ。例え死んでも七生(ひちしょう)まで、魂魄(こんぱく)、この土(ど)に停まりて、生き変わり死に変わり、恨み晴らさでおくべきか！」
清「コレ、大層に言うな」
喜「こんな所は嫌やよって、早う大阪へ帰りたい！」
清「こんな夜中に、高野山から下りられるか。ボヤかんと、早う寝てしまえ！」
喜「清やんは、高野山は良え所やと言うてた。一体、どこが良え所や？　線香臭い所へ座らされて、精進料理ばっかり食わされて。脂が抜けて、高野豆腐みたいな身体になってしもた。あァ、刺身で一杯呑みたい！」
清「宿坊へ泊まったら精進料理で、朝晩の勤行は当たり前や」
喜「朝晩の勤行より、朝晩の御馳走の方が良え！　こんな気色悪い所は、手水も行けん。深い谷の上へ、手水場が拵えてあった。しゃがんで、下を覗いたら、霞が掛かって、雲の上で用を足してるようで、生きた心地がせなんだ。狼が夜這いに来るかも知れんよって、早う大阪へ帰りたい！」
清「ゴジャゴジャ言わんと、早う寝てしまえ！」
喜「精進料理で身体がカスついたよって、すき焼きを食べに行く！」
清「高野山に、すき焼き屋があるか」
喜「すき焼きが食べられなんだら、女郎買いに行く！」

清「一々、訳のわからんことを言うな。高野山に色街は無いよって、女郎買いは出来ん。その昔、高野山は女人（にょにん）禁制で、女人堂から上へ女子は上がれなんだ。石童丸が父親と会うた時、母親を女人堂で待たして、石童丸だけが無常の橋で、父親の苅萱道心（かるかやどうしん）に会うたそうな。今は女子も奥の院まで上れるようになったけど、色街までは出来なんだ」
喜「ひょっとしたら、弘法大師は女郎が嫌いか？　ほな、男の女郎を買いに行く！」
清「コレ、言うてることが無茶苦茶や。寝られなんだら、退屈凌（しの）ぎに花札をしょう」
喜「博打（ばくち）をして、坊さんに見つかったら、ドヤされるわ」
清「内緒でやったらわからんし、坊さんも花札に縁があるわ。二十坊主やカス坊主も、坊主の仲間や。僅かな銭の遣り取りやったら、罪が浅いわ。高野山は花の山やよって、花合わせをしょう。花合わせも、久し振りにすると面白いわ。（花札を出し、札を切って）さァ、やろか」
喜「（自分の札を見て）あァ、カス坊主が四枚来た。清やんは、どんな手や？」
清「あァ、霧と松。おい、人の手を言わす奴があるか！」
坊「（合掌して）南無大師遍照（へんじょう）金剛、南無大師遍照金剛。ようこそ、御参詣なされた。一寸、入らしていただいても宜しゅうございますかな？」
清「坊さんが来たよって、花札を隠せ！　どうぞ、お入りを」

坊「はい、御免。（襖を開けて）ようこそ、御参詣なされた」
清「どうぞ、お座りを。色々、お世話になりまして」
坊「大阪の御方が、こんな深山（みやま）へお越しになると淋しかろう。枕が変わると寝付けんと思い、お邪魔致しました。愚僧が当山の講釈をした後、大阪の景況も伺いたいと思いまして。慌てて、隠しなさった物は何じゃ？　座布団の下から、綺麗な絵が見えておりますぞ」
喜「寝られんよって、塗り絵をしまして」
清「こんな塗り絵が、どこにある！　こうなったら、正直に言うしかないわ。寝られんよって、花札で遊んでまして。決して、銭を賭けてた訳やございません」
喜「ヘェ、その通り！　二人で、僅かな銭の遣り取りをしてただけで」
清「コレ、しょうもないことを言うな！　花札で、金平糖の遣り取りをしてました」
坊「左様なら、気兼ねをなさらんでも宜しい。唯、金銭を賭けてはならん。一厘（りん）賭けても博打じゃが、金銭を賭けなんだら手遊びじゃ。金平糖の遣り取りは、誠に結構。愚僧も拵えた飴を持っております故、花札遊びへ加えていただきたい。飴を紙へ包んで、衣の袖へ入れております。（袖から、紙包みを出して）さァ、これじゃ」
清「（飴を受け取って）アレ、カチカチになった飴が包んであるわ」

喜「どうも、此方の分(ぶ)が悪い。花札をする前から、坊さんがカチカチ（※勝ち勝ち）や」

清「一々、しょうもない洒落を言うな。一つ、いただいても宜しいか？」

坊「一つと仰らず、幾つでも」

清「こんなカチカチの飴は、一つで結構。（飴を食べて）何やら、甘味が足らん。カチカチで、味が薄い。飴は、もっと甘い物ですわ」

坊「ほゥ、左様ですかな？　相当、甘(あも)う拵えたつもりじゃ。（飴を食べて）あァ、いかん！
今一度、お大師様の許で修行の遣り直しじゃ。お大師様が、『仏の道の勉強が足らん故、もっと中国の教えを知れ！』と叱っておられる」

清「弘法大師が仰ってるのは、どういうことで？」

坊「糖（※唐）の修行が足らん故、食うかい（※空海）とは言えんと仰る」

解説「高野土産」

和歌山県にある真言宗高野派の総本山・金剛峯寺へ最初に行ったのは、小学四年生の頃でした。

我が家は先祖代々真言宗で、三重県松阪市の名刹・愛宕山龍泉寺の檀家です。

私には七つ違いの妹がいたのですが、三歳になる手前で交通事故で亡くなり、家族一同が悲しみに包まれましたが、何とか心が立ち直ってきた頃、高野山へお参りすることになりました。

不動院という塔頭寺院で供養してもらった後、生まれて初めて精進料理を食べましたが、味も歯応えも蒲鉾と思っていたのが、蒲鉾に似せて作られた品だと知り、とても驚いたことが忘れられません。

仏壇や墓へ供える高野槇（まき）を見たのも初めてでしたし、高野山内で馬車が走っていたのも強烈な記憶として残っています。

その後、見るからに気落ちしていた祖母が元気になり、笑顔が戻ってきたことを、何より嬉しく思いました。

祖母は信心深く、宗旨に関係無く、寺院や神社へ参詣し、門前から手を合わせていましたが、空海の大崇拝者だったので、空海のさまざまな逸話は元より、各宗派の違いも教えてくれたことは、噺家をする上で、大いに役に立っています。

真言宗の宗祖・空海について、少しだけ述べておきましょう。

宝亀三年、現在の香川県、昔の讃岐国多度郡屏風ケ浦の名家の三男として生まれ、真魚（まお）と名付けられましたが、幼い頃から聡明で、延暦十二年、和泉国槇尾山寺で出家し、名を教海と改め、延暦二十三年、遣唐使船へ乗り、唐へ留学することになりました。

その遣唐使船へ同乗していた天台宗の開祖・最澄は、一足先に日本へ帰り、初めて日本へ本格的な密教を伝えましたが、後に帰った空海は、もっと深い密教の教えを授かってきたのです。

その後、嵯峨天皇とも交流し、当時の権力者の庇護もあり、弘仁七年、高野山を真言密教の修行場として賜り、後に弟子と共に上り、弘仁十四年、京都の教王護国寺（東寺）も賜り、真言密教の教えを拡げていきました。

承和二年、六十二歳で入定され、八十七年後の延喜二十一年、醍醐天皇から弘法大師の諡号（しごう）が宣下（せんげ）されたと言います。

以前から上方の噺家は、高野山真言宗の名刹・大阪梅田太融寺を落語会の会場として借りることが多かったのですが、約二百年前、大坂で初めて寄席を開いた初代桂文治も太融寺の檀家だったと言われているだけに、江戸時代から噺家と縁が深かったのでしょう。

残念ながら、昨年他界されましたが、太融寺の親戚筋にもあたる高野山真言宗別格本山・大阪池田常福寺の前住職・松尾光明師には絶大な支援と教えを賜り、高野山内の塔頭寺院・常喜

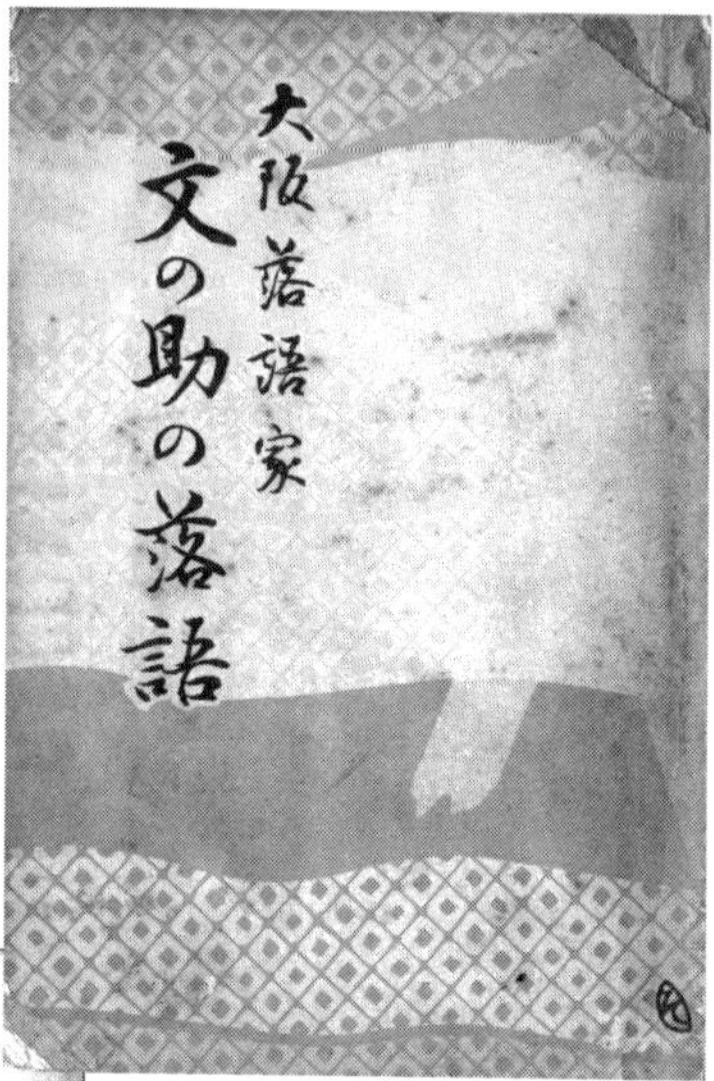

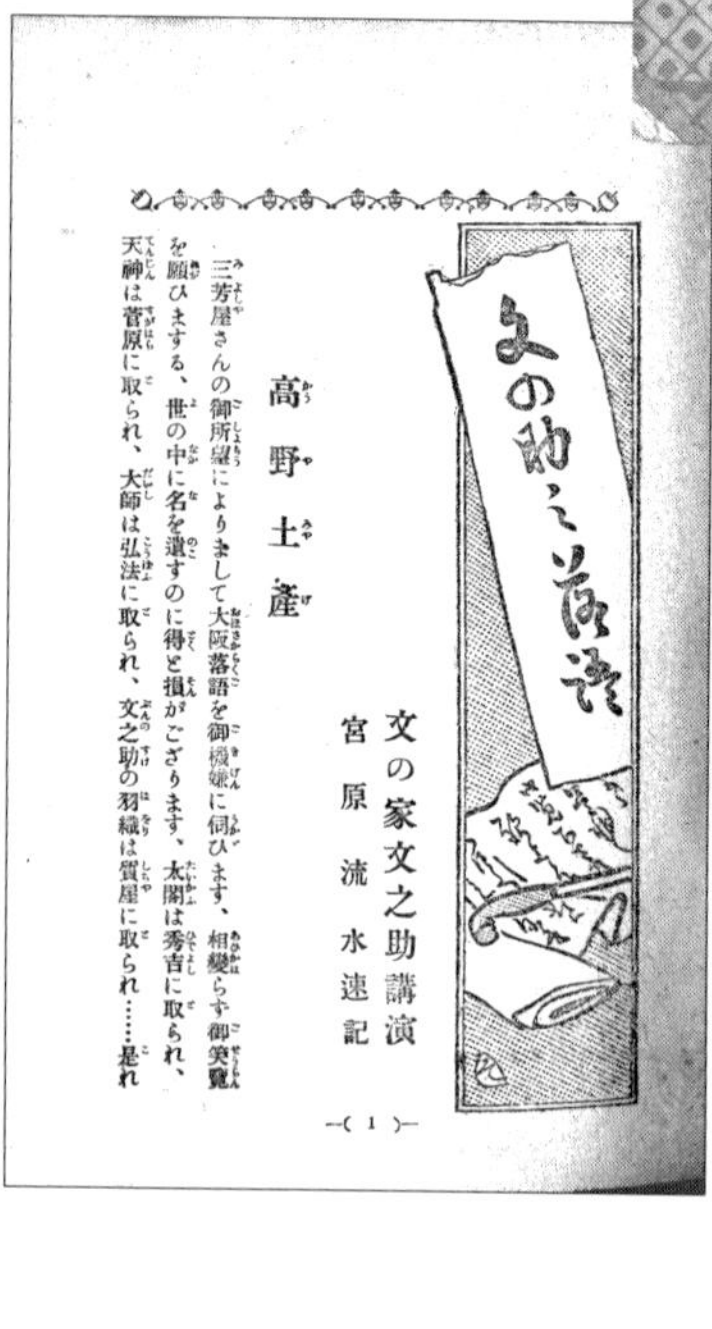

文の家文之助講演
宮原流水速記

高野土産

三芳屋さんの御所望によりまして大阪落語を御機嫌に伺ひます、相變らず御笑覧を願ひまする、世の中に名を遺すのに得と損がございます、太閤は秀吉に取られ、天神は菅原に取られ、大師は弘法に取られ、文之助の羽織は質屋に取られ……是れ

—（1）—

『大阪落語家 文の助の落語』（三芳堂書店、大正4年）の表紙と速記。

院の加藤栄俊師の協力も受け、「高野山ごく楽寄席」を開催させていただきました。

その時、参加者と夜中に、静まった高野山内でトランプをして遊んだ経験が、「高野土産」を上演するときの良い土台となったのです。

平成二十五年八月二十四日、大阪梅田太融寺で開催した「第五四回・桂文我上方落語選（大阪編）」で初演しましたが、会場が太融寺だけに、演りやすいような、引け目を感じながら演ったような、何とも言えない気分で上演したことが忘れられません。

他愛のない内容の落語だけに、無邪気に演じる方が良いと思い、ばかばかしい地口のオチに改めました。

このような雰囲気のネタが、どのように変化を繰り返すか、自分自身の楽しみになっています。

戦前の速記本では、『大阪落語家 文の助の落語』（三芳屋書店、大正四年）に掲載されました。

大黒の読切

だいこくのよみきり

昔は興行の種類で木戸番の呼び声が変わったそうで、見世物は二枚の木札を鳴らして、「札、買うた！　札、買うた！」と、火事場のように叫ぶ。

小芝居は「三段目や！　山の場や！」と言うし、大歌舞伎は芝居茶屋の女子が随いて、客が芝居小屋へ入ると、「イョーッ」と、狼のような声を出す。

落語の寄席は「さァ、お入り！　始まりや、お入り」で、講釈は講釈師の邪魔にならんように陰気に、喉の奥の方で「まァ、お入り」と、雨を呼ぶ蛙のような声を出してる。

講釈の客は年寄りが多かったようで、寒い頃は座布団と火鉢をもろて、座る場所も決まってて、講釈が始まるまで客同士が四方山(よもやま)話。

松「田中さん、寒なりました」

田「おォ、松本さん。毎日、お越しですな」
松「ウチの嫁は親孝行で、昼御飯が済むと講釈場まで送ってくれますわ」
田「ほゥ、それは結構！」

年寄り同士は喜んでるが、これは親孝行やない。

家に年寄りが居ると、うっとおしいだけに、昼御飯が済むと、端銭(はしたぜに)を持たして、講釈場へ放り出すという、嫁の計略へ陥ってる。

それを知らずに講釈を聞いて、「真田幸村の謀(はかりごと)は、理屈が合わん！」。

嫁の計略へ陥ってる親爺に、戦国武将の謀が知れる訳が無い。

講釈場を勧められると碌(ろく)なことが無いだけに、なるべく落語会へお越し下さいませ。

武将・豪商・僧侶・博打打ちまで、講釈の題材にする。

ある講釈師が講釈場で三尺物、つまり、ヤクザ物を演ってた。

講「一席申し上げまするは、『清水次郎長伝・石松代参』の一席。文久二年三月半ば、いずくも同じ花見時、桜の花は満開の、人の心も春めいて、何となくして良い気持ち。親分・次郎長の前へ行儀に座った森の石松が、『親分、何か用ですか？』『一寸、遣いに行ってきてくれ』『一体、どこへ行きましょう?』『あァ、讃岐の金比羅様よ』『清水から讃岐の金比羅様まで、どれぐらいの道程があるでしょう?』『大方、片道百七、八十里、往復四百里と見たら近かろう』『行って帰って、どれぐらいの日数が掛かるでしょう?』『あァ、急ぐ旅じゃねえ。途中見物をして、三月もありゃ、ゆっくりだろう』『おォ、こりゃ驚いた! 一寸遣いに行ってきてくれと言うから、隣りへ釘抜きでも借りに行くと思いましたが、三月の旅とは驚きましたね』『ほゥ、嫌か?』『嫌じゃねえ、行ってきます。一体、何の用で?』『丁度、今から七年前。尾張名古屋・深見村長兵衛の仇討で、代官・竹垣三郎兵衛と、保下田の久六を斬った。二人を斬る前に、お前達を連れて、讃岐の金比羅様へ願掛けをしたが、その後、黙っていては金比羅様に申し訳が無え。親譲りの五字忠義は、人を斬って汚れていたが、研ぎ師に掛けて白鞘になり、すっかり清めが付いてるから、お山へ納めてこい。五十両は奉納金で、刀に付けて納める。三十両は、道中、お前の小遣いだ。これだけ持って、行ってきてくれ』『それじゃ、直ぐに行きましょう』『今日はゆっくり寝て、明日の朝、早立ちをしろ。それから、石や。無理なようだが、この次郎長が頭を下げて頼みがある。お前という人は、素面の時は良いけれど、酒を呑むと虎狼で、親子の見境がつかねえ人。行って帰って三月の間、酒という物は笹の露ほども呑んでくれるな』『三月の間、酒を呑んじゃいけねえんですか? えエ、わかりました』『ほゥ、わかったか？』『えェ、わかりました。務まらねえから、断りましょう』『サッパリとして、ハッカを舐めたような野郎だな。何故、嫌だ？』『好きな酒を呑んで、世の中を気楽に送りてえから、馬鹿は承知でなった博打打ち。酒を呑まねえと、一刻の我慢も出来ねえ。三月も呑まなかったら、死んじまうよ』『俺が頼んでも、嫌か？』『あァ、嫌です！』『コレ、止せ！　自慢じゃねえが、次郎長には六百何十の子分がある。俺の言うことを嫌だと言うのは、手前一人だ。生かしておいて、為にならねえ。命はもらった、覚悟しろ！』『ほゥ、有難えなァ』『一体、何が有難え？』『えェ、親兄弟に見放されと来た』『何だか、いやに節を付けやがるじゃねえか』『アカの他人の、お前はんのてんだ。子分になったのは、あんたに惚れて子分になった。惚れた人に斬られて死にゃ、本望だ』『望み通り、叩き斬ってやる！』。長脇差の鞘を払って、大上段に構えた。子分思いの次郎長が、目の中へ入れても痛くない石松を、どうして斬れるものか。『脅かせば、謝るだろう。謝ったら、許してやろう』と思ったが、石松は強いから、ビクともしない。『ほゥ、抜いたな。いや、面白い。さァ、斬ってくれ！』。ここで石松を斬るような、そんな小さな肝玉では、街道一の親分と後世まで名前は残らない。『さァ、石松を斬る！』と怒鳴ったら、止める者が出てくると思ったが、誰も出てこない。隣りの居間で、この様子を見ていたのが、大政。元は尾張のお先手で、槍組の小頭。槍を取ると山本流の遣い手で、本名・山本政五郎。武家を嫌って、ヤクザとなる。次郎長の子分の中、余り身体が大きいから、清水の大政と言われ、生まれ付いての利口者。大政が唐紙を開けて、次郎長の前へ大手を広げて、『親分、待ってくんねえ。こんな者を斬ったって、仕方が無えや』『あァ、有難え！』と思ったが、ここで威張らなきゃ、威張る時が無いと思って、止しゃいいのに次郎長が『危ねえ、政ァ。危ねえから、退け！』『あァ、そうですか。それじゃ、退きましょう』『いや、退いちゃいけねえよ』『それじゃ、そこへ座ってくんねえ』。親分を座らして、石松を次の居間へ連れて行く。『さァ、座れ。手前ぐれえ、正直な奴は無えぞ』。左の目が悪いから、右目を光らせて聞いていた石松が、『手前のような、わからねえ小言を言う奴は無えや。〔手前ぐれえ、図々しい奴は無え〕〔手前ぐれえ、親不孝な奴は無え〕という小言は聞いたことがあるが、〔手前ぐれえ、正直な奴は無え〕という小言があるか。正直は、人の宝だ』『お前は正直の上に、馬鹿が付いてる。お釈迦様が、何と仰った？　嘘も方便、所によると宝になる。親分が〔石や、酒を呑むな〕と仰ったら、〔へェ、呑まねえで行って参ります！〕と言って、親分を安心させて、旅に出る。一里踏み出しゃ、旅の空。誰も見てる者は無えから、酒を呑みながら行って、金比羅様へ刀を納めて、受け書をいただく。また、呑みながら帰ってきて、〔あァ、もう一里で清水だ〕と思ったら、酔いを醒まして、〔へェ、呑まねえで行って参りました」と言ったら、わからねえじゃねえか』『上手く考えやがったな、馬鹿野郎！』『手前の方が、馬鹿じゃねえか』。親分へ詫びを入れて、旅支度をする。その夜は休む、明けの朝。早から起きる石松は、嗽・手水で身を清め、支度をなして、表へ出る。跨ぐ敷居が死出の山、雨垂れ落ちが三途の川。ソヨと吹く風、無情の風。これが親分・兄弟分に一世の別れとなろうとは、夢にも知らず、石松は清水港を後にする。石松の運命は後席を改め、また口演！」

○「あァ、終わりました。『後席を改め、また口演！』とは、どういうことで？」

×「また、明日ですわ。良え所で切って、お客を明日も引っ張ろという算段で」

○「あァ、なるほど！　この兵法は、太閤秀吉より見事ですな！」

客は感心して、次の講釈師が出てくるまで一服する。

最前、「石松代参」を語った講釈師が楽屋で休んでると、一人の親爺が訪ねてきた。

親「もし、先生。一寸、お尋ねしたいことがございます」

講「一体、何でございましょう？」

親「本日の『石松代参』は、誠に結構！　唯、先日の『太閤記』には、首を傾げました」

講「ほゥ、どのようなことで？」
親「秀吉公が先妻を離縁する時、三面の大黒を打ち砕いた代わりに、東山へ大仏殿を建てたと仰ったが、神を砕き、仏を拵えるのは愚かで、恐れ多いのではなかろうか？」
講「然らば、申し上げましょう。神も仏も、元は一体。大黒天を盧遮那仏となされしは、秀吉公の発明。聖武天皇の南都・東大寺の例に倣い、王城の地へ大仏殿を安置し奉るは、国家太平・万民撫育の御賢慮。桓武天皇の御時より、後陽成院の代に至るまで、京都で大仏殿の建立は無かった。大黒天は、天の神。大國主命と申し、大阪・生國魂の明神は、天照皇大神宮の御子。大黒は、大國の誤り。三面の形に見廻すは、天地人を表し、日月星を象る。大國主の尊影が腹へ日輪を抱き給うは、世界円満・如意宝珠の意味なり。仏道を尊ぶ家は仏法僧を三面に準え、三宝を尊び、大黒を敬うも、元は天の神なれば、仏と一体故、弥陀とも大日とも変名致す。盧遮那仏は大日で、弥陀なり、釈迦なり。日は東に生じて神なり、西に帰しては仏なり。秀吉公の御母公は、日輪が懐へ入る夢を見給い、懐妊し給う。秀吉公が御生誕遊ばされる時は、御母公が日吉の神を祈り、秀吉公を産み給うた故、御幼名を日吉丸と申し奉る。神に生じて、仏へ帰する。先哲の意に従われて、大黒を盧遮那仏と変え、王城の地へ残し給うは、国家太平・万民撫育のためと思し召され、生者必滅の理を含み給う、大智大度の計らい。憚りながら、講釈師の読み伝える所は、斯くの通りでございます」
親「ほゥ、誠に見事な御返答。唯、人が生まれると氏神様へ参り、人が死ぬと寺へ参る。神から仏へ行くのが順当じゃが、寺へ女子を置くと、大黒と申します。仏から神へ戻るのは妙なことで、これにも講釈がございますか？」
講「アイヤ、それは」
親「さァ、講釈を賜りたい！　コレ、これにも講釈がござりますか？」
講「さァ、それは。後席を改め、また口演！」

解説「大黒の読切」

このネタは、平成十五年頃に購入した『講談速記落語集』（駸々堂書店、明治二十六年）で知りました。

小噺程度で掲載されていましたが、何となく十五分以上のネタに膨らませられるような気がしたため、ネタの復活へ取り掛かったのです。

ラストの講釈師と年輩の遣り取りがユニークで、理屈をこねた上で物語が完結するという落語は、大抵、屁理屈ばかりですが、このネタにおいては、それなりに理屈が通っているでしょう。

神道や仏教の関係者へ意見を求めれば、その理屈はおかしいとなるのでしょうが、落語はアカデミック過ぎると面白味が欠けるだけに、これぐらいの理屈で構成されている方が良いと思います。

最近、令和の上方講談界の雄・旭堂南海さんに、太閤秀吉が三面大黒天を砕いたことを尋ねました。

昔から伝わる講談の「太閤記」は、講釈師により各々の構成は異なりますが、豊臣秀吉が松下嘉平次の家来だった木下藤吉郎の頃、浜松の浜辺で拾った三面大黒天を、最初の嫁・おきく

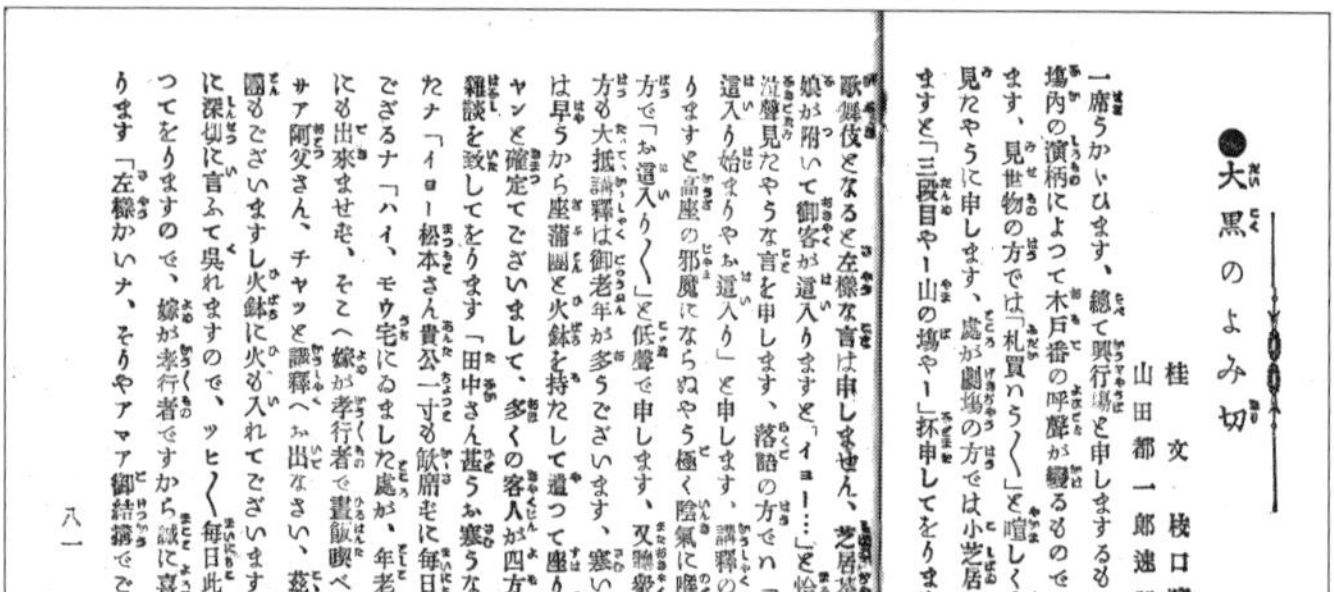

●大黒のよみ切

桂文枝口演
山田都一郎速記

一席うかゞひます、總て興行場と申しまするものハ、場内の演柄によつて木戸番の呼聲が變るものでございます、見世物の方では「札買ハう〳〵」と喧しく火事場見たやうに申します、處が劇場の方では小芝居になりますと「三段目や！山の場や！」抔申してをります、太歌舞伎となると左樣な言は申しません、芝居茶屋の娘が附いて御客が這入りますと「イヨ！…」と恰で猿の泣聲見たやうな言を申します、落語の方では「サアお這入り始まりやお這入り」と申します、講釋の方になりますと高座の邪魔にならぬやう極く陰氣に喉の奥の方で「お這入り〳〵」と低聲で申します、又聽衆諸君の方も大抵講釋は御老年が多うございます、寒い時分には早うから座蒲團と火鉢を持たして遣つて座り處もチヤンと確定てございまして、多くの客人が四方八方の雜談を致してをります「田中さん甚うお寒うなりましたナ」「イヨー松本さん貴公一寸も缺席せに毎日詰めてござるナ」「ハイ、モウ宅にゐました處が、年老つて何にも出來ませぬ、そこへ嫁が孝行者で晝飯喫べますとサア阿父さん、チヤッと講釋へお出なさい、茲に座蒲團もございますし火鉢に火も入れてございますと、眞に深切に言ふて呉れますので、ツヒ〳〵毎日此席へ參つてをりますので、嫁が孝行者ですから誠に喜んでをります」「左樣かいナ、そりやアマア御結構でございま

八一

『講談速記落語集』（駸々堂書店、明治26年）の表紙と速記。

を離縁する時に砕き、東山大仏の目の中へ入れたと伝えられているそうです。

これより詳しい内容を知りたい方は、旭堂南海さんの実演かCDで確かめて下さい。

『大黒天信仰と俗信』（笹間良彦著、雄山閣、平成五年）には、「三面大黒天は、毘沙門天・大黒天・弁才天の三天を一体化し、日本で考案・創作された物であり、三神の方が授ける福が多く、施福のパワーが三倍になるため、三天一体が考えられるようになったのであろう。最澄（伝教大師）が比叡山に祀ったのが最初のようで、鎌倉時代は天台宗で流行し、日蓮聖人も礼讃していると言い、室町時代は武家に信仰されていたようだ」と記されています。

本やネットの情報ですが、方広寺の大仏（東山大仏）のことも述べておきましょう。

天正十四年、奈良・東大寺に倣い、豊臣秀吉は大仏造立を決め、文禄四年、現在の京都市東山区の天台宗寺院・方広寺へ、大仏殿と大仏が完成。

六丈三尺（※一九メートル）という巨大な木造の大仏だったようですが、翌年に慶長伏見地震が起こり、大仏殿は残ったものの、大仏が倒壊しました。一方、川中島での類焼を案じた武田信玄が、甲斐善光寺へ安置した本尊・善光寺如来（善光寺式阿弥陀三尊）を勧請したことで、大仏殿は善光寺如来堂と呼ばれ、大勢の参詣者を集めました。

慶長三年、秀吉が病いに倒れた要因を、善光寺の本尊を方広寺へ勧請したためと考え、善光寺如来は信濃国・善光寺へ戻されましたが、その後、秀吉は冥土へ旅立ちます。

その後も大仏復興を図りましたが、完成直前の慶長七年、流し込んだ銅が漏出したことで、大仏殿と共に焼失。

改めて、慶長十七年、大仏殿と大仏が完成し、二年後には梵鐘も完成し、徳川家康の許しを得て、開眼供養をすることになりましたが、梵鐘の「国家安康・君臣豊楽・子孫殷昌」が「徳川家康の家と康を分断し、国安らかに、豊臣を君とし、子孫殷昌を楽しむを意味する」と、徳川家康や徳川家を冒涜すると指摘され、これが原因で豊臣家の滅亡へつながり、開眼供養も出来ないまま、放置されました。

寛文二年、近江若狭地震で大仏が倒壊したため、鋳造された大仏は寛永通宝の原料となり、木造大仏を再建しましたが、寛政十年、大仏殿の落雷の火災で焼失した上、明治三年、廃仏毀釈で方広寺の大部分が失われたのです。

その後、明治天皇の意向で豊国神社が再建され、その南側の京都国立博物館西門北側の中心部分が、大仏殿跡緑地として整備されました。

方広寺の大仏殿の大きさは未詳ですが、昔の講釈本によると、堂の高さは二十丈（※約六一メートル）とされています。

話を「大黒の読切」へ戻しますが、令和元年五月二十日、大阪梅田の太融寺で開催した「第六五回・桂文我上方落語選（大阪編）」で初演しましたが、二代目広沢虎造の名演「清水次郎長伝／石松代参」を講釈化して入れ込んだことで、気分が高揚し、楽しく高座を務めることが出来ました。

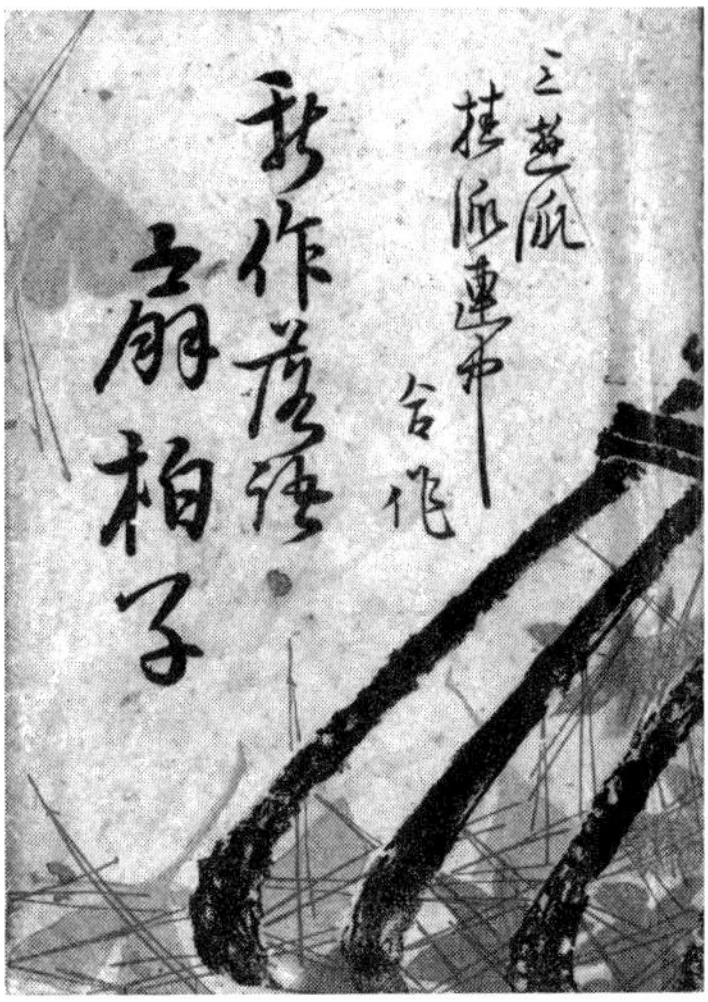

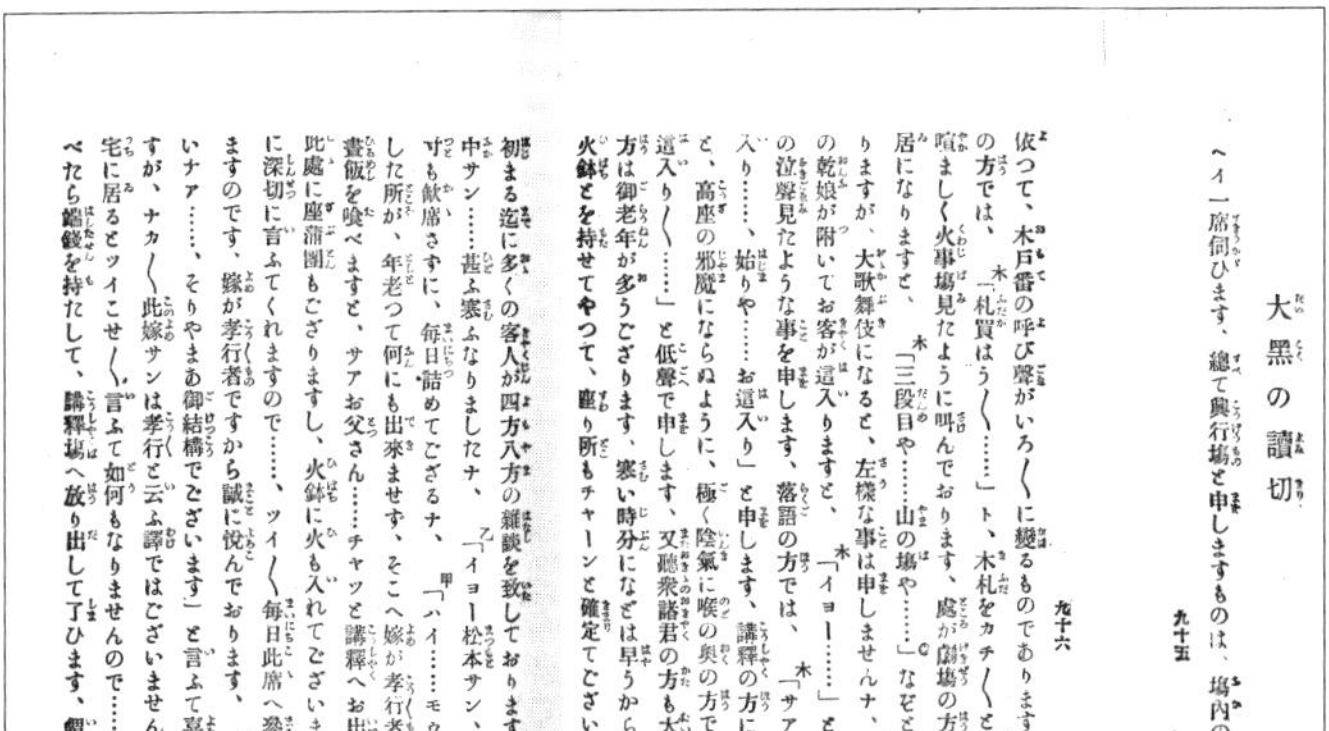

大黒の讀切　九十五

ヘイ一席伺ひます、總て興行場と申しますものは、場内の演藝柄に

九十六

依つて、木戸番の呼び聲がいろ〳〵に變るものであります、見世物の方では、木「札買はう〳〵……」ト、木札をカチ〳〵と打叩いて喧ましく火事場見たように叫んでおります、處が劇場の方では小芝居になりますと、木「三段目や……山の場や……」なぞと申しておりますが、大歌舞伎になると、左樣な事は申しません、芝居茶屋の乾娘が附いてお客が這入りますと、木「イヨー……」と、恰で猿の泣聲見たような事を申します、落語の方では、木「サア……お這入り……、始りや……お這入り」と申します、講釋の方になりますと、高座の邪魔にならぬように、極く陰氣に喉の奥の方で、木「お這入り〳〵……」と低聲で申します、又聽衆諸君の方も大抵講釋の方は御老年が多うございます、寒い時分になぞは早うから座蒲團と火鉢とを持せてやつて、座り所もチャーンと確定てございまして、初まる迄に多くの客人が四方八方の雜談を致しております、甲「田中サン……甚ふ寒ふなりましたナ、乙「イヨー松本サン、貴老は一寸も缺席さずに、毎日詰めてござるナ、甲「ハイ……モウ宅に居ました所が、年老つて何にも出來ませず、そこへ嫁が孝行者で……、晝飯を喰べますと、サアお父さん……チャツと講釋へお出なさい、此處に座蒲團もござりますし、火鉢に火も入れてございますと、眞に深切に言ふてくれますので……、ツイ〳〵毎日此席へ參つておりますのです、嫁が孝行者ですから誠に悅んでおります、乙「左樣かいナア……、そりやまあ御結構でございます」と言ふて喜んでゐますが、ナカ〳〵此嫁サンは孝行と云ふ譯ではございません、老人が宅に居るとツイこせ〳〵言ふて如何もなりませんので……、晝飯喰べたら端錢を持たして、講釋場へ放り出して了ひます、賄は〻嫁の

『新作落語扇拍子』（名倉昭文館、明治40年）の表紙と速記。

元来、虎造の「清水次郎長伝」は、講釈師・神田ろ山から習っただけに、語りの部分は講釈に近かったように思います。

その後、全国の落語会や独演会で上演しましたが、ウケも良く、今後も高座へ掛けられるネタであることを確認しました。

戦前の速記本では、『講談速記落語集』の他、『新作落語扇拍子』（名倉昭文舘、明治四十年）に掲載されています。

法華長屋

ほっけながや

昔の長屋の家主（いえぬし）は、今の家主（やぬし）と違て、所謂（いわゆる）、差配人。

長屋を管理して、家賃を集めると、地主へ届けて、歩合をもらう。

また、長屋の雪隠場（せんちば）の肥（こえ）を売って、金や野菜に替えた。

昔も肥料は大事で、肥を渡して、金や品物を受け取る。

或る日のこと、下男を連れた侍が山道で小便をすると、下で大根畑を耕してた百姓の頭へ掛かったので、腹を立てた百姓が大根を掴んで、侍へ投げ付けると、武芸堪能だけに、飛んできた大根をパッと掴んで、「コレ、可内（べくない）。早速、お返しが参った」。

昨今は何ぼか払て、肥を片付けてもらうようになった。

話は替わって、昔から変わり無う続いてるのが、神道や仏教の教え。

御出家の説教は噺家と違て、人の心を感動させる術が見事で、昔から門徒宗は説法の力で、信者に「身代を投げ打ってでも、この宗旨のために！」という気持ちを起こさせた。

「お説教を聞いて、有難い所で投げよう」と思て、巾着の口を開けて待ってると、立派な法衣を着た僧侶が高い所へ上って、咳払いをする。

僧「ソレ、人の身を四季に譬うれば、春は春霞の如く、目が霞む。夏は蝉が鳴く如く、耳がガンガンと鳴り、秋は木の葉の落ちる如く、歯が抜ける。頭へ霜をいただく、年の暮れ。人間、有難き時も悲しき時も南無阿弥陀仏」

一区切りが付くと、小坊主が「ソレ、お冥加を上げられましょう！」。

「有難や、有難や」と言うて、巾着の金を投げた。

それが本堂の普請の資金になるかと思うと、京都の祇園や先斗町へ出掛けて、衣の袖を後ろで結んで、ケッタイな踊りを踊ったりする生臭坊主の懐へ入ることもあったそうで。

法華に凝り固まった御方は過激で、お会式になると、鉢巻・襷掛けで、万燈を立てると、団扇太鼓を叩いて、「南無妙法蓮華経、南無妙法蓮華経！　あァ、何と賑やかですな。天気も良うて結構で、お祖師様は幸せや」。

余程、自分の方が幸せ。

☆「(団扇太鼓を叩いて)ドンツク、ドンドンツクツク、南無妙法蓮華経。良え女子やけど、どこの娘や? あァ、横町の豆腐屋の娘か。その隣りは呉服屋の娘やけど、器量の良え娘になったな。何ッ、十九になった? 婿が来て、仲が良え。一体、何を考えてる! (団扇太鼓を叩いて)ドンツク、ドンドンツクツク、畜生法蓮華経!」

上町の長屋の家主・佐兵衛は、ガチガチの法華信者。

何でも法華やないと許さんだけに、法華家主という綽名まで付けられてる。

法華の者だけに長屋を貸す法華長屋と言われて、路地口へ「他宗の者、入るべからず」という札を掛けて、八百屋や魚屋も法華の者でないと入れんという塩梅。

太「家主さん、お宅ですか?」

佐「おォ、長屋の若い衆。一体、何の用じゃ?」

太「一寸、お願いがありまして。実は、長屋の雪隠場のことで」

佐「あァ、わしも気になってる。雪隠場が傷んできたよって、大工へ声を掛けてるわ」

太「いや、そんなことやない。大分、肥が溜まりまして」
佐「それも気になってるけど、猪飼野の吾作が汲みに来んのじゃ」
太「ウチの嬶が、他の宗旨の長屋の雪隠場は借りとないと言いまして」
佐「（膝を打って）ほゥ、偉い！　他の宗旨の者に聞かれても、体裁が良えわ」
太「いえ、喜んでる場合やない。雨が降ったら、流れ出しますわ」
佐「コレ、汚いことを言いなはんな。吾作の他でも、法華の手水屋やったらええ。あァ、帰りなさるか。何の愛想も無うて、済まなんだ。コレ、婆さん。お手水屋が通るのを気を付けて、塩壺と弓の折れを持っといで。他の宗旨が来たら、お清めの塩に使うし、弓の折れは脅しになるわ。おォ、来た！　コレ、お手水屋。宗旨が気に入ったら、只で汲ましてて、御馳走するわ。一体、お宅の宗旨は何じゃ？」
○「あァ、ウチは有難い宗旨ですわ」
佐「有難い宗旨は法華じゃが、念には念ということがある。一体、どこの宗旨じゃ？」
○「ウチは門徒で、南無阿弥陀仏ですわ」
佐「何ッ、門徒！　シラッとした顔で、南無阿弥陀仏と吐かしてけつかる。そう言うと、門徒みたいな面をしてるわ。（塩を投げて）コレ、地獄の下積みの念仏野郎！」
○「もし、何をしなはる！」

佐「無間地獄へ引き入れる宗旨を有難がるのは料簡違いやよって、向こうへ行け！　初めから、碌な奴が来ん。おォ、また来た！　コレ、お手水屋。宗旨が気に入ったら、只で汲まして、御馳走するわ。一体、お宅の宗旨は何じゃ？」

×「あァ、ウチは有難い宗旨ですわ」

佐「それが、アテにならん。一体、どこの宗旨じゃ？」

×「『おんあぼきゃべえろしゃの』で、真言という有難い宗旨ですわ」

佐「（塩を投げて）この、まかぼだら野郎！」

×「もし、何をしなはる！　蛞蝓やったら、溶けてしまうわ」

佐「あァ、溶けてしまえ！　真言亡国という、国を滅ぼす宗旨は要らん。ほんまに、碌な奴が来ん。おォ、また来た！　お手水屋、宗旨は何じゃ？」

□「へェ、ウチは禅宗ですわ」

佐「あァ、縁起が悪い。（塩を投げて）念仏無間禅天魔に、用は無いわ！」

□「わァ、ケッタイな所へ入ってきた」

佐「中々、法華宗の者が来んわ」

来る奴、来る奴、塩を掛けて、怒鳴り付ける。

二、三丁先で、お手水屋が仰山集まった。

作「おい、寅。こないだ、松と竹が喧嘩したそうな。松の女子と竹が内緒で一杯呑んだことが知れて、肥柄杓(びしゃく)で、ドツき合(お)うたと聞いたわ。ところで、寅。頭へ白い物が付いてるけど、あの親爺にやられたか？」

寅「念仏野郎と言われて、頭から塩を掛けられた」

作「わしも、まかもだら野郎と言われた。皆、やられてるか？　話を聞くと、凝り固まった法華信者で、法華の者やったら、只で汲めて、御馳走してくれるそうな」

寅「それは結構やけど、法華になる訳にも行かん」

李「わしは行ってないよって、今から行って、只で肥を汲んで、御馳走になってくるわ」

佐「お前の家は、南無阿弥陀仏や。法華やないことが知れたら、えらい目に遭うわ」

李「まさか、命まで取らん」

佐「いや、止めた方がええ。昔から、お手水屋の譬えがある。糞(ふん)し（※君子(くんし)）、危うきに近寄らず」

李「コレ、阿呆なことを言うな。一寸、行ってくるわ」

佐「おォ、また来た！　コレ、お手水屋。一寸、聞きたいことがあるわ」

李「肥を汲ましてもらう前に、此方も聞きたいことがある。旦那の宗旨を聞いて、気に入ったら汲ましてもらうけど、そうやなかったら汲まんわ！」
佐「おォ、話が逆じゃ。お宅の宗旨が気に入ったら、只で汲まして、御馳走するわ」
李「あァ、ウチは有難い宗旨で」
佐「また、あかんかも知れん。一体、何宗じゃ？」
李「ところで、旦那の宗旨は何です？」
佐「あァ、ウチは有難い宗旨じゃ」
李「有難い宗旨は、アテにならん」
佐「やっぱり、同じように言うてる。気に入らん宗旨でも怒らんよって、言いなはれ」
李「ウチの宗旨は、祖師は日蓮聖人。日本一有難い、南無妙法蓮華経の法華ですわ」
佐「婆さん、お仏壇へお灯りを上げなはれ！　（合掌して）南無妙法蓮華経、南無妙法蓮華経。あァ、お祖師様のお手引きじゃ。ウチの前を通った時から、人柄が違うと思た。法華の者は、どこか品がある。ウチは先祖代々、法華じゃ。お仏壇の正面で、お綿をいただいておられるのが、お祖師様。位牌へ刻んであるのが、妙号日号」
李「ほな、汲ましてもらいます」
佐「いつも来るお手水屋が一ト月も来んよって、難儀してた。早速、汲んどおくれ」

杢「いや、一寸待った！　腹が減っては、戦が出来ん」
佐「先に汲んでから、御馳走するわ」
杢「いや、先に飯が食いたい！」
佐「婆さん、飯を出しなはれ。確か、芋の煮いたのがあった」
杢「いや、鰻が宜しい。私やのうて、お祖師様へ上げると思たら、諦めが付くわ」
佐「コレ、婆さん。ほな、早う鰻を一人前言うてきなはれ」
杢「いや、二人前！　良かったら、三人前でも食べて見せる」
佐「ほな、鰻を三人前言うてきなはれ」
杢「それから、粗酒を付けてもらいたい」
佐「粗酒と祖師が洒落になってて面白いが、酔うたら汲めんようになるわ」
杢「飯の後で酒を呑んでも、美味ない。お祖師様へ上げると思たら、諦めが付くわ」
佐「コレ、婆さん。湯呑み へ酒を注いで、持ってきなはれ」
杢「ちゃんと汲むよって、安心しとおくれやす。（湯呑みを受け取り、酒を呑んで）おォ、美味い！　昼間に呑む酒は、腸へ染み渡る。世間が働いてる時に呑むのは悪いように思うけど、昼間の酒の味は格別や。あァ、美味い！」
佐「一杯呑んだら、ボチボチ汲みなはれ」

李「一杯では足らんよって、二、三杯」

佐「そんなに呑んだら、酔うて汲めんようになる」

李「（シャックリをして）ヒック！　汲めるも汲めんも、素人にわかるか！」

佐「大分、酔うてきたわ。コレ、婆さん。ほな、もう一杯注いでやりなはれ」

李「（酒を注がれて）お婆ン、済まん。施しをしたら、来世は良え所へ生まれ変わる。しょうもない爺さんに引っ掛かって、苦労することも無いわ。（酒を呑んで）あァ、良え塩梅や。法華ぐらい、有難い宗旨は無いわ。日蓮聖人が佐渡ケ島で苦労したのは、皆のためや。（酒を呑んで）あァ、美味い！　婆、もう一杯！」

佐「コレ、そんなに酔うたら汲めんようになるわ。大分、フラついてきたのと違うか？」

李「段々、邪魔臭（くそ）なってきた。肥桶（たご）を預けるよって、明日汲みに来るわ」

佐「コレ、阿呆なことを言いなはんな。あァ、難儀なお手水屋じゃ」

李「どうしても汲みたかったら、爺さんが汲め！」

佐「肥を汲むのは、あんたの仕事じゃ」

李「お祖師様の代わりに汲むと思たら、諦めが付くわ」

佐「コレ、お祖師様が肥汲みはなさらん！」

李「ほゥ、日蓮聖人のお手引きに逆らうか？」

佐「あァ、わかった！　ほな、わしが汲むわ。こんなことやったら、お手水屋を呼んでも勝手に汲んだ。婆さん、手拭いを持ってきなはれ。ほな、柄杓と肥桶を借りるわ」
杢「あァ、何ぼでも貸したる。何やったら、お手水屋になれ！」
佐「一々、阿呆なことを言いなはんな！」
杢「上手に汲まなんだら、良えお手水屋になれん。ちゃんと汲んだら、担げて帰ったる」
佐「コレ、当たり前じゃ！　この上、担げて行けるか」
杢「さァ、しっかり汲め！　あァ、鰻が届いたわ。（鰻を食べて）ほゥ、美味い！　人が働いてる姿を見ながら呑むのは極楽やけど、臭いが難儀や。大分、汲んだか？　中々、良え腕をしてる。明日から弟子にしたるよって、わしに随いてこい！」
佐「コレ、阿呆なことを言いなはんな！　肥桶一杯を汲んだよって、担げて帰りなはれ」
杢「あァ、汲んだか。いや、これぐらいの酒で担げんことがあるか。肥桶は肩やのうて、腰で担げるわ。（肥桶を担いで）よいしょ！」
佐「能書きばっかりで、腰が定まらん。粗相されたら、難儀じゃ。ソレ、ぶつけた！」
杢「オットットット！　南無阿弥陀仏、南無阿弥陀仏」
佐「コレ、貴様は法華やないな！　南無阿弥陀仏と言うたのが、チャンと聞こえた」
杢「いや、これには訳がある。肥を零した時だけ、他の宗旨で片付けることにしてるわ」

解説「法華長屋」

私の祖母が信心深かったことで、私も幼い頃から数多くの寺院や神社で僧侶や神主の話を聞くことが出来ました。

また、新興宗教の支部や、キリスト教の教会が近所へ建ったので、何の臆面も無く、幼い子どもたちが出入りし、各々の教えを聞くことが出来たのも、今となれば、とても勉強になったのです。

その中で法華経を中心にした新興宗教があり、その有難さをわかりやすく伝えてくれたのが、強烈な印象として残りました。

わが家は真言宗だったので、空海の教えは聞いていましたが、日蓮聖人の逸話や考えは詳しく知らず、まして法華経の中身には、子どもながら感心した覚えがあります。

有難いことに、噺家になってからも、仏教や神道の方と縁を結ばせていただくことが多く、各宗派の寺院や神社で落語会を開催することが増えました。

日蓮宗のお寺では、三重県津市のジャズ酒場で、美味しいカレー店でも有名だった桃栗亭のマスター・森本耕司氏の紹介により、年数回、尾鷲市の妙長寺、名古屋市東区筒井の情妙寺で開催しています。

残念ながら、数年前に亡くなられましたが、妙長寺の前住職・青木健斉上人には、長年、お世話になりました。

いつも穏やかな表情で受付をしていただき、終演後、大広間で打上げの宴会を催して下さり、青木夫妻と懇意の俳人・内山思考夫妻も加わり、奥様の美味しい手料理を味わいながら、落語の話・世間の噂話・仏教のことなどで大笑いをしたり、うなずいたりした夢のような日が、今でも脳裏へ甦ります。

平成二十九年十一月二十三日、青木健斉上人の葬儀は妙長寺本堂で行われましたが、その日は雲一つ無い晴天で、私は黒紋付・袴で参列し、最初は本堂の中にいました。

その内に健斉上人との別れが悲しくなり、本堂の外へ出ましたが、その時、本堂の屋根の上へ数羽のトンビが集まり、「ピィーッ、ヒョロロロロロ」と啼き出したのです。

不思議なことに、「ピィーッ、ヒョロロロロロ」が、私の耳には「妙法、妙法」と聞こえ、何度も聞き直しましたが、やはり「妙法、妙法」と聞こえたので、トンビも健斉上人を送りに来たのかと嬉しくなりました。

健斉上人が「法華長屋」を聞かれたら、どのような感想を述べて下さったかを聞いてみたいような、聞くのが怖いような気もします。

平成三十年一月三十一日、伊勢内宮前・すし久で開催された「第三二〇回・みそか寄席」で初演しましたが、当日のお客様が盛り上げて下さったお蔭か、ウケも良く、今後につながる自信を得ることが出来ました。

ネタの中身へ話を戻しますが、今まで上方落語で演じた形跡はありません。

大阪にも日蓮宗の寺院はありますが、総本山は日蓮聖人の遺骨が奉納されている山梨県身延町の身延山久遠寺で、鎌倉をはじめ、関東一円で法華信者が多かったことから考えても、「法華長屋」は江戸の落語で成立し、次第に熟成したことに異議は無いでしょう。

近年では六代目三遊亭圓生師が稀に上演したぐらいで、東京落語でも演じる者が少なくなりましたが、法華にこだわる家主のユニークさは抜群で、肥を汲みに来る男の酔態との絡みは、落語の面白さを十分発揮が出来ると考え、昔の速記本でまとめ直し、上演に至りました。

高座へ掛ける度に、他のネタと並べても遜色の無いほどの笑いがあるので、今後も全国の落語会や独演会で演じていこうと考えています。

ちなみに、関西も法華と縁が薄い訳ではありません。

京都は法華の力が強く、江戸時代初期、京都の洛北・鷹ケ峯を徳川家康から拝領した本阿弥光悦が芸術村を造り、後の琳派につながる絵師らを育てましたが、京都の名だたる芸術家や富豪も法華信者が多く、法華の寺院も芸術村の活動を支援しました。

俵屋宗達・尾形光琳を代表とする琳派の芸術家が生み出され、法華の支援が無くては成立しなかったと言っても過言ではないでしょう。

そのように考えると、法華の落語を上方落語で演じても、少しも違和感がありません。

『柳家小せん落語全集』（三芳屋書店、大正４年）の表紙と速記。

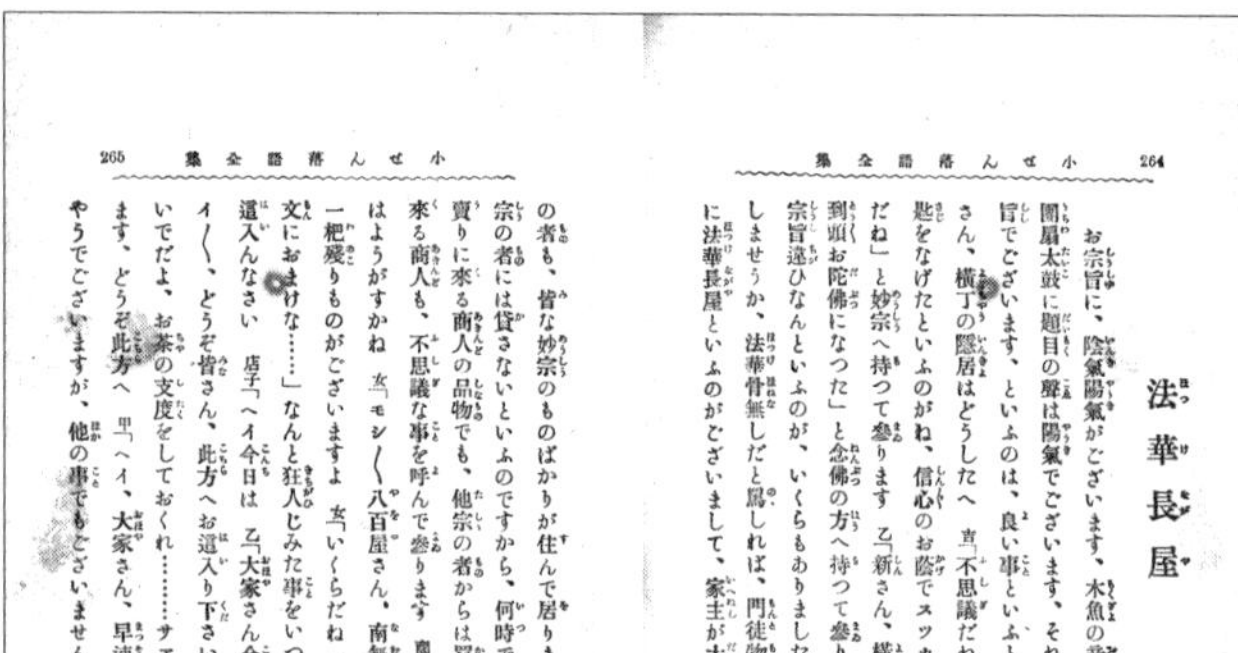

264　小せん落語全集

法華長屋

お宗旨に、陰氣陽氣がございます、木魚の音に念佛の聲は陰氣でございますが、團扇太鼓に題目の聲は陽氣でございます、それに妙宗といふお宗旨は誠に穏なお宗旨でございます、といふのは、良い事といふとキツト妙宗へ持つて參ります　甲「吉さん、横丁の隱居はどうしたへ　吉「不思議だね、何しろ那の年齒だらう、イヤモウ匙をなげたといふのがね、信心のお蔭でスツカリ治つたよ　甲「さうかへ、それは妙だね」と妙宗へ持つて參ります　乙「新さん、横丁の隱居はどうしたへ　新「可哀想に到頭お陀佛になつた」と念佛の方へ持つて參ります、只今はございませんが、昔は宗旨違ひなんといふのが、いくらもありましたもので、つまり迷信の結果とでも申しませうか、法華骨無しだと罵しれば、門徒物知らずだなんと惡口を申します、茲に法華長屋といふのがございまして、家主が大の法華信者、從がつて長屋三十六軒

265　小せん落語全集

の者も、皆な妙宗のものばかりが住んで居ります、偶には空店が出來ましても、他宗の者には貸さないといふのですから、何時でも妙宗の者ばかりが住んで居ります賣りに來る商人の品物でも、他宗の者からは買はないといふ、夫れですから賣りに來る商人も、不思議な事を呼んで參ります　商「エ、祖師大根や祖師大根、祖師大根はようがすかね　女「モシ〳〵八百屋さん、南無妙ホーレンソがあるかへ　商「たつた一把殘りものがございますよ　女「いくらだね　商「三十番神で　女「高價ね、本題十六文におまけな……」なんと狂人じみた事をいつて居ります　家「サア皆さん此方へお這入んなさい　店子「ヘイ今日は　乙「大家さん今日は　丙「ヘイ結構なお天氣で　家「ハイ〳〵、どうぞ皆さん、此方へお這入り下さい……オイ婆さんや、長家の衆がおいでだよ、お茶の支度をしておくれ……サア皆さん御各々に御挨拶では恐れ入ります、どうぞ此方へ　甲「ヘイ、大家さん、早速申し上げますが、誠に差出がましいやうでございますが、他の事でもございませんが、私しが今日の行事に當つて居り

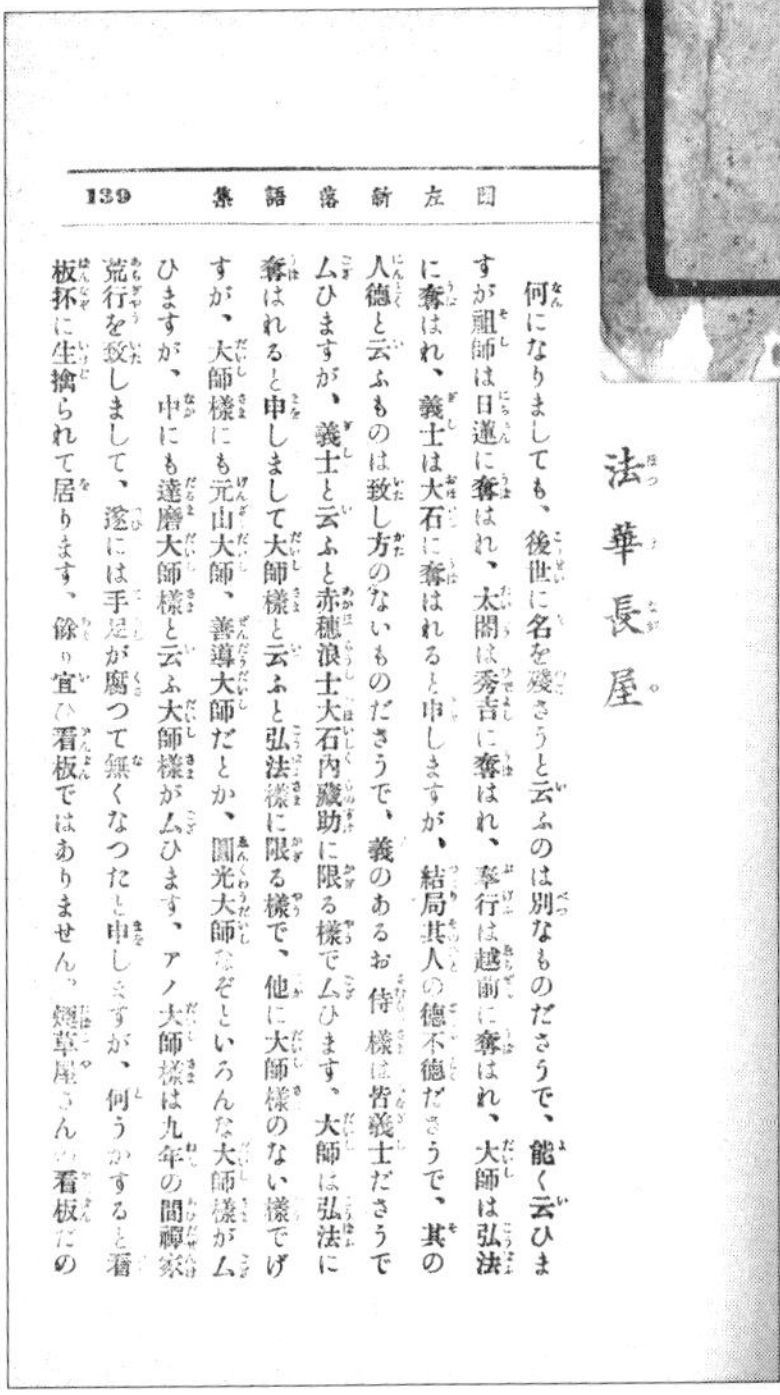
圓左新落語集　139

法華長屋。

何になりましても、後世に名を殘さうと云ふのは別なものださうで、能く云ひますが祖師は日蓮に奪はれ、太閤は秀吉に奪はれ、奉行は越前に奪はれ、大師は弘法に奪はれ、義士は大石に奪はれると申しますが、結局其人の德不德ださうで、其の人德と云ふものは致し方のないものださうで、義のあるお侍樣は皆義士ださうでムひますが、義士と云ふと赤穗浪士大石內藏助に限る樣でムひます。大師は弘法に奪はれると申しまして大師樣と云ふと弘法樣に限る樣で、他に大師樣のない樣でげすが、大師樣にも元山大師、善導大師だとか、圓光大師なぞといろんな大師樣がムひますが、中にも達磨大師樣と云ふ大師樣がムひます、アノ大師樣は九年の間禪寮荒行を致しまして、遂には手足が腐つて無くなつたと申しますが、何うかすると看板抔に生擒られて居ります、餘り宜ひ看板ではありません。煙草屋さんの看板だの

『三遊亭圓左新落語集』（玄誠堂書店、大正８年）の表紙と速記。

『名人圓喬落語集』（三芳屋書店・松陽堂書店、昭和２年）の表紙と速記。

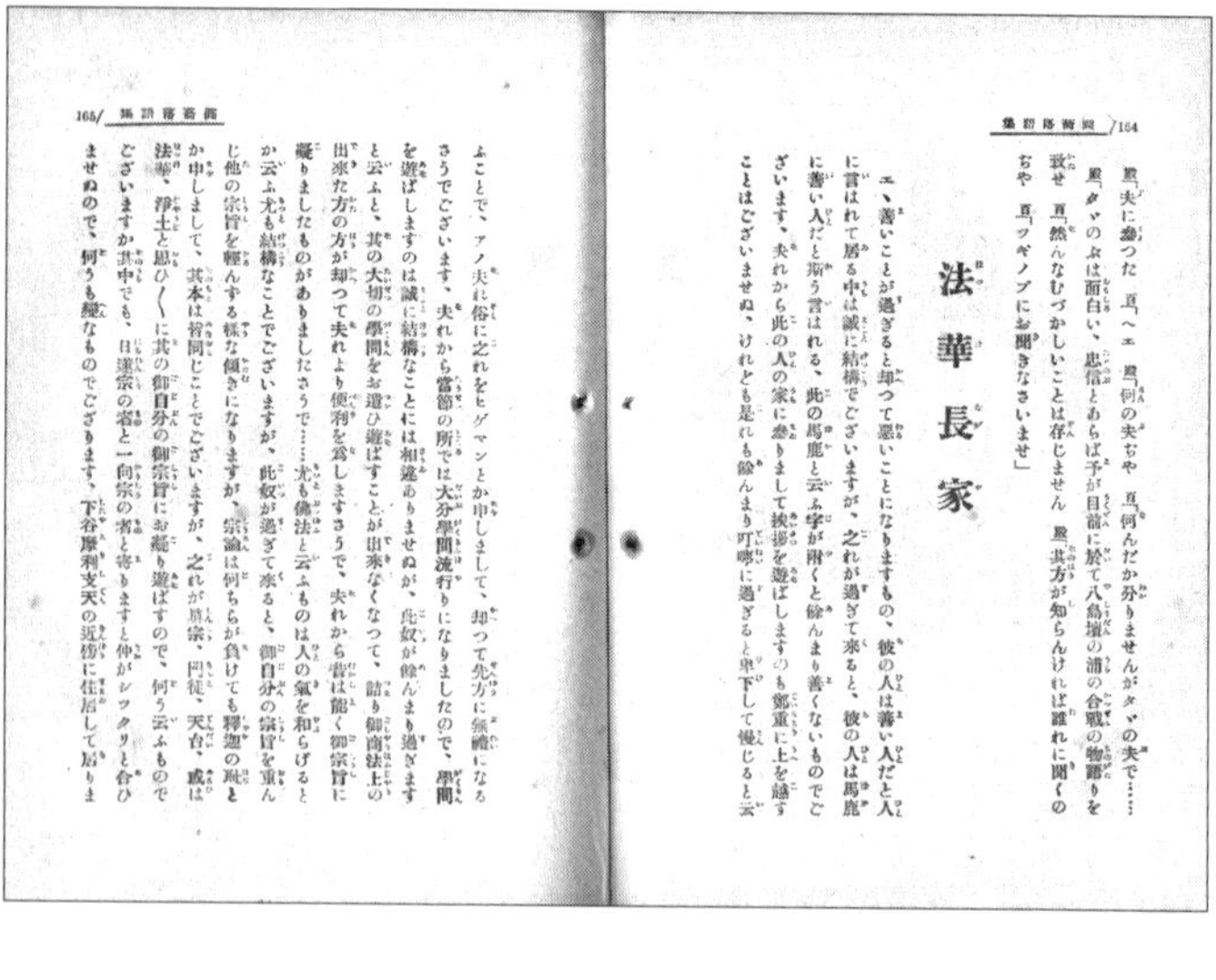

圓喬落語集 /164

殿「夫に參つた　直「へエ　殿「何の夫ぢや　直「何んだか分りませんがタヾの夫で……
殿「タヾのふは面白い、忠信とあらば予が目前に於て八島壇の浦の合戰の物語りを
致せ　直「然んなむづかしいことは存じません　殿「其方が知らんければ誰れに聞くの
ぢや　直「ツギノブにお聞きなさいませ」

法華長家

エヽ善いことが過ぎると却つて惡いことになりますもの、彼の人は善い人だと人
に言はれて居る中は誠に結構でございますが、之れが過ぎて來ると、彼の人は馬鹿
に善い人だと斯う言はれる、此の馬鹿と云ふ字が附くと餘んまり善くないものでご
ざいます、夫れから此の人の家に參りまして挨拶を遊ばしますのも鄭重に上を越す
ことはございませぬ、けれども是れも餘んまり叮嚀に過ぎると卑下して慢じると云

165/ 圓喬落語集

ふことで、アノ夫れ俗に之れをヒゲマンとか申しまして、却つて先方に無禮になる
さうでございます、夫れから當節の所では大分學問流行りになりましたので、學問
を遊ばしますのは誠に結構なことには相違ありませぬが、此奴が餘んまり過ぎます
と云ふと、其の大切の學問をお遣ひ遊ばすことが出來なくなつて、詰り御商法上の
出來た方の方が却つて夫れより便利を爲しますさうで、夫れから昔は能く御宗旨に
凝りましたものがありましたさうで……尤も佛法と云ふものは人の氣を和らげると
か云ふ尤も結構なことでございますが、此奴が過ぎて來ると、御自分の宗旨を重ん
じ他の宗旨を輕んずる樣な傾きになりますが、宗論は何ちらが負けても釋迦の恥と
か申しまして、其本は皆同じことでございますが、之れが眞宗、門徒、天台、或は
法華、淨土と思ひ〳〵に其の御自分の御宗旨にお凝り遊ばすので、何う云ふもので
ございますか其中でも、日蓮宗の者と一向宗の者と寄りますと仲がシツクリと合ひ
ませぬので、何うも變なものでございます、下谷摩利支天の近傍に住居して居りま

「法華長屋」の速記が掲載されている戦前の本は少ないのですが、『柳家小せん落語全集』（三芳屋書店、大正四年）、『講談落語名人揃』（いろは書房、大正五年）、『三遊亭圓左新落語集』（玄誠堂書店、大正八年）、『名人圓喬落語集』（三芳屋書店・松陽堂書店、昭和二年）、『名作落語全集／変人奇人編』（騒人社書局、昭和五年）があり、古い雑誌では『百花園／一三巻一二五・一二六号』（金蘭社、明治二十二年）に掲載されています。

蜆売り

しじみうり

「一年を　三日で稼ぐ　恵比寿顔」と言うて、一月九日・十日・十一日は、大坂の戎さんが大繁盛で、中日の十日戎が一番の賑わい。

大坂南堀江の中川清之助という顔役は、やくざな稼業で、お上から十手・捕り縄を預かるという、警察と暴力団を兼ねてるような者でありながら、金のある所から取り立てて、無い者へ施すという慈善家だけに、この人が通ると、後ろで手を合わしてる人がある。

十日戎の昼間に今宮戎へお参りした清之助の旦那は、千両箱・鯛の飾りを仰山吊った福笹をいただいて帰ると、立派な神棚へ供えて、日が暮れ小前、子分・子方をお参りへ行かして、奥の間の欅の火鉢の前で胡座を掻く。

その横で、七つになる娘が習い立ての三味線を、チンツンテン。

店の間では、留という三下が留守番をして、股火鉢をしながら、コックリコックリ。

火鉢の火が顔へ近付くと、熱いよって、フッと顔を上げることを繰り返してる。
外では、雪交じりになった冷たい風が、ピューッ！

し「（戸を叩いて）こんばんは、こんばんは！」
留「へェ、直に開けます。あァ、寝てしもた。（戸を開けて）えェ、誰方？」
し「アノ、こんばんは」
留「何や、子どもが立ってるわ。表の戸を叩いたのは、お前か？　寝てる時は、魂が余所へ行ってるわ。急に起こされたよって、急いで帰ってきた。スッと身体へ納まったよって良かったけど、入り損ねたら、あの世へ逝ってしもたわ。一体、何の用や？」
し「アノ、蜆を買うてもらえませんか？」
留「何ッ、お前は蜆売りか？　ほな、表で売って歩け。一体、今日は何日やと思てる？　大坂中が鯛を食べる日で、蜆みたいなケチな物を食べるか。さァ、早う帰れ！」
し「お酒を仰山呑みはると、頭が痛なったり、肝の臓が弱ったりします。明日の朝、味噌汁の具にしはったら如何で？　寒蜆は美味しいし、肝の臓が弱った時は、蜆の汁を吸うと、ジィーンと肝へ滲みて、良え塩梅になりますわ」
留「何で、ウチのおかずを決めてもらわなあかん。生意気なことを吐かしたら、承知せんで！　蜆売りは嘘で、ほんまは下駄盗人やろ。隙を見て、下駄の一足も盗って帰るつもりか。コラ、わしのことを嘗めてたら承知せんで。この家で、わしは何と呼ばれてるか知ってるか？　皆に、阿呆と呼ばれてるわ。おい、阿呆を怒らしたら恐いで！」
清「おい、留。一体、何を偉そうにしてる？」
留「あァ、親方。蜆売りが来てますけど、ほんまは下駄盗人ですわ」
清「継ぎ接ぎだらけの着物を着た子どもが震えてるが、あんたは下駄盗人か？」
し「お家の中へ入ってないよって、下駄は盗れません。蜆を買うとおくなはれと言うてるのに、（泣いて）この兄さんが下駄盗人と言うて」
清「あァ、済まなんだ。この男の代わりに、頭を下げて謝る。悪い男やないが、頭の中を通さんと物を言う癖があるわ。この家で、何と言われてるか知ってるか？」
し「ヘェ、阿呆と言われてはるそうです」
清「ほゥ、よう知ってるな。また、カスとも言われてるわ。根は良え男やが、迂闊な所がある。おい、留。子どもと思て、嘗めた口を利くな。入ったらあかん所へ入って、物が無くなってたら、盗人扱いされても仕方が無い。家の中へ入ってない者を、盗人扱いする奴があるか！　頭を下げて謝るよって、堪忍して」
し「謝ってもらわんでも宜しいよって、蜆を買うとおくなはれ」

清「あァ、蜆売りやったな。よし、買うたるわ。蜆は、どこにある？（表を見て）大きな笊二杯に、蜆が山盛り。笊の上へ雪が積もってるが、一寸も売れなんだか？」
し「十日戎に蜆は売れんと思いましたけど、暮らしが苦しいよって、夜明け前に福島の川筋で蜆を掘ったら、仰山採れました。福島羅漢前で売ってたら、『買わんよって、向こうへ行け！』と追い払われて。北の新地へ行っても買うてくれんよって、天満へ廻って、天神橋を渡って、本町から靭、阿波座、心斎橋、二ツ井戸、道頓堀、天王寺」
清「おォ、大坂を一周り廻ってるわ。ほな、お父っつぁんは稼ぎが無いか？」
し「お父っつぁんは、三年前に死にまして」
清「あァ、悪いことを聞いた。ほな、お母ンは？」
し「お父っつぁんが死んでから病気になって、去年の暮れから寝た切りで、目も見えんようになりました」
清「おォ、それで蜆を売ってるか。子どもの頃から苦労するが、『若い頃の苦労は、買うてでもせえ』と言うわ。よし、蜆を買うたる！」
し「ほな、どれぐらい量らしてもろたら宜しい？」
清「どれぐらいも、これぐらいもあるか。わしが買うと言うたら、皆、買うたる」
留「もし、親方！　この蜆は、何ぼほどあると思いなはる。買うのは親方でも、食べるのは、わしらや。毎日、蜆を食わされたら、顎が疲れて仕方が無い」
清「誰が、お前に食わすと言うた！　親孝行の蜆は、わしが食う！　食べ切れなんだら、近所へ配るか、川へ放したらええわ。おい、蜆屋。皆、買わしてもらうが、蜆の値がわからん。一体、何ぼや？」
留「タ、タ、高い！」
し「百二十文いただきたい所ですけど、皆、買うてくれはったら、百文にお負けします」
清「また、お前か。何じゃ、喧しい」
留「コラ、百文は高い！　親方、わしが値切ります。百文は高いよって、一文にせえ！」
清「(留の頭を叩いて) コレ！」
留「(頭を抱えて) 親方、何をしなはる！　何で、ドツかれます？」
清「百文の蜆を、一文に値切る奴があるか！」
留「いや、これは言わしてもらいます！　銭を出して仕入れた蜆を一文に値切ったら、ドツかれても仕方が無い。この蜆は、只で掘ってきた物ですわ。機嫌良う寝てる蜆を起こして、勝手に掘ってきました。一文の値を付けたら、上等ですわ」
清「ほゥ、なるほど。元は、只か？」
留「親方も頭を通してから、物を言いなはれ」

清「あァ、そこへ気が付かなんだ。おい、留。ウチへ来て、三年になるな？」
留「三年の間、御厄介になってます」
清「今まで、何の用事も出来なんだな」
留「もし、蜆屋が聞いてますわ。シャイ、シャイ、（踊って）ハッ！」
清「コレ、何をしてる。用事が出来んよって、出来んと言うてるわ。あかん奴やと思てたが、今の理屈は感心した。（銭を出して）さァ、一文やるわ」
留「えッ、小遣いをもらえますか。（銭を受け取って）へェ、おおきに」
清「一文やるよって、今から福島の川筋へ行って、これと同じだけの蜆を掘ってこい」
留「もし、親方！」
清「大きな声を出して、何じゃ？」
留「親方は、子分が可愛いないので！」
清「いつも、子分・子方は宝と言うてるわ」
留「一体、今日は何日やと思いなはる？　一月十日で、雪が降ってます。こんな寒い晩、福島の川筋で蜆を掘ったら、身が凍（こご）えて、死んでしまいますわ」
清「川の中で蜆を掘ったら、凍え死ぬか？」
留「あァ、当たり前ですわ！　人の身になって、物を言いなはれ」

清「この子は、どないして蜆を掘ってきた？」
留「へェ」
清「コレ、へェやない。口の端に奉行所が無いと思て、ええ加減なことを言うてたら、承知せんで！　さァ、蜆の入れ物を持ってこい！」
留「わァ、怒られ通しや。皆、お参りへ行ってるのに、わしだけ留守番させられて。ボロカスに言われて、こんな合わん話は無いわ」
清「一体、何をグズグズ言うてる！　入れ物を持ってきて、笊の蜆を移しとけ。蜆屋、済まなんだ。この男は、あれぐらい言うた方が薬になる。此方へ入って、火鉢へ当たりなはれ。（蜆売りの手を触って）冷とうて、耳も真っ赤になってるわ」
し「あァ、耳は堪忍しとおくなはれ。一日中、寒い道を歩いてたよって、耳が痺れてまして。温い手で触られたら、ポトッと落ちてしまうような気がします」
清「あァ、済まなんだ。それより、腹は減ってないか？」
し「朝から何にも食べてないよって、ペコペコです」
清「コレ、この子に食べる物を出してやり！　お昼に拵えた寿司があるよって、熱いお茶を淹れて、此方へ持ってきなはれ」
留「コラ、蜆屋！」

清「また、お前か。何じゃ、喧しい」
留「あァ、上手いことをしやがった。蜆を買うてもろて、寿司も御馳走になって。こんな良え思いが出来るのは、誰のお蔭かわかってるか？　わしと喧嘩したよって、こんな恩恵を被ることが出来た。生涯、わしの恩を忘れるな。しかし、お前は苦労してるわ。ほな、今日から兄弟分になろ。わしが兄で、お前が弟や。兄貴が許すよって、寿司を食うたらええわ。さァ、早う食え。食え、食え、クエェーッ！」
清「コレ、鶏か！　蜆屋、食べなはれ」
し「アノ、温い御飯をいただけませんか？」
留「何ッ、生意気なことを吐かして！」
清「コレ、一々出てくるな。身体が冷えてるよって、温い御飯の方が良かった。温い御飯と、熱い汁物じゃ。さァ、ゆっくり食べなはれ」
し「アノ、香香(こうこ)を一切れ」
留「おい、まだ贅沢なことを！」
清「コレ、お前は黙ってえ！　さァ、香香じゃ！　遠慮をせんと、仰山食べなはれ。温い御飯を口へ入れたら、一遍に顔色が良うなった。寿司が残ってるよって、遠慮せんと食べなはれ」

し「アノ、竹の皮を一枚」
留「また、そんなこと！」
清「コレ、一々出てくるな！　竹の皮とは、何じゃ？」
し「暫く、お母ンに美味しい物を食べさしてないよって、持って帰ったろと思いまして。『これは海苔巻き、これは玉子焼き』と言うて食べさしたら、喜ぶと思います」
清「これは、あんたに出した寿司や。お母ンの分は土産で持たせるよって、食べなはれ」
し「ほな、いただきます」
清「ほゥ、美味しいか？　慌てんと、ゆっくり食べなはれ」
し「(食べ終わって) へェ、おおきに御馳走様でした」
清「あァ、顔色も良うなった。ところで、蜆代を払わなあかん。確か、百文に負けてくれたな。(銭を出して) 羽振りが良かったら、もっとさしてもらう。この頃は、懐の塩梅が悪い。紙へ包んだ分は、お母ンへ見舞いじゃ」
し「(紙包みを開けて) 二分が二枚も、いただけません！」
留「コラ、蜆屋！」
清「また、お前か。一体、何じゃ？」
留「あァ、ほんまに上手いことをしやがった。蜆は買うてもらう、寿司はよばれる、一両をもらう。最前、わしは一文もろただけじゃ。こんな良え思いが出来るのも、わしと喧嘩したよってや。生涯、わしの恩を忘れるな！　親方の見舞いは、もろとけ！　何ッ、要らん？　ほな、わしがもらう」
清「コレ、手を出すな！　これは、あんたに上げる訳やない。お母ンへ見舞いやよって、あんたが断ったらあかん！」
し「お寿司はいただきますけど、お金はお返しします。お金を仰山もろたことで、蜆を売らなあかんようになりましたよって！」
清「今、ケッタイなことを言うた。一体、どういう訳じゃ？」
し「十日戎の晩に、こんな縁起の悪い話」
清「いや、構わん。ひょっとしたら、力になれるかも知れんわ。さァ、言いなはれ」
し「ほな、聞いてもらいます。三年前、お父っつぁんが死にまして」
清「あァ、それは最前聞いた」
し「その後で、お母ンが寝込みまして」
清「おォ、それも最前聞いた」
し「これでは暮らして行けんよって、姉ちゃんが新町のお茶屋へ芸妓に出まして」
清「わしは新町に詳しいが、何というお茶屋じゃ？」

し「アノ、それは堪忍しとおくなはれ」
清「あァ、すまなんだ。それで、どうした？」
し「直に、紙問屋の若旦那の御贔屓を受けることになりまして」
清「ほゥ、それは良かったな」
し「いえ、それが良えこと無かった。若旦那がお金を遣い過ぎて、親に勘当されまして」
清「あァ、それは具合が悪い」
し「いえ、それは良かった。姉ちゃんは喜んで、『若旦那が勘当されはったら、これから一緒に居ることが出来る』と言うて、若旦那を引き取って、楽しゅう暮らしまして」
清「ほゥ、それは良かったな」
し「いえ、それが良えこと無かった」
清「あんたの話は、テレコテレコになるわ。一体、どういう訳じゃ？」
し「姉ちゃんが芸妓を止めて、若旦那と商売を始めまして。若旦那は大きな商いは慣れてますけど、細かい商売をしたことが無い。彼方(あっち)で騙され、此方で騙され、とうとう借金だらけになって。取り立てがえげつのうて、気を病んで。去年の十一月の末、安堂寺橋の上から、姉ちゃんと若旦那が手に手を取って、ドボォーンと！」
清「えッ、飛び込んだか！」

し「いえ、まだです」
清「ドボォーンと言うよって、飛び込んだかと思た」
し「飛び込もとしたら、後ろから誰かに抱き止められて。訳を話したら、『金で命が買えるのやったら、わしが買うたる』と言うて、お金が仰山入った袋を放り出すと、名前も言わんと走って行きはったそうで。お金を持って帰って、『ほな、神様から授かった金ということにしょう』と、勝手な理屈を付けて、借金払いをして、何とか年を越しました」
清「ほゥ、それは良かったな」
し「(泣いて) いえ、それが良えこと無かった」
清「あァ、またや。一体、どうした?」
し「年明けに、近所の金持ちの蔵へ盗人が入りまして。人の口へは、戸が立てられん。近所の人が、『あの家は金廻りが良うなったよって、盗ったに違いない』と言うて。どうやら、その筋という所があるそうで。若旦那と姉ちゃんが縄で括(くく)られて、その筋へ引っ張られて行って帰ってこんよって、目の見えんお母ンと二人切りになりました。お金を仰山もろて、その筋へ引っ張られたら、お母ンの面倒を見る者が無くなるよって」
清「おォ、わかった！　頼むよって、もろてくれ！　その筋から引っ張りに来たら、南堀江の中川清之助にもろたと言うたら宜しい。わしは、その筋へ顔が利く。明日、若旦那と姉ちゃんも帰してもろたるよって、安心しなはれ」
し「宜しゅう、お願いします」
留「コラ、蜆屋！」
清「また、お前か。一体、何じゃ？」
留「お前は、わしに恩がある！」
清「コレ、まだ言うてるわ」
留「そやけど、偉い奴や。話を聞いて、涙が零れた。最前も言うたけど、わしらは兄弟分で、お前が兄貴や！」
清「おい、留が兄貴と違うのか？」
留「ヘェ、急に格落ちしまして。弟分として、放っとけん。(蜆売りへ、銭を握らせて) お母ンに、熱いうどんの一膳も食わしたってくれ。余ったら、善哉を食わして。それでも余ったら、米を買うとけ。余ったら畳を替えて、それでも余ったら家を買え！」
清「ほゥ、仰山じゃ。一体、何ぼやる？」
留「ヘェ、八文」
清「何ッ、八文！　八文やそこらで、家が買えるか」

留「へェ、ひょっと余ったら」
清「コレ、八文で余るか。しかし、よう気が付いた。お前の八文は、わしの一両と同じ値打ちがあるわ。皆が帰ってきたら、お前のことを誉めてやる。蜆屋へやった八文は、わしが羽振りの良え時、十両にして返したるよって、楽しみにしとけ」
留「えッ、八文が十両？　蜆屋、もう十文やる」
清「コレ、それがあかん。おい、蜆屋。こんな男じゃが、気持ちは受け取ったってもらいたい。土産の寿司を持って、お母ンの許へ帰りなはれ。あんたが帰ってくるのを、首を長（など）して待ってはるわ」
し「へェ、御馳走になりました。いつになるかわかりませんけど、御恩返しをします。親方、有難うございました。内儀（おかみ）さん、済みません。阿呆の兄さん、おおきに！」
留「コラ、何を吐かす！　さァ、気を付けて帰れ」
し「へェ、おおきに。（表へ出て）えェ、蜆ィーッ！」
清「あァ、呉々も気を付けて帰りなはれ。蜆が売れて、笊が軽なっても、オオコを担げたら、『えェ、蜆ィーッ！』という声が出る。商いは、ここまで行かなあかん。おい、留。十日戎のお参りと、蜆売りの話が聞けたのと、何方（どっち）が良かった？」
留「へェ、留守番で良かったですわ。良え話を聞かしてもらいましたけど、腹も立ちました。一体、金をやった奴は誰や？　そんな親切があったら、所と名前ぐらい言うてやったらええのに。あッ、親方！」

清「おォ、何じゃ？」

留「金をやったのは、親方と違いますか？　あッ、思い出した！　去年の十一月の末、親方と掛け取りへ廻った時、安堂寺橋の欄干を跨いで、男と女が川へ飛び込もとする所を、親方が『声を掛けたら、それをキッカケに飛び込むよって、ソォーッと近付いて、後ろから抱き止めなはれ』と言うて。二人が飛び込むのを止めて、金包みを放り出して、走って帰ったのを思い出しましたわ」

清「あァ、わしじゃ」

留「えッ、親方は気が付いてましたか。ほな、『あれは、わしじゃ。苦労さして、済まなんだ』と、何で言うてやらん！」

清「面目無うて、言えなんだ。良えことをしたつもりが、裏目に出ることもあるような。腹の中で、『わしの念が足らなんだよって、あんたに苦労させる。その代わり、姉ちゃんと若旦那は帰してもろて、お母ンの面倒も見る』と言い続けてたわ。留、そんなに責めるな。あァ、辛い！　今日の蜆屋の話は、ジィーンと肝へ滲みた」

留「あァ、蜆は良う効くわ」

解説「蜆売り」

私は、蜆の味噌汁が大好きです。

地方公演の時、宿の朝食で、蜆の味噌汁が出ると、一日中、良いことが続きそうな気になりますが、幼い頃から好きだった訳ではありません。

わが家は味噌汁の具に使っていなかったか、使っていても美味しく思わなかったか、幼い頃の記憶はなく、内弟子のとき、師匠（二代目桂枝雀）宅でいただいたのが最初でした。

以前、東京の知人宅で、蜆の味噌汁をいただき、大変美味しく、お代わりまでしたのですが、驚いたことに東京の知人は蜆を食べなかったのです。

身は小さくても深い味があると思うのですが、知人は「蜆は出汁を採る物で、中身を食べる物ではない。細かい物を食べるのも面倒で、野暮だ！」と言い切りました。

東京生まれの東京育ちで、江戸ッ子の代表ともいえる知人の主張でしたが、私は捨てるのはもったいなく、「こんな美味しい物を、なぜ食べないのか?」と、不思議に思ったものです。

関東でも食べる方はおられるでしょうし、関西でも捨てる人もあるでしょうが、あれほど美味しい物を捨てるのは、もったいない。

さて、落語の「蜆売り」は、上方落語には珍しい人情噺で、冬の寒さに、十日戎の夜の風情を絡めた逸品だと思います。

子どもと大人のやりとりから、温かい人情を描く噺は他にもありますが、このネタ以上に季節感を表している落語はないでしょう。

出来る限り、蜆売りの子どもを普通に演じるように心掛けています。

子どもの味付けを濃くすると、厭味な子どもになる例を数多く見てきました。

奉行と子どもの問答が主になる「佐々木裁き」も同様で、奉行の問いに対する素直な答えが、奉行の予想しない名解答であることがポイントだけに、子どもが奉行を困らせてやろうと考えて答えるようでは、聞き心地の良い噺にはなりません。

子どもと大人の会話で進行するネタは、この辺りの配慮が、噺の中へ爽やかな風が吹くかどうかの決め手になるでしょう。

蜆売りの子どもが主人公のネタとはいえ、脇役の留という三下が大活躍します。

蜆売りと親方の会話で終始すると、講釈のような雰囲気になりますが、留が絡み、トンチンカンなことを言うことで滑稽な世界が広がるだけに、脇役とはいえ、留は主役級のウエイトを占めていると言えましょう。

人情家の親方に薄幸な子どもが出会い、天真爛漫な三下が絡むという構成は、上品なトリオ漫才を見ているようです。

今後も語り継がれる落語だとは思いますが、昔のように、避けようのない不幸に見舞われる

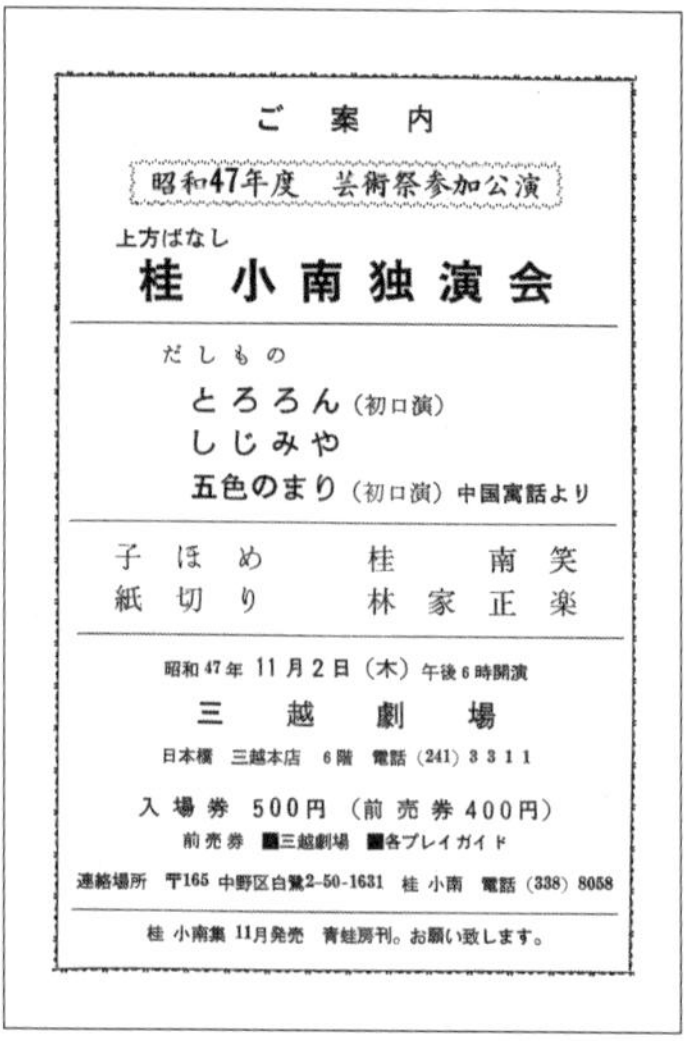
ご案内

昭和47年度　芸術祭参加公演

上方ばなし
桂　小南独演会

だしもの
とろろん（初口演）
しじみや
五色のまり（初口演）中国寓話より

子ほめ　桂　南笑
紙切り　林家正楽

昭和47年 11月2日（木）午後6時開演
三越劇場
日本橋　三越本店　6階　電話（241）3311

入場券　500円（前売券400円）
前売券　■三越劇場　■各プレイガイド

連絡場所　〒165 中野区白鷺2-50-1631 桂 小南　電話（338）8058

桂 小南集 11月発売　青蛙房刊。お願い致します。

桂小南独演会（三越劇場、昭和47年）のチラシ。

ことが少なくなっただけに、通用しなくなった部分があるかも知れません。

近年は二代目桂小南師の十八番でしたが、それ以前は初代桂小文治が得意とし、もっと時代を遡る（さかのぼ）と、三代目桂文團治の名演が光っていたそうで、「親の蜆（※死に目）に会いたい」というオチもあったそうです。

東京落語は「汐留の蜆売り」とも言い、泥棒伯圓と呼ばれた二代目松林伯圓の「鼠小僧次郎吉」という長編の講釈を、五代目古今亭志ん生が人情噺に仕立て上げました。

大正の末、落語界をしくじった志ん生は、三代目小金井芦州門下となり、芦風という名前の講釈師となったことで、「蜆売り」を持ちネタに加えることが出来たそうです。

せっかくの機会ですから、東京落語の「蜆売り」の粗筋も述べておきましょう。

三代目桂文團治の絵と落款。

文化・文政の頃、義賊と名高い鼠小僧は、普段は茅場町の和泉屋次郎吉という魚屋でしたが、ある日、博打に負けて表へ出ると、酷い雪降りで、顔見知りの汐留（新橋）の船宿で休んだ所へ、十歳ぐらいの小僧が、笊（ざる）へ蜆を入れて売りに来たので、気の毒に思った次郎吉が残らず買い、前の川へ逃がし、蜆売りの身の上話を聞き、驚きました。

三年前、湯治中の箱根の宿で、隣り座敷の揉め事を仲裁し、若い男女の二人連れに三十両を恵みましたが、それは御金蔵破りの小判。

男は牢屋へ入れられ、女は家主預かりとなりましたが、その時の女は、元・金春（こんぱる）の板新道（京橋）、全盛を誇った小春で、その弟が蜆売りだったという展開になるのです。

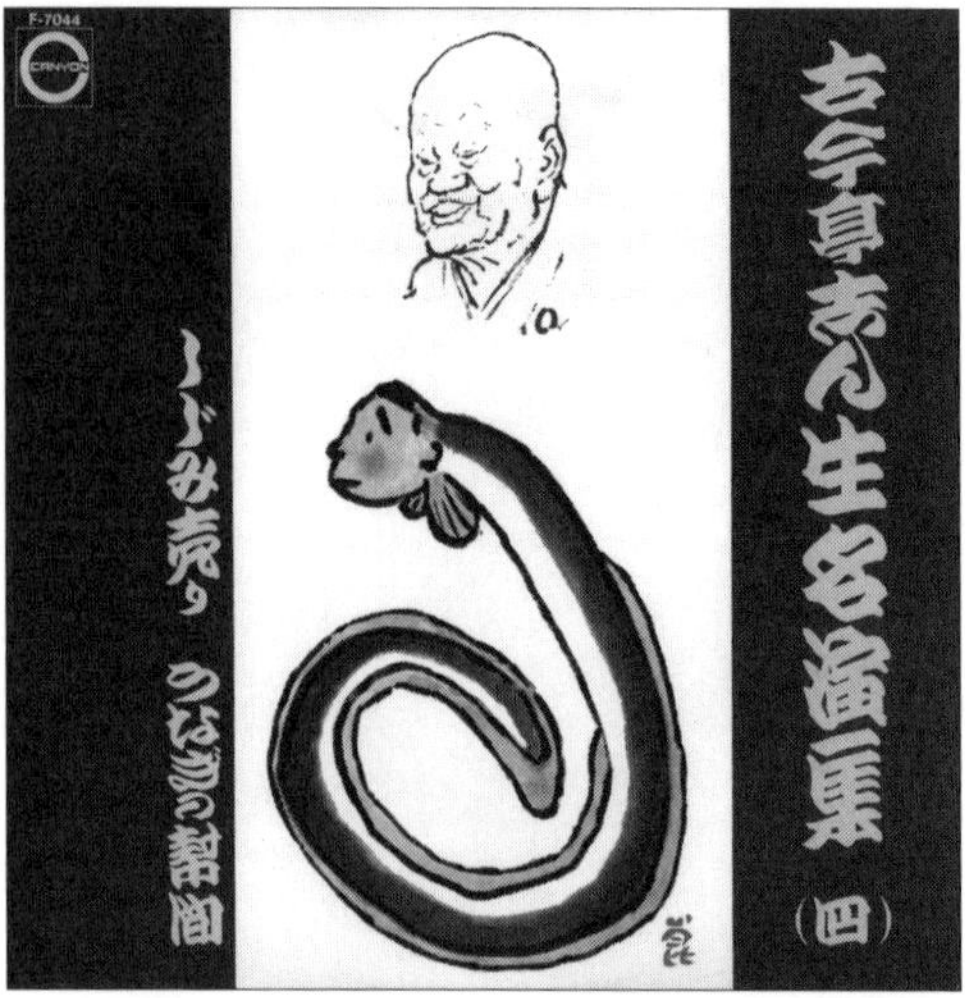

「古今亭志ん生名演集（4）」（キャニオンレコード）のLPレコード。

ＬＰレコード・カセットテープ・ＣＤ・ビデオは、五代目古今亭志ん生・二代目桂小南・現四代目桂福團治などの各師の録音で発売されました。

平成八年一月二十五日、大阪梅田太融寺で開催した「第五回・桂文我上方落語選（大阪編）」で初演しましたが、その時から十分に手応えがあり、今後も演じ続けるネタになりそうだと、自信が湧いたことを覚えています。

全国各地の落語会や独演会で上演している内に、いろんな方から智慧をいただき、現在のような形になり、最初に出したＣＤ・カセットの「桂文我上方落語選／その一」（東芝ＥＭＩ）に収録したのも、懐かしい思い出となりました。

最近、若手に稽古を付けるネタにもなっただけに、各々の工夫も加えることで、今後の拡がりを期待している次第です。

道具屋

どうぐや

佐「さァ、此方へ入り。こないだ、お前のお母ンに会うたら、ボヤいてた。また、遊んでるそうな。今年、二十三にもなって」
○「誰が、二十三や」
佐「ほゥ、二やったか?」
○「いや、四や!」
佐「コレ、余計あかんわ。わしの商売を手伝わそと思て呼びにやったが、やってみる気は無いか? 内職の方で、お前は知らんと思う」
○「叔父(おっ)さんの商売は、頭へドの字が付く商売やろ?」
佐「内緒にしてたが、知ってたか」
○「こないだ、叔母はんと遅うまでしゃべってたら、叔父さんが大きな風呂敷包みを背負て、手に鉄瓶を提げて、裏から隠れるように入ってきた」
佐「あァ、アレを見られたか」
○「そうそう、アレを見てしもた。儲かるか、泥棒の方は？」
佐「コレ、何を言うてる。頭へドの字が付いても、泥棒やのうて、道具屋じゃ」
○「お月さんを見て、跳ねる奴か。道具屋（※十五夜）、お月様、見て跳ねる」
佐「コレ、ケッタイな洒落を言いなはんな。夜店出しの道具屋で、自慢出来るような商売やないが、やってみると面白い。遊んでるぐらいやったら、やってみなはれ」
○「ほな、やろか」
佐「アッサリ言うたが、いつから行く？」
○「あァ、今から行くわ」
佐「今からとは急やが、『思い立ったが、吉日』と言うよって、行く気があったら止めはせん。その風呂敷包みを、此方へ持っといで。『習うより、慣れろ』と言うよって、一遍、売り物へ当たる方がええわ。風呂敷の結び目を解いて、売り物を確かめなはれ」
○「（風呂敷の結び目を解き、ノコギリを持って）ほゥ、このノコギリは切れるか？」
佐「さァ、どうやろな」
○「売ってて、わからんか？」

佐「あァ、それは火事の焼け跡から拾てきた。錆を落として、油を塗って、焦げた柄を付け替えて。こんな物でも賑やかしやよって、並べといたら、どこぞの阿呆が買うて帰るわ。ノコギリと掛け軸を一緒に置いたら、掛け軸へ疵が付く」
○「あァ、掛け軸か。（掛け軸を拡げて）わッ、面白い絵や！」
佐「コレ、お前に絵の善し悪しがわかるか」
○「いや、面白い絵や。ボラが素麵を食べてる絵を、初めて見た」
佐「どこの世界に、ボラが素麵を食べる絵がある？　あァ、それは鯉の滝上りじゃ」
○「ボラが尾で立って、口を開けてる所へ、素麵が流れ込んでる絵かと思た」
佐「一々、阿呆なことを言いなはんな。鯉の滝上りは、昔からある有名な図柄や」
○「ほゥ、鯉は滝を上るか？」
佐「鯉は勢いの良え魚で、川を下から上へ上って、滝があると逆上りに上ると言うわ」
○「今、鯉の捕まえ方を思い付いた」
佐「ほゥ、どうする？」
○「鯉の居る川へ行って、橋の上からバケツの水を『さァ、滝やぞォーッ！』と言うて、ザァーッと流したら、鯉が滝と間違えて、バケツの中へ飛び込んでくる」
佐「そういうことは、お前しか思い付かん。その花瓶は横に穴が開いてて、水が漏れる。

穴が大きなったら、売り物にならんよって、丁寧に扱いなはれ。電気スタンドは三本足で、一寸面白い形やが、一本欠けて、二本で立たん。お雛さんの着付けは本物の金襴で、誠に結構な物じゃが、残念ながら首が抜ける」
○「わァ、まともな物は一つも無いわ。首が抜けるし、(首を廻して) 何方へも廻る」
佐「遊ばんと、元へ戻しなはれ。首が抜けたままでは、何にもならん」
○「いっそのこと、爪楊枝立てにしょう」
佐「コレ、阿呆なことを言いなはんな。その短刀は、芝居や踊りで使う小道具。漆の塗りで、上等じゃ。塗りが剥げたら値打ちが下がるよって、気を付けて持って行きなはれ。パッチや腹巻なんかは衣類で一固めにして、太鼓や笛も纏めて並べるように。そこに帳面があるが、それが商売の元帳じゃ。元値が書いてあるよって、ウチへ元値だけ入れてくれたら、後は何ぼ儲けても、お前の小遣いにしたらええ。今日は坂町の夜店で、向こうへ行ったら、本屋の善さんという人に『今日は、道具屋の佐兵衛の代わりに来た』と言うたら、場割りから何から世話してくれる。『商売は、飽きない (※商い)』『商いは、牛の涎』と言うよって、ボチボチ気長にやりなはれ」
○「ほな、行ってくるわ。(風呂敷を背負い、歩いて) あァ、叔父さんは親切や。遊んでたら、小遣い儲けを世話してくれる。今まで、いろんな所へ行ったわ。大工・左官・植木屋も行ったけど、皆、しくじって帰ってきた。あァ、植木屋が一番具合が悪かったわ。親方が乗ってる梯子を、ノコギリで切ってしもた。ドォーンと落ちて、えらい怒られて。親方は怒るし、内儀さんは泣くし、後は笑うしか無かったわ。ほゥ、坂町の夜店や。仰山、店が出てるわ。綿菓子や鯛焼きに、智慧の輪に射的か。本屋の善さんは、どこに居る？あァ、金魚屋に聞いてみよか。一寸、お尋ねします。本屋の善さんは、どの人で？」
金「あァ、良え所で聞いた。コレ、坊ン。一寸、そこを退いて。向こうで立ち話してる人が、本屋の善さんや。頭の後ろに丸い禿（はげ）がある、あの人が本屋の善さん」
○「ヘェ、おおきに有難う！　仰山の人で、見失うてしもた。一寸、お尋ねします。アノ、本屋の善さんは？」
善「あァ、わしや」
○「えッ、ほんまに本屋の善さん？」
善「疑り深い人が来たけど、わしが本屋の善吉や」
○「一寸、向こうを向いて。（善吉の禿を見て）あッ、善さん！」
善「コレ、どこを見て言うてる。一体、何の用事や？」
○「ヘェ、今日は道具屋の佐兵衛の代わりに来ました」
善「あァ、佐兵衛さんの甥（おい）か。こないだ、『一遍、甥にやらせよと思う』と言うてたわ。

ほな、もっと早う来なあかん。佐兵衛さんは、いつも良え場やけど、他の人が座ってしもた。公衆便所の隣りが空いてるよって、向こうで辛抱しなはれ。ほな、随いといで。コレ、綿菓子を買いなはんな！　もし、下駄屋はん。この人は佐兵衛さんの甥で、お宅の隣りへ店を出さしてもらいたい。何もわからんよって、宜しゅう頼むわ」

下「ヘェ、わかりました。あァ、佐兵衛さんの甥か。鼻筋の辺りが、よう似てる。ほな、荷を下ろしなはれ。そこに箒があるよって、ザッと掃いて。（咳をして）ゴホッ！　コレ、此方へ向けて掃きなはんな。ザッと掃いたら、そこにある莚を敷いて、品物を並べる。並べ方にも、コツがあるわ。目に立つ、派手な物は、前へ並べる。小物や値打ち物は盗られんように、膝の傍へ置きなはれ。花瓶の穴の空いてる方を向こうへ向けたら、疵を見せびらかしてるのと同じや。電気スタンドは、嘘でもスタンドと言うぐらいやよって、立たしなはれ。その電気スタンドは佐兵衛さんの自慢の品やけど、五年は売れてない。立たなんだら、後ろの塀へ凭れさしなはれ。コレ、お雛さんの首が抜けてる。短刀は膝の傍へ置いて、掛け軸や着類は一纏めにして。もし、一番前へ置いてる帳面は何や？　えッ、元帳？　コレ、あんたは元帳を売る気か？　一遍、頭の中の水を仕替えた方がええわ。元帳は自分だけが見るよって、後ろへ隠しときなはれ。ほな、後は客が来るのを待ってたら宜しい」

○「いや、それは景気が悪いわ。今日は店出しやよって、陽気に店開きをしたい。此方から声を掛けて、客を呼ぶわ。（大声を出して）さァ、いらっしゃい！」
下「コレ、喧しいな」
○「喧しいぐらいの方が、景気が宜しい。えェ、本日開店の道具屋！　さァ、ホヤホヤの道具屋！　えェ、出来立ての道具屋！　さァ、新しい道具屋！」
下「いや、あんたは古道具屋や。大人しゅう、客を待ちなはれ」
○「横から、ゴジャゴジャ言いなはんな。さァ、いらっしゃい！」
甲「（見廻して）これだけ夜店が並んでて、碌な店は無いな。ほゥ、景気の良え道具屋が居るわ。おい、道具屋！」
○「へェ、いらっしゃい！　ズッと、お入り」
甲「一体、どこへ入る？」
○「まァ、お掛け」
甲「いや、どこにも掛ける所が無いわ」
○「ほな、おしゃがみ」
甲「ほゥ、面白い道具屋や。一寸、そのノコを見して」
○「えッ、ノコ？　一体、ノコ（※どこ）にある？」

甲「コレ、何を言うてる。そこにある、大工道具のノコギリや」
○「ノコギリやったら、ノコギリと言いなはれ。人間は、ギリ（※義理）を欠いたらあかん」
甲「コレ、しょうもない洒落を言うな。（ノコギリを持って）一寸、焼きが甘いわ」
○「いや、十分に焼いてありますわ。叔父さんが、火事の焼け跡で拾てきた。錆を落として、油を塗って、焦げた柄を付け替えて、『こんな物でも、賑やかしや。並べといたら、どこぞの阿呆が買うて帰る』と言うて。ほな、お宅が買うて」
甲「コラ、誰が買うか！」
○「もし、十分に焼いてあります！　あァ、怒って行ってしもた」
下「コレ、お宅は阿呆か！　要らんことを言うて、口開けから小便されてるわ」
○「えッ、どこへ小便した？」
下「ほんまに、何にも知らんな。ヒヤかすだけヒヤかして買わんと帰る客のことを、小便と言うわ。道具屋の符丁ぐらい、覚えときなはれ」
○「あァ、さよか。声を掛けられるだけマシで、下駄屋はんも売れてないわ」
下「コレ、人のことは放っとけ。それより、自分の商売を心配しなはれ」
○「小便されんように、しっかりやろか。さァ、いらっしゃい！」
乙「えェ、道具屋さん」

○「あァ、年配の人が来た。ヘェ、お越しやす」
乙「一寸、掛け物を見してもらいたい」
○「えッ、化け物？」
乙「化け物やのうて、掛け物。これは皆、古いな。（掛け軸を広げて）粟穂に鶉で、文晁。谷文晁とは、きついな。あァ、この文晁は偽物でしょう？」
○「ヘェ、偽物です！　間違い無しの偽物で、偽物やなかったら、銭を返しますわ！」
乙「偽物では、仕方が無い。他に碌な物も無さそうやよって、また来ますわ」
○「もし、間違い無しの偽物です！　また、小便や」
下「ウチの下駄も売れんけど、あんたを見てたら退屈せんわ。偽物とは、何のことか知ってるか？　ニセ物ということで、ニセ物を請け合う人があるかいな」
○「あァ、さよか。あの親爺もニセ物と言うたらええのに、偽物と英語を使て」
下「いや、誰が英語を使てる。しっかり、店番しなはれ」
○「客が来るだけマシで、下駄屋はんは客も来んわ」
下「一々、ムカつくことを言いなはんな！」
丙「おい、道具屋！」
○「ヘェ、お越しやす」

丙「その電気スタンドは形が変わってて、面白そうな。さァ、一寸見して」
○「この電気スタンドは、三本足が一本欠けて、二本しか無い。後ろの塀へ凭れて立ってますけど、これを買う時は、この家の人へ言うて、塀ごと買うてもらわんことには」
丙「塀付きで、電気スタンドは買えん。ほな、また来るわ」
○「あァ、また小便や。下駄屋はんは、物も言うてくれん。そやけど、何で小便する？ 小便するはずで、隣りが公衆便所や。あァ、えらい所へ店を出したわ」
丁「おい、道具屋！」
○「へェ、お越しやす」
丁「一寸、その短刀を見してみい」
○「あァ、これですか。(短刀を渡して) へェ、どうぞ」
丁「(刀を、鞘から抜こうとして) ほゥ、堅いな」
○「へェ、それは一寸やそっとでは抜けん」
丁「抜けんぐらい錆び付いてる物に、値打ち物がある。引っ張るよって、其方を持って」
○「持たんことはないけど、これは抜けんと思う」
丁「ほな、行くわ。(刀を引っ張って) あァ、堅いなァ！」
○「(刀を引っ張って) へェ、堅いやろ」

丁「あァ、抜けんなァ！」
○「へェ、抜けんやろ」
丁「一体、何で抜けん？」
○「へェ、木刀です！」
丁「コラ、木刀を抜かす奴があるか」
○「初めから、抜けんと言うてます。芝居や踊りで使う小道具で、一寸も抜けんわ」
丁「何で、それを先に言わん」
○「機嫌良う抜いてはるのに要らんことを言うて、気を悪したらあかんと思て。それに、ひょっと抜けたら、中から何が出てくるかと思て、それを楽しみに」
丁「コラ、楽しむな！　ほな、他に抜ける物は無いか？」
○「へェ、お雛さんの首が抜けます」
丁「コラ、ええ加減にせえ！」
○「あァ、また小便や。次の客には、小便は出来んと言うて断ったろ」
◎「おい、道具屋！」
○「へェ、お越しやす」
◎「そのパッチは、まだ新しそうや。一寸、それを見してみい」

○「このパッチは、小便は出来ん！」

◎「いや、ちゃんと前が開いてる」

○「いや、出来ん！　小便したら、ドツく！」

◎「小便の出来んパッチでは仕方が無いよって、もうええわ」

○「いや、違う！　オシッコは出来ても、小便は出来んわ。何で、こんなことになる。あァ、商売が嫌になってきた。店を閉めて、帰ろか」

×「コレ、道具屋！」

○「あァ、客は何ぼでも来るわ。ヘェ、お越しやす！」

×「一体、何を怒ってる？　一寸、その笛を見して」

○「笛でも何でも、（笛を渡して）勝手に見なはれ！」

×「おォ、愛想の無い道具屋や。わしは、こういう物が好きで。わァ、えらい埃や。笛は口を付ける物やよって、綺麗にしとかなあかん。音は、どんな塩梅や。（笛を吹き、埃が吹き出して）何や、これは！　息を入れたら、ブァーッと埃が出た。あァ、笛の中へ埃が詰まってる。（埃を吹いて）フッ！　わァ、何ぼでも出てくるわ。紙か何か詰まってて、取れん。（次々に、埃を取り出して）いろんな物が出てきて、手品の笛みたいや。（笛の穴へ、人指し指を突っ込んで）あッ、指が抜けんようになった！」

○「もし、指は抜いてもらわんと困ります。商売が嫌になって、もう帰ろと思てるよって、笛も持って帰らなあかん。笛と一緒に、お宅を風呂敷へ包んで帰るという訳に行かんわ。さァ、抜いとおくはなれ」
×「いや、抜けんわ。一体、どうしたらええ?」
○「えッ、ほんまに抜けん? ほな、(微笑んで)買うてもらうしかないわ」
×「コレ、ケッタイな笑い方をするな。一体、この笛は何ぼや?」
○「あァ、ほんまに買いなはる? 帳面を調べますよって、待っとおくなはれ。あァ、初めて付いたお客さんや。下駄屋はん、売れそうです。(帳面を調べて)笛、笛。竹笛の元値は十五銭で、安い笛や。あァ、もっと高い物を詰めてくれたら良かったのに。アノ、まだ抜けませんか? (算盤を弾いて)トンカツで、ビールを呑んで帰ろか。お母ンの土産に、寿司を買うて帰ったろ。叔父さんへ礼をして、叔母はんに饅頭でも買うて。あァ、友達に金を借りてる! 畳が悪なってきたし、壁を塗り替えて、屋根を替えて」
×「おい、物凄いことを言うてるな! 一体、何ぼや?」
○「へェ、二千円」
×「コラ、無茶を言うな! 新で買うても、一円までや。おい、人の足許を見るな!」
○「いえ、手許を見ております」

解説「道具屋」

嘘のような話ですが、私が高校生だった昭和五十年代初頭、生まれ育った三重県松阪市の山間部では「大阪は怖い所で、道を歩いてて、向こうから来る人と目が合うと、殴られる」と言われていたのです。

今から思えば、本当にばかばかしい地方の都市伝説（?）でした。

それが事実であれば、当時の大阪は無法地帯で、怪我人だらけだったでしょうが、そのような奇妙な噂がまかり通っていたぐらい、大阪は遠い存在だったのです。

確かに都会と比べて、松阪市の山間部はさまざまなことが遅れており、私が小学生の半ばまで、湯を沸かしたり、ご飯を炊いたりするのも竈（へっつい）、風呂は五右衛門風呂で、鍋や釜を直す鋳掛屋が廻ってきたり、洗剤替わりの磨き砂を一斗缶で売りに来たりしました。

テレビは白黒で、掃除機のある家は皆無に等しかったと思います。

テレビが普及し出すと、近所の庄屋のような家で見せてもらいましたが、わが家も購入してからは、都会で流行っている人気番組を見ることが出来ました。

その頃、楽しみにしていた番組は、週に一度、大阪梅田花月や京都花月からの中継で、昭和三十年から六十年まで大阪毎日放送テレビで放送していた「素人名人会」。

「素人名人会」名人賞のメダル（大阪毎日放送）。

　歌謡曲・日本舞踊・小唄・端唄・落語・漫才・漫談などを、アマチュアが腕試しをする番組で、最初の頃の司会は漫談家・西条凡児（後に、漫才の西川きよしに交替）で、私が番組へ参加した頃の審査員は、歌謡曲が大久保怜と中沢寿士、日本舞踊が山村楽正、邦楽は小西延女、落語は桂小文枝という、そうそうたるメンバーでした。

　落語・漫才・漫談の審査員は、三代目林家染丸・桂米朝・桂小文枝と引き継がれ、花菱アチャコ・露の五郎という師匠連が助っ人に入った時も見たことがあります。

　番組を見ているだけでは飽き足らず、高校二年生の頃から予選を受け、本選へ出場するため、半年に一度、大阪へ行きました。

　大阪以外からの参加者が珍しかったこともあり、最初の予選の後は、ディレクターから電話があれば出掛けるという、予選免除で出演することが出来たのです。

当時、名人賞の賞金は二万円で、審査員賞が一万円に、名古屋～大阪間の新幹線料金で交通費がもらえたので、当時の学生にしては破格の小遣い稼ぎとなり、その賞金で落語の本やＬＰレコードを買い、新しいネタを覚えました。

昭和五十三年の夏、その番組のディレクター・田守健氏の口添えで、二代目桂枝雀へ入門志願をし、翌年（昭和五十四年）の三月二日から、大阪府豊中市上野東の師匠の家へ住み込むことになったのです。

米朝一門で最初に教わるネタは、「口無し」という小噺か、「東の旅発端」が大半ですが、私の場合、アマチュア時代に覚えていた「道具屋」の手直しから始まりました。

夏休みの一週間、師匠の家へ試験的に住み込む研修期間中に、「覚えてるネタがあったら、聞いてみる」ということになったのです。

思い返すと冷や汗が出ますが、いろんなネタの演出やギャグを入れ込んでいたため、演り始めてから五分ぐらいでストップが掛かり、「もっと自然に演る方がええから、米朝師匠の全集で台詞（せりふ）を覚えなさい」ということになりました。

翌年春から弟子入りが叶い、「道具屋」の手直しを受けながら、各地の勉強会で演らせてもらううちに、「桂枝雀独演会」の前座を務める時のネタにもなったのです。

さて、「道具屋」の中身へ触れることにしましょう。

「道具屋」には、オチが何種類もあります。

笛の穴へ指を突っ込んで抜けなくなった客に笛代をもらうため、客の家まで随いていくと、客が家から出てこないので、窓の格子へ首を突っ込むと、首が抜けなくなり、「この格子は、いくらです?」と言うオチがあったり、鉄砲を買う様子を描いた小咄をオチにする場合もありました。

また、「この小刀は先が切れないから、十銭に負けろ」「十銭にすると、先が切れなくても、元が切れます」というオチや、笛代で押し問答をするうちに指が抜けたので、道具屋が慌てて「負けます、負けます」「いやいや、指が抜ければ、只でも嫌だ」というオチもあります。

東京落語では、上方落語の「首提灯」の毛抜きのシーンを加える場合もあり、お婆さんを登場させ、木魚を叩かせたりする演出もありました。

いろんな演出があり、寄席や落語会の時間調節や、後に出る者が来ない時のつなぎにも使えるだけに、昔から便利なネタとして重宝されていたのです。

原話をたどると、安土桃山時代の咄本『きのふはけふの物語・上巻拾遺二六』に掲載されている、格子の内の壺へ手を入れると抜けなくなったので、その壺を買うと、格子からも取り出せず、また金を払ったという噺が一番古いでしょう。

江戸時代へ入ると、『露休置土産』巻二（宝永四年京都版）、『今歳花時』『茶の子餅』『稚獅子』（安永三年江戸板）などに、「道具屋」の原話の一部が掲載されました。

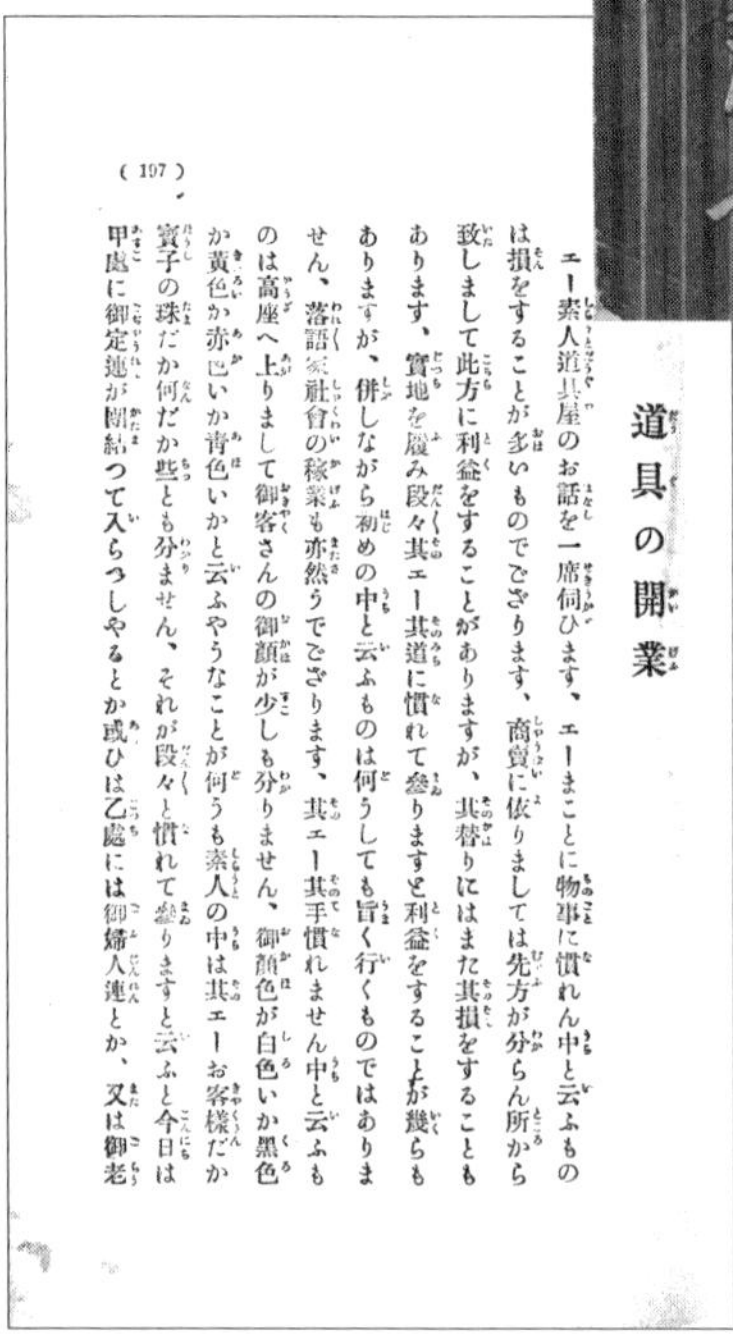
道具の開業

エー素人道具屋のお話を一席伺ひます、エーまことに物事に慣れん中と云ふものは損をすることが多いものでござります、商賣に依りましては先方が分らん所から致しまして此方に利益をすることがありますが、其替りにはまた其損をすることもあります、實地を履み段々其エー其道に慣れて參りますと利益をすることが幾らもありますが、併しながら初めの中と云ふものは何うしても旨く行くものではありません、落語家社會の稼業も亦然うでござります、其エー其手慣れません中と云ふものは高座へ上りまして御客さんの御顔が少しも分りません、御顔色が白色いか黒色か黄色か赤色いか青色いかと云ふやうなことが何うも素人の中は其エーお客樣だか賓子の珠だか何だか些とも分ません、それが段々と慣れて參りますと云ふと今日は甲處に御定連が團結つて入らつしやるとか或ひは乙處には御婦人連とか、又は御老

(197)

『円遊とむらくの落語』（松陽堂書店、大正11年）の表紙と速記。

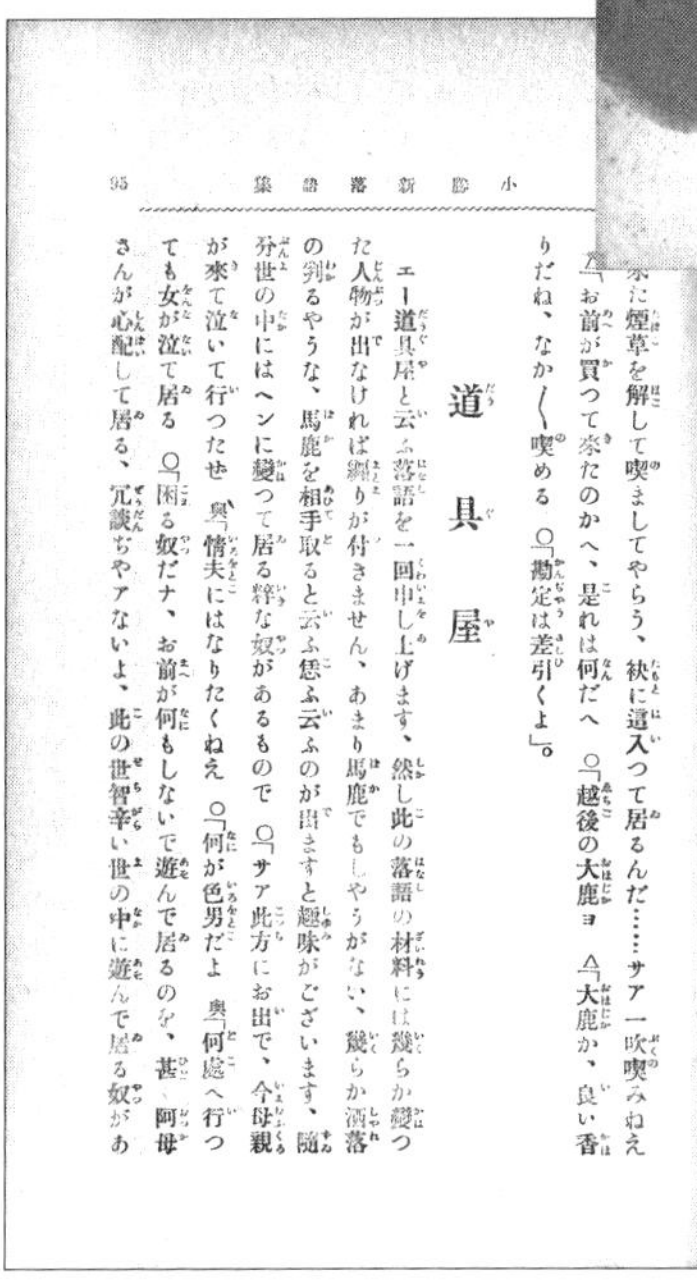

小勝新落語集　95

來た煙草を解して喫ましてやらう、袂に這入つて居るんだ……サア一吹喫みねえ　△「お前が買つて來たのかへ、是れは何だへ　○「越後の大鹿ョ　△「大鹿か、良い香りだね、なか〳〵喫める　○「勘定は差引くよ」。

道具屋

エー道具屋と云ふ落語を一回申し上げます、然し此の落語の材料には幾らか變つた人物が出なければ纏りが付きません、あまり馬鹿でもしやうがない、幾らか洒落の判るやうな、馬鹿を相手取ると云ふ憑ふ云ふのが出ますと趣味がございます、随分世の中にはヘンに變つて居る粹な奴があるもので　○「サア此方にお出で、今母親が來て泣いて行つたぜ　與「情夫にはなりたくねえ　○「何が色男だよ　與「何處へ行つても女が泣て居る　○「困る奴だナ、お前が何もしないで遊んで居るのを、甚い阿母さんが心配して居る、冗談ぢやアないよ、此の世智辛い世の中に遊んで居る奴があ

『小勝新落語集』（三芳堂書店、大正15年）の表紙と速記。

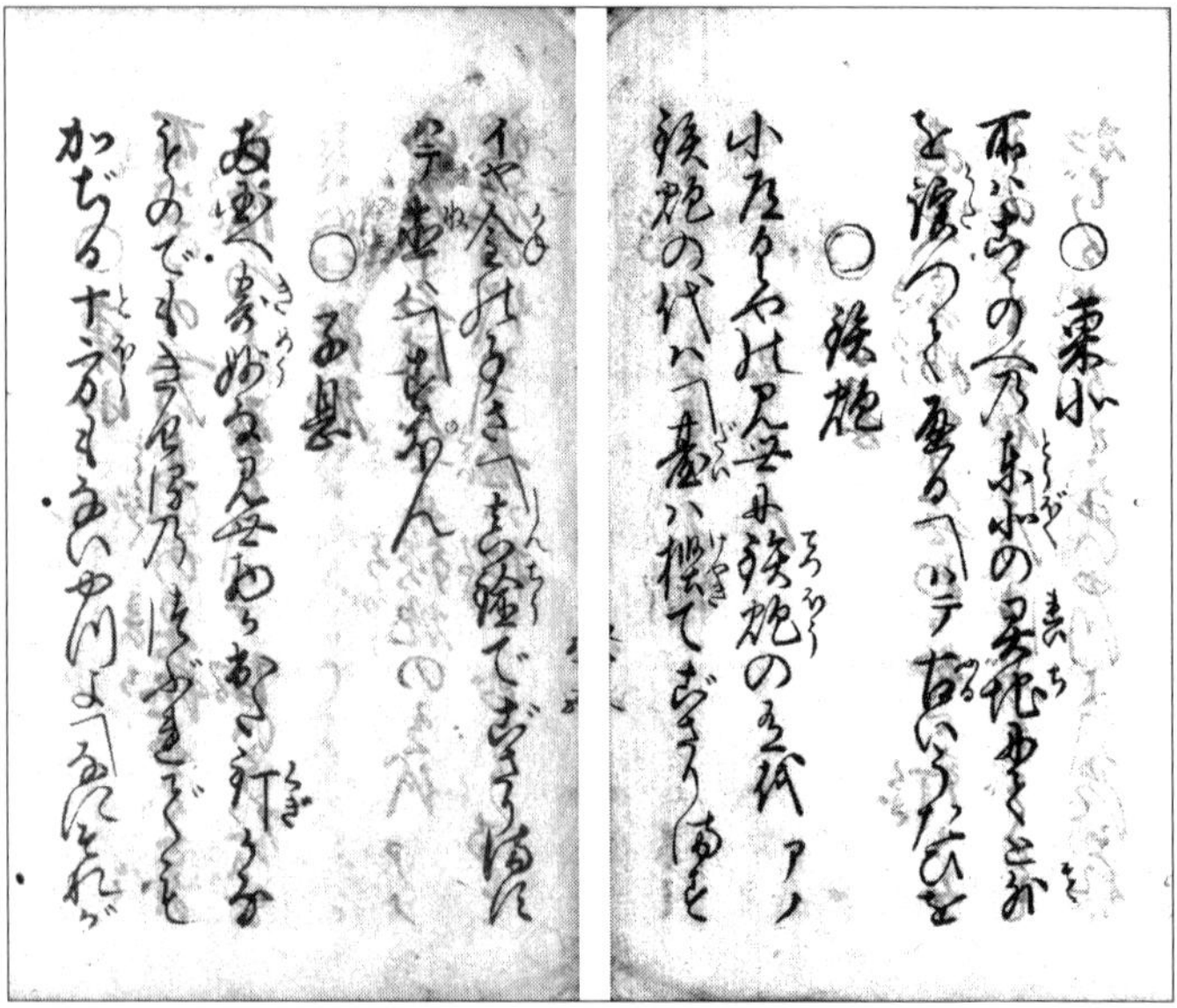

『茶の子餅』（安永３年江戸板）の「鉄砲」の項。

『茶の子餅』の中では、「鉄砲」がネタの一部で、内容を紹介しましょう。


小道具やの見世に鉄砲の有を、アノ鉄砲の代ハ。

「台ハ欅でございます」

「イヤ、金の事さ」

「真鍮でございます」

「ハテ、直ハ」

「すぽん」


「道具屋」という演題を、十一代目桂文治さんは、師匠の十代目桂文治師から「露天の商売は店舗を持たないから、屋は付けず、『道具や』としなさい」と教わったと伺いました。

これは先代文治師のこだわりであり、大抵は「道具屋」という表記になっています。

戦前の速記本も数多くあり、『三遊亭圓左新落語集』（玄誠堂書店、大正八年）、『圓遊とむらくの落語』（松陽堂書店、大正十一年）、『小勝新落語集』（三芳屋書店、大正十五年）、『講談落語名人揃』（文華書院、昭和十年）、『小勝特選落語集』（大日本雄辯會講談社、昭和十二年）に掲載されました。

ＳＰレコードは初代桂春團治・三代目三遊亭金馬が吹き込み、ＬＰレコード・カセットテープ・ＣＤでは初代桂春團治・三代目三遊亭金馬・三代目桂三木助・八代目林家正蔵・五代目柳家小さん・十代目金原亭馬生・二代目桂枝雀などの各師の録音で発売されています。

明治の東京落語界の大立者・三遊亭圓朝は、「道具屋」の主人公・与太郎を演じる時、四十二、三歳と前置きして噺したと言いますが、その根拠は何だったか、私にはわかりません。

また、雛人形は首を抜いて片付ける場合が多いので、首が抜ける雛人形は珍しくないのですが、「道具屋」の場合、首が抜けない雛人形の首が壊れ、首が抜けるようになっていたと考える方がよいでしょう。

落語の矛盾を採り上げると無数にありますが、首の抜ける雛人形も、その一つと言えるかも知れません。

始末の極意

しまつのごくい

甲「さァ、此方へ入りなはれ。こないだ、色々教えたことはやってるか？」

乙「ケチや始末は、誰にも引けを取らんと思てましたけど、あんたには恐れ入りました。そやけど、あんたに教えてもろた始末は臭いですな」

甲「始末が臭いとは、何じゃ？」

乙「一枚の紙で、三通りに使える工夫ですわ」

甲「あァ、あれか。世間の者は書き潰した紙を直に放(ほ)かしてしまうが、あれは勿体無い。書き潰した紙があったら、鼻をかむ。それを陽へ当てて乾かして、便所へ持って行って、落とし紙に使う。一枚の紙で、三通りに使えるという工夫じゃ」

乙「良えことを聞いたと思たよって、書き損いの紙を持って、便所へ行って」

甲「おい、一寸待った！　いや、先に鼻をかみなはれ」

乙「それを間違て、先に便所へ持って行った。陽へ当てて乾かして、それで鼻が……」
甲「コレ、そんな物でかめるか」
乙「もう一寸で、えらい目に遭う所やった」
甲「無茶したら、どんならん。世の中で放かす物は、何一つ無いわ。鉛筆の削りカスも溜めといたら、焚き付けになる。下駄の鼻緒の古いのは、羽織の紐じゃ」
乙「もし、阿呆なことを言いなはんな。それはそうと、あんたに誉めてもらおと思て。一本の扇子を十年の間、使える手を考えた」
甲「ほゥ、面白いことを考えたな。一体、どうする?」
乙「へェ、扇子を半分だけ広げて使う。そこそこ風は来るし、夏場だけやよって、傷みも少ない。五年ぐらい使たら傷んでくるよって、残りの半分と入れ替えて、パタパタパタッ。一本の扇子で、十年は使えるわ」
甲「中々、面白いことを考えたな。唯、それでは十年しか保たん。わしが扇子を一本持ったら、一生涯やのうて、孫子の代まで伝えてみせるわ」
乙「ほゥ、孫子の代まで。一体、どうする?」
甲「扇子を半分だけ広げるような、ケチなことはせん。思い切り、パッと広げて、顔の前へ立てる。扇子は動かさんと、顔の方を動かす」

乙「いや、それでは涼しないわ」
甲「あァ、暑いぐらい辛抱せえ」
乙「それでは、何のために扇子を持ってるかわからん。私も色々考えたけど、ほんまに始末をしょうと思たら、食べる物や」
甲「あァ、やっぱり食べる物は大きい。三度々々のことで、上から入れて、下から出す。世の中で、こんな無駄な物は無いわ。この頃、おかずは何をやってる？」
乙「色々やったけど、この頃は三度々々が塩。初めは胡麻塩を使てたけど、胡麻が贅沢と思て、この頃は塩だけ。まァ、これより安付く物は無いわ」
甲「あァ、塩か。塩も良えが、減るな」
乙「確かに減るけど、減らん物は無いわ」
甲「今まで、梅干をやったことは無いか？」
乙「あァ、やった。朝は皮を食べて、昼に実をおかずにして、夜は残った種。何遍も口の中から入れたり出したりして。終いは二つに割って、中の天神さんまで食べても、一日一つは手荒いと思て」
甲「コレ、贅沢をするな。大名みたいな真似をしたら、どんならん。梅干は食べる物やのうて、見る物じゃ。梅干を一つ皿へ取って、前へ置く。茶碗と箸を持って、グッと梅干を睨み付ける。『この梅干を口の中へ入れたら、さぞかし酸っぱいやろな』と思たら、口の中へ酸っぱい唾が湧く。それをおかずに、ガサガサガサッ！」

乙「わァ、情け無い！　毎日、梅干ばっかり睨んでたら、唾が湧かんようになるわ」

甲「あァ、やっぱり気を変えることが肝心じゃ。石榴にしたり、夏みかんにしたり。米の飯は、梅干が一番長続きするわ。前に住んでた家は、隣りが鰻屋やった。昼になると、鰻を焼く、良え匂いが流れてくるわ。それをおかずに、飯を食べてた」

乙「良えと言うても、匂いだけや」

甲「奈良漬や肝吸いの匂いも混ざってるし、毎日、鰻やったら、唾の湧き方が違うわ」

乙「朝、梅干を睨んで、昼が鰻？　鰻と梅干で、食い合わせになるわ」

甲「コレ、匂いが食い合わせになるか。月末になったら、鰻屋から請求書が来た」

乙「匂いだけで、請求書が来るか？」

甲「奇怪しいと思て、請求書を見たら、金額は僅かながら、鰻の嗅ぎ代としてある」

乙「あァ、なるほど！　敵も考えて、鰻の嗅ぎ代を取りに来たか」

甲「『ウチは良え匂いを世間へ流して、それに釣られて、お客が店へ入ってくる。それを只で嗅がれたらどんならんよって、何ぼか払え』という訳じゃ。小癪な真似をすると思たよって、『よし、待て！』と言うて、財布の銭を、ジャラジャラジャラ！」

乙「あんたほどの人が、銭を払たか？」
甲「鰻屋が『ヘェ、おおきに！』と受け取ろうとするよって、『匂いだけやよって、音だけでよかろう』と言うて、また財布へ直してしもた」
乙「やっぱり、あんたの方が一枚上や。そやけど、そんな食べ方ばっかりしてたら、死んでしまうわ」
甲「まァ、死ぬぐらいは辛抱せえ」
乙「死んだら、何にもならんわ」
甲「そんなことばっかりしてたら、身体が保たん。たまには、お汁の一つも吸うわ」
乙「あんたのお汁は、塩を湯へ溶かしてあるような」
甲「コレ、馬鹿にしたらあかん！　わしの吸うお汁を聞いて、ビックリするな。上等の鰹節の出汁が十分取ってあって、汁の実に菜の一つも浮いてるような結構な物じゃ」
乙「あんたが銭を出して、鰹節や菜を買うたりするか？」
甲「いや、一文も要らん。教えたってもええが、人には言うな。先ず、鰹節の出汁じゃ。鰹節屋へ行って、店の者に『遣い物にするよって、形の変わった物はあるか？』と聞くと、亀節やら、細長いのやら、いろんな鰹節を出してくるわ。『ここで決めてもええが、ウチの嬶が煩て。遠い所やないよって、これを持って随いてきて』『ヘェ、宜しゅうございます』。鰹節を風呂敷へ包んで、後を随いてくる。『おい、嬶。今、帰った。あァ、どうやら用足しへ出掛けたような。嬶に見せたいよって、一晩だけ預からして』。家が知れてるよって、『へェ、宜しゅうございます。明日、寄してもらいますわ』と言うて、店の者は帰ってしまう。さァ、後へ残った鰹節じゃ」

乙「へェ」

甲「形が変わってしまうよって、掻いたり、削ったりしたらあかん。丸のまま、鍋の中へ放り込んで、グラグラグラッ！　十分に出汁が出た所で、ソッと持ち上げて、火鉢の灰の中へ埋めるのが心得事じゃ。水気の取れた所で、灰の中から引き出して、風へ当てて乾かす。後は荒縄か何かで、ゴシゴシッと擦(こす)ったら、ピカッと光って、前の塩梅と変わらんようになるわ。粉の吹いたのが良かったら、灰をまぶしといたらええ。他の鰹節と並べても、どれがどれやわからんようになる。明くる日、鰹節屋の店の者が来るわ。『わァ、堪忍。ウチの嬶も鰹節を買いに行って、二重になってしもた。必ず、入れ合わせをさしてもらうよって、持って帰ってくれるか』。形が変わってないよって、『ほな、また宜しゅうに』と言うて、持って帰る。何にも知らんと店へ並べて売るよって、店へ損は掛けんわ」

乙「確かにそうやけど、後で買うた人はどうなる？」

甲「買うた奴は災難で、出汁も何も出ん」
乙「わァ、えげつないわ。汁の実の菜の方は、どうなる?」
甲「菜も、それなりに工夫が要るわ。朝早う起きると、お百姓が間引き菜を籠へ入れて、オオコの前後ろへ吊るして、肩をギシギシと言わせながら売りに来る。それが来る前に、家の前へ筵(むしろ)を二枚敷いて、上から水を撒(ま)く。お百姓が入ってきたら、『ほゥ、良え菜やな。ウチは家内が多いよって、安かったら、皆、買わしてもらう。中まで皆、良え菜か?』『ケッタイな商いはしてないよって、中まで良え菜です』『上からではわからんよって、筵の上へぶっちゃけて』『へェ、宜しゅうございます』。筵の上へ、ガサッガサッとぶっちゃけよる。それを棒で筵一杯に広げて、『なるほど、中まで良え菜や。一体、何ぼにしてくれる?』『皆、買うてくれはったら、二円にさしてもらいます』『あァ、二円は一寸高い。物も相談やが、五銭に負からんか?』『あァ、二円から五銭だけ引く?』『いや、唯の五銭や』と言うたら、相手は怒るわ」
乙「それは当たり前で、二円を五銭に値引きする人があるかいな」
甲「顔を真っ赤にして、『コラ、馬鹿にすな! 盗んできた菜でも、そんな値では売れんわ!』と言うて、筵の上の菜を籠へ詰めて、出て行こうとするよって、もう一遍、呼び止める。『あァ、気の短い商人(あきんど)やな。今のは冗談で、買うと言うたら買うわ。もう一遍、筵の上へぶっちゃけて』『朝商いは忙しいよって、嬲(なぶ)るのは堪忍しとおくなはれ』。また、筵の上へ、ガサッガサッとぶっちゃける。それを棒で筵一杯に広げて、『あァ、何遍見ても良え菜や。最前言うた五銭は殺生やよって、色を付けさしてもらう。唯、わしも男や。色を付けるとなったら、二割増し・三割増しという、ケチなことは言わん』

乙「それは当たり前で、五銭を二割増しにして、何ぼになる？」

甲「『ポォーンと倍に買うて、十銭でどうや？』と言うと、今度は物も言わん。グゥーッと睨んでたかと思うと、ガサガサッと菜を籠へ詰め込んで、『コラ、覚えてけつかれ！』と言うて、出て行こうとするよって、『ほんまに、気の短い商人やな。ほな、もう二銭付けるわ』と言うて、肩を叩いたら、震えよる。ウゥーッと唸(うな)ったまま、彼方へぶつけ、此方へぶつけ、路地を出て行くよって、仰山の菜が零れてるわ。それを一枚ずつ丁寧に拾て、筵の菜も集めたら、三日分ぐらいの汁の実には事欠かん」

乙「わァ、えげつないわ。一つ間違たら、ドツかれる」

甲「ドツかれて瘤(こぶ)でも出来たら、身が増えたぐらいに思わなんだら、銭は溜まらん」

乙「あァ、ほんまに恐ろしい覚悟や。中々、そこまでは出来んわ」

甲「いや、こんなことで感心してたらあかん。こないだ、一銭玉を二枚、二銭の銭を持って、住吉さんへ御参詣して、四社(ししゃ)の社へお賽銭を上げて拝んで廻って、帰りに一寸した買物もして、空の煙草入れへ煙草を一杯詰めて、尻から煙の出るほど煙草を喫うて、御飯をよばれて、おまけに土産までもろて帰ったという話はどうじゃ？」
乙「えッ、たった二銭で？　一体、どうする？」
甲「教えてもええが、これも人へ言わんように。皆がやり出したら、此方がやりにくい。四社の社を廻って、お賽銭を上げるが、放り込んだらあかん。賽銭箱の縁へ一銭玉を置いて、家内安全・五穀豊穣・国家安穏と拝むだけ拝んで、『ほな、お下がりを頂戴致します』と言うて、次の社の賽銭箱へ置いて拝む。置いては拝み、置いては拝み。終いに本社の賽銭箱へ景気良う、ポォーンと放り込んで、『ほな、御一統さんで』。神様のことやよって、喧嘩もせんと、仲良う分けはる。さァ、後に残った一銭玉が一枚」
乙「へェ」
甲「さァ、これに物を言わせるわ。御参詣を済まして、裏手へ廻ると、駄菓子屋がある。そこで一銭出したら、ドングリの飴を二つ、紙へ包んでくれるが、食べたらあかん。その辺りで遊んでる子どもの中で、なるべく賢そうな、躾の行き届いた、行儀の良さそうな子どもを見つけて、『坊ン坊ン、これを上げまひょ』。これを見間違たら、何にもならんよって、この見極めが難しいわ。そこは躾の行き届いた子どもやよって、その場で口へ放り込むようなことはせんわ。一遍、親へ見せに帰りよる。これを後から、見え隠れに随けて行く。家の前で母親に『コレを、余所のオッちゃんにもろた』と言うてる所へ、丁度通り合わせたように出て行かんならん。中々、この呼吸が難しい。子どもが見つけて、『あァ、あのオッちゃんや！』と言うてくれたら、此方の物じゃ。親やったら放っとけんよって、『何方の御方か存じませんけど、ウチの子どもが結構な物を頂戴致しまして』『礼を言うてもろたら、損が行きますわ。お宅の坊ンとは、一寸も知りませんでした。可愛らしい坊ンやよって、お愛想しまして』『まァ、有難うございます。はァ、住吉さんへ御参詣？　まァ、信心深いことで。宜しかったら、ウチで一服しとおくれやす』『朝から歩き通しで、足が草臥れました。ほな、一寸だけ休ましてもらいます』『どうぞ、此方へ』と言うて、玄関先へ座り込む。お茶が出る、煙草盆が出る。まァ、お茶菓子ぐらいは出るわ。いろんな話をしながら、懐から煙草入れを出す。煙草入れに煙草が入ってないことはわかってるが、煙草入れが空ということを見えるような見えんような要領で開けて、『あァ、ウッカリ煙草を切らしました。アノ、この辺りに煙草屋はございませんか？』『お口に合うかどうかわかりませんけど、ウチの主人も喫いますの。買い置きがありますよって、どうぞ』と言うて、煙草を出してくる。『煙草呑みが煙草を切らしたらたまらんよって、一服だけ』と言うて、煙草へ火を点けて、お茶のお替わりをする。向こうが走り元へ行ってる隙に、空の煙草入れへ煙草を一杯詰めるわ。

上から取らんと、ゴソッと底の方を取って、上をフワッとさしたら、煙草が減ってることはわからん。煙草入れへ煙草を一杯詰めたら、懐へ入れる。喫うのは、向こうの煙草を何ぼでも喫うたらええ。煙草を喫うては茶を呑み、茶を呑んでは茶菓子を摘まみ。世間話をしてる内に、お昼時分になる。その家の主人が仕事先から帰ってくると、知らん男が玄関先へ座ってるよって、『一体、誰方や？』という顔をする。『ウチの子が結構な物をいただいたよって、あんたからもお礼を言うて』。主人も、まさか飴玉二つとは思わんわ。『最前、ウチの子どもが結構な物を頂戴致しましたそうで』『礼を言うてもろたら、損が行きます。可愛らしい坊ンやよって、お愛想しただけで。そやけど、御大家は違いますわ。ウチの子どもやったら、お人に物をもろても、直に口へ放り込みますけど、ちゃんと親御へ見せに帰りなはる。よう躾の行き届いた、お可愛らしい坊ン坊ンで』と、頭の一つも撫でたら、ベンチャラ食わん親は無い。『いえ、何を仰る！　ヤンチャで、仕方が無い。コレ、何をしてる。時分時やよって、お茶漬けでも出しなはれ！』と、こうなるわ」

乙「わァ、何と上手に行く」

甲「いや、上手いこと行くように段取りをせなあかん。唯、一遍は断るわ。『いえ、何を仰る。初めて寄してもろたお宅で御飯までいただくという、そんな厚かましいことは出来ん。これを御縁に、チョイチョイ寄していただきます。また、その時。いえ、ハァ、さよか』と言うて、上がり込むわ」
乙「そこは、えらい厚かましい」
甲「一遍、キッカケを外したら、二度と言うてくれん。そこは遠慮無う上がり込むが、急なことやよって、御馳走は無い。唯、あの辺りの家には自慢で漬けてる漬物があるわ。食べ終わる時、態と三切れほど残して、懐から紙を出して、相手へ見せるような見せんような要領で包み掛ける。『汚いと思いませんよって、残しとおくれやす』『いえ、そんな訳で包んでる訳やございません。これは、お宅で漬けはった漬物で？　やっぱり、そうですやろ。いや、味が違います。ウチも毎年、漬物を漬けますけど、直に腐らしたりしますわ。この漬物をもろて帰って、「漬物は、こういう具合に漬けるのじゃ！」と、ウチの嬶にいただかしてやろと思いまして』『まァ、えらい物がお気に召しました。そんな物で宜しかったら、此方に仰山ございます。コレ、お清。五、六本洗て、包んだげなはれ！』と、土産が出来たやろ」
乙「いや、ほんまに恐れ入った！　あんたには、とても適わん。そやけど、そんなことが出来るのは、始末には極意があるように思う」
甲「ほゥ、えらいことを言うた。世間は、そこへ気が付かん。今まで言うたことは、枝葉のことじゃ。そんなことばっかりしても、金は溜まらん。確かに、始末には極意がある。お前は見所があるよって、教えてもええわ。もう一遍、晩に出直しといで」

乙「ほな、そうするわ」

始末の極意を授かりたい一心で、日が暮れるのを待って、やって来た。

乙「(戸を叩いて)ぇェ、こんばんは！　一寸、始末の極意を教えて！」

甲「コレ、ドンドン叩くな。掛け金が掛かってないよって、勝手に開けて入っといで。ガタガタすると、戸が擦り減る。戸を浮かして、スゥーッと」

乙「わァ、難しい戸や。(戸を開けて)家の中は真っ暗で、暗闇の中で座ってるわ」

甲「あァ、灯りは要らん。お日さんが出てる内は働いて、日が暮れたら寝たらええわ。そのために、昼と夜がある。ウチは、火の気は一切無しじゃ」

乙「一体、どこへ座ってるかわからん」

甲「わからなんだら、手を叩いたる。(ポンポンと、手を叩いて)手は、何ぼ叩いても減らん。叩く内に、手の皮が厚なる。皮がブ厚なったら、草履でも拵えるわ」

乙「そんなに叩かんでも、目が慣れてきた。一寸、上がらしてもらう。わッ、裸や！」

甲「着物や服は、人の手前だけ着るわ。年中、日が暮れたら、裸で暮らしてる。警察が許したら、表も裸で歩きたいぐらいじゃ。裸で暮らしてたら、着る物が傷まんでええ」
乙「裸で居ったら、寒いわ」
甲「慣れたら、何でもない。身体中、顔じゃと思たら、諦めが付くわ」
乙「あァ、物は考えようや。真冬でも、裸で過ごすか？」
甲「寝る時も、夜具や布団は要らん。ここへ座って、柱へ凭れて寝ることにしてる」
乙「そんなことをしてたら、風邪を引くわ？」
甲「ここへ座ってたら、寒中でも汗が出る。さァ、一寸触ってみい」
乙「ほゥ、ジンワリ汗ばんでるわ。ほな、縁の下へ炬燵でも置いてるか？」
甲「いや、そんな贅沢なことはせんわ。わしの炬燵は、頭の上や」
乙「えッ、頭の上？　(見上げて)　わッ、何や！」
甲「大きな庭石を荒縄で括って、ブラ下げてある。『ひょっと、あの縄が切れたら、命が危ない』と思たら、冷や汗がタラァーッ！」
乙「わァ、いよいよ命懸けや。さァ、早う始末の極意を教えて」
甲「よし、教えたる。庭下駄を履いて、裏庭へ出え」
乙「庭も暗いよって、どこに庭下駄があるかわからん。灯りは、どこにある？」

甲「いや、ウチに灯りは無いわ」
乙「一寸見えたらええよって、マッチか何か」
甲「コレ、恐ろしいことを言うな！　ウチに、そんな物があるか！」
乙「怒るほど、大層なことやないわ。ほんまに、チカッと見えたらええ」
甲「チカッと見えるだけやったら、その前の柱へ灯りがブラ下げてあるわ」
乙「えッ、前の柱？　こんな所へ、木槌が引っ掛けてあるわ」
甲「その木槌で、お前の目と目の間をドツけ！」
乙「そんなことをしたら、目から火が出るわ」
甲「あァ、その火で探せ」
乙「いや、もう結構！　庭下駄は、手探りで探すわ。あァ、あった。（庭下駄を履いて）庭へ出たら、月明かりで、よう見えるわ。ほゥ、良え庭や。松の木があって、柿の木があるよって、桜の木も植えたらええわ」
甲「いや、桜の木は植えん。桜の木ほど、無駄な物は無い」
乙「桜の木が植わってると、春先は綺麗でええわ」
甲「いや、それが凡人の考えじゃ。庭に桜の木があったら、『見事に咲いたよって、見たい』と言うて、知り合いが来る。茶の一つも淹れんならんし、桜の実がなっても、食べられん。柿の実は食えるし、松は葉を落とすよって、年中、焚き付けに困らん。桜の木ほど、無駄な物は無いわ」
乙「あァ、なるほど。始末の極意は、どうなってる？」
甲「そこに梯子があるよって、それを松の木へ掛けて、上へ上がれ」
乙「いや、植木屋の手伝いへ来た訳やない」
甲「あァ、わかってる。まァ、黙って上がったらええわ」
乙「（梯子を上がって）ほな、上がった」
甲「太い枝が一本出てるよって、両手で掴まって、ブラ下がれ」
乙「（両手で、枝へブラ下がって）さァ、これでええか？」
甲「ほな、梯子を外すわ」
乙「もし、何をする！　そんなことをしたら、宙ブラリンになるわ」
甲「それでええし、直に始末の極意が伝わる。目を開けて、左手を離せ」
乙「あァ、まるで軽業の稽古へ来たみたいや。（左手を離して）ソレ、離した！」
甲「ほな、右手の小指を離せ」
乙「一体、何をさせられる。（小指を離して）ソレ、離した！」
甲「次は、薬指を離せ」

乙「あァ、いよいよ軽業の稽古や。（薬指を離して）ソレ、離した！」
甲「さァ、直に始末の極意が伝わるわ。次は、高々指（たかたかゆび）を離せ」
乙「段々、難しゅうなってきた。（中指を離して）ソレ、離した！」
甲「始末の極意が伝わるのは、目の前じゃ。ほな、人指し指を離せ」
乙「もし、無茶を言うたらあかん！　いや、これだけは離せんわ！」
甲「ほゥ、よう離さんか？」
乙「あァ、こればっかりは！」
甲「よし、離すなよ。（親指と人指し指で、輪を作って）これを離さんのが、始末の極意じゃ」

解説「始末の極意」

私の手許に、昭和五十四年三月二日から始まる日記があります。

四十年以上も経っているので、紙へ染みも出ていますが、約二年間の内弟子生活の記録であり、所々は歯抜けになっていますが、最初の一年の様子を細かく綴り、当時の考え方や戸惑いを知ることが出来る唯一の資料となりました。

その日記の六月四日（月）に、「今日から『始末の極意』を付けてもらう」と記してあり、その日から十回以上、師匠（二代目桂枝雀）から口移しで習いましたが、時には二時間以上の稽古の日もあったのです。

全体がコント仕立てになっていて、気楽なネタのように思いますが、菜っ葉売りや住吉の場面などは劇中劇で演じるだけに、上演難度が高いことは言うまでもありません。

このような難しいネタを入門三カ月で習ったことは、今となっては驚きですが、当時は必死で、師匠の教え通りに演じることを心掛けました。

その年の十二月十日（月）の茨木市唯敬寺で開催された「雀の会」で初演しましたが、ネタが空廻りし、不出来だったことを覚えています。

この落語の原話は『落噺仕立おろし』（天保八年江戸版）の「しわんぼうになる伝」ですが、

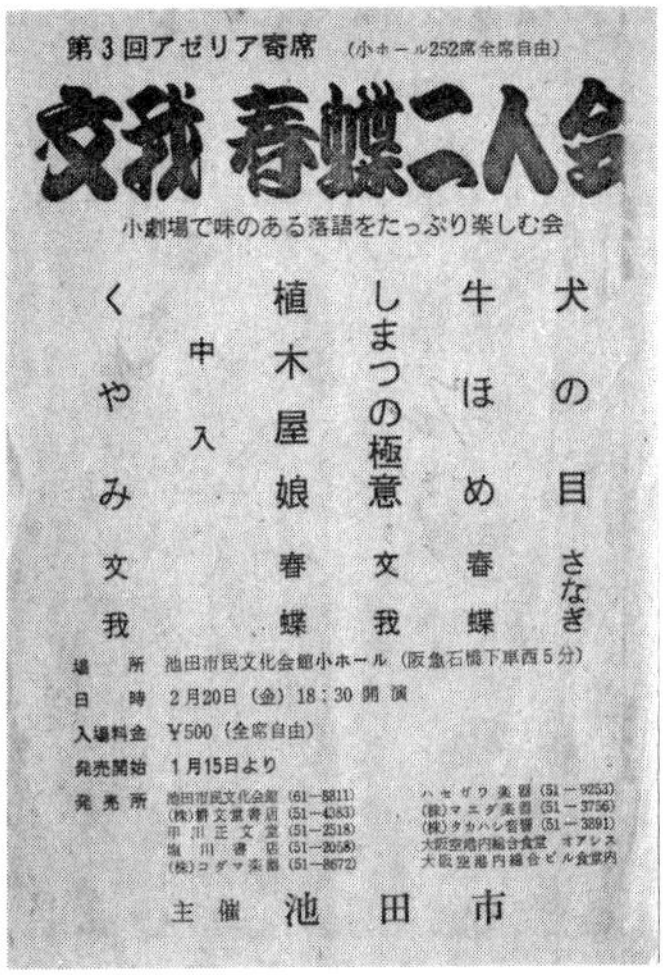

「文我 春蝶二人会」のチラシ（第3回アゼリア寄席）。

その後、いろんな小噺のエッセンスを採り入れ、構築されてきたネタであることは間違いないでしょう。

　元来、上方で始末という言葉は節約・倹約を指し、井原西鶴の『日本永代蔵』（貞享五年）巻一に、「士農工商の外、出家神職にかぎらず、始末大明神の御宣託にまかせ金銀を溜けべし」、巻二に「盆・正月の着物もせず、年中始末に身をかため」とあります。

　関西を離れると、「始末」は「殺す」という意味になる場合が多いので、関西以外で上演する時は、前もって上方語の始末の意味を観客に伝えておかなければ、とんでもない誤解を招くことにもなりかねません。

　ケチと始末は意味が違い、ケチは上方語の「しぶちん」という吝嗇（りんしょく）家のことですが、

九代目桂文治のサイン入りLPレコード「桂文治の世界」。

始末屋と言うと、不必要な出費をしない者のように思います。

始末と聞くと、東京落語界で「留さん文治」と呼ばれた、九代目桂文治師を思い出す方もあるでしょう。

稲荷町の長屋へ住み、自らの生活を切り詰め、少しずつ、銭（金とは言わなかったように思います）を貯めた方ですが、その倹約方法が誠にユニークでした。

銀行の支店長室へ通される度、テーブルへ置いてある煙草を持ち帰ったのが見つかり、「ここで喫うのは構いませんが、持ち帰るのは止めて下さい」と言われたので、次に銀行を訪れた時は次々に煙草を喫い、とうとう目まいを起こし、倒れたそうです。

散髪へ行くと、床屋の雑誌を持ち帰るのは日常茶飯事で、新聞は近所に住む八代目

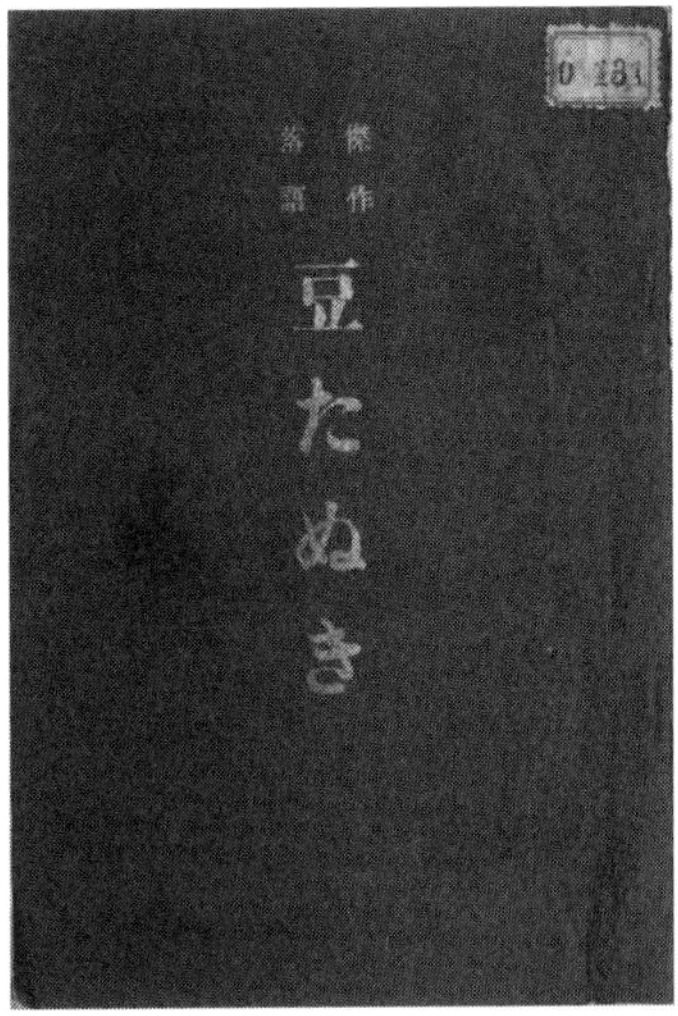

『傑作落語　豆たぬき』（登美屋書店、明治43年）の表紙と速記。

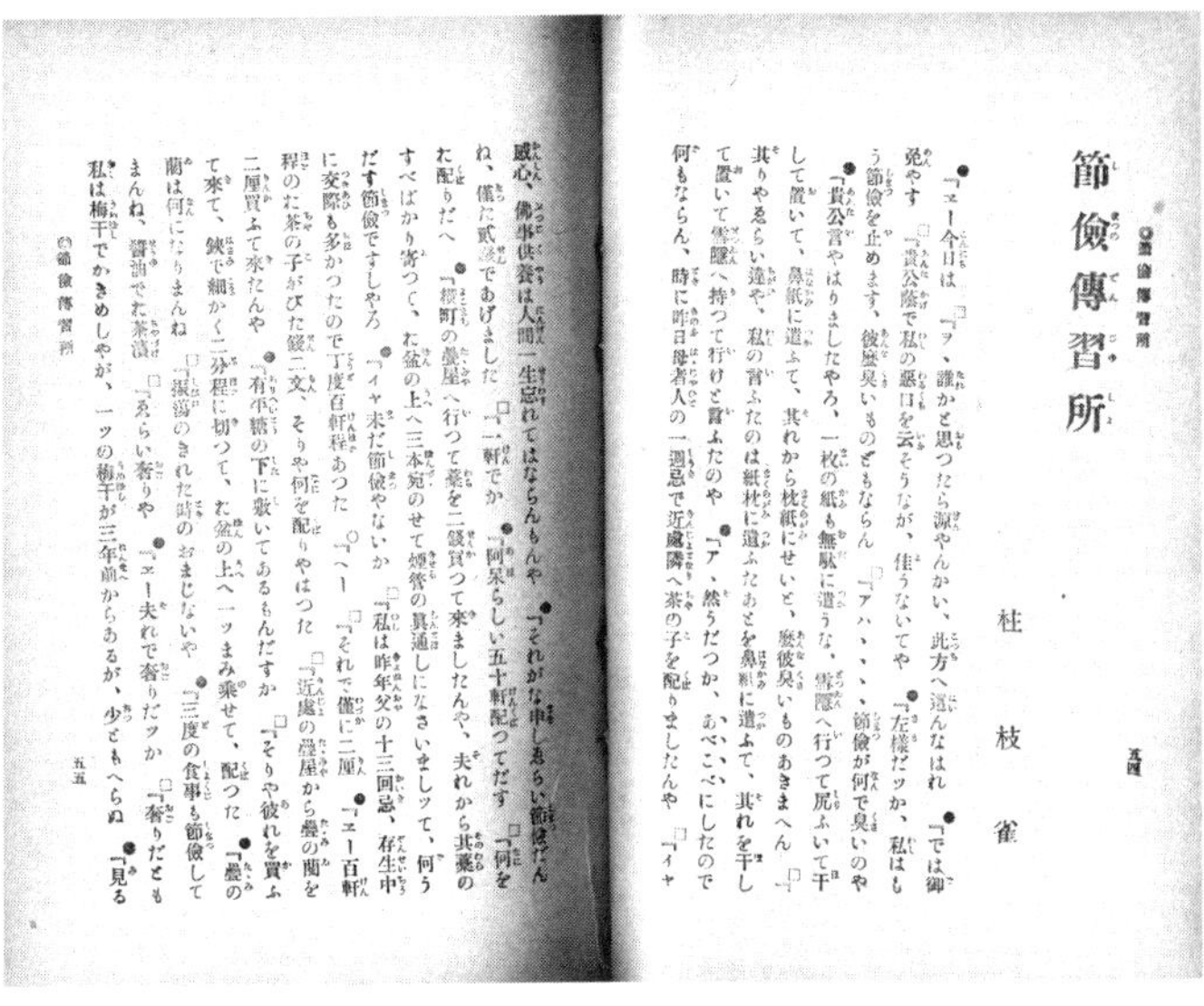

○節倹傳習所　五四

節倹傳習所

桂枝雀

●「エー今日は □「ヲ、誰かと思つたら源やんかい、此方へ這入んなはれ ●「では御免やす □「貴公陰で私の悪口を云そうなが、仕うないてや ●「左様だッか、私はもう節倹を止めます、彼様臭いものぞもならん □「アハヽヽヽ、節倹が何で臭いのや ●「貴公習やはりましたやろ、一枚の紙も無駄に遣うな、雪隠へ行つて尻ふいて干して置いて、鼻紙に遣ふて、其れから枕紙にせいと、彼様臭いものあきまへん □「其りやゑらい違や、私の習ふたのは紙枕に遣ふたあとを鼻紙に遣ふて、其れを干して置いて雪隠へ持つて行けと習ふたのや ●「ア、然うだつか、あべこべにしたので何もならん、時に昨日母者人の一週忌で近處隣へ茶の子を配りましたんや □「イヤ感心、佛事供養は人間一生忘れてはならんもんや ●「それがな申しゑらい[illegible]だんね、僅た貳錢であげました □「一軒でか ●「阿呆らしい五十軒配つてだす □「何をお配りだへ ●「櫻町の疊屋へ行つて藁を二錢買つて來ましたんや、夫れから其藁のすべばかり寄つて、お盆の上へ三本宛のせて煙管の眞通しになさいましッて、何うだす節倹ですしやろ ●「イヤ未だ節倹やないか □「私は昨年父の十三回忌、存生中に交際も多かつたので丁度百軒程あつた ○「ヘー □「それで僅に二厘 ●「エー百軒程のお茶の子がびた錢二文、そりや何を配りやはつた □「近處の疊屋から疊の縁を二厘買ふて來たんや ●「有平糖の下に敷いてあるもんだすか □「そりや彼れを買ふて來て、鋏で細かく二分程に切つて、お盆の上へ一ッまみ乘せて、配つた ●「疊の縁は何になりまんね □「振蕩のきれた時のおまじないや ●「三度の食事も節倹してまんね、醤油でお茶漬 □「ゑらい奢りや ●「エー夫れで奢りだッか □「奢りだとも私は梅干でかきめしやが、一ッの梅干が三年前からあるが、少しもへらぬ ●「見る

○節倹傳習所　五五

『小勝特選落語集』（大日本雄辯會講談社、昭和12年）の表紙と速記。

しわい屋

しわい屋 62

倹約といふことはよろしいことで、人間は大風にばかりして居ても、サアといふ時に困りますから始末は結構なものでございます。所が世の中には吝嗇と云ふのがある。こいつは困ります。どうも吝嗇と来ると人と交際が出来ない。出すことならば袖から手を出すのも嫌だ、口から舌を出すのも嫌だ。貰ふ物なら元日の葬式でも構はないと云ふ、全く桁はづれの慾張りで御座います。これを六日知らずと云ふ、どういふ譯だといふと、片つ方の手を一日二日三日四日五日と勘かしたら又片つ方の手で六日と勘かすのが嫌だといふ、こんなのが出ると随分可笑しいお話が幾らも御座います。

旦那「どうも有難うございます。イヤーもうお搬ひて恐入ります。一時は此方も一服めになつてしまふかと思ひました所が、いゝ工合に途中で風が變りまして此方だけは残りましたので、どうもわざ〱恐入りました。どうぞマア一服召上つて……小僧や、火が無いよ、ナニ起さなくてもいゝよ。馬鹿だナ、向側があんなに焼けたんだ、十能を持つて行つておきを一杯貰つて来て驅けて置く位な事をしなくちやア駄目だ。十能を持つて行つて貰つて来な」

小「へエ承知しました……済みませんがおきを一杯下さい」

しわい屋 63

△「何を言つてやがるんだ。汝の方の家は残つて、俺の方の家は見ろ、コンガリ焼けちやつたんだ」

小「お骨折様で」 △「何を言つてやがる。骨を折つて焼く奴があるかい。おきなんか一片もやれねえよ」

小「やらないと云つたつて、これを此儘打つちやつて置けばみな灰になつてしまふでせう。灰になるものを持つて行つて利用すれば、これ即ちハイ物利用……」

△「何を言やがる、やることは出来ねえ、持つて行きやアがつたら向脛を打つ擲つてやるから――」

小「オヤ〱向脛なんか打つ擲はれちやア詰らねえ……へエ旦那行つて来ました」

旦「何だ、何故火を貰つて来ないんだ」

小「だつて汝の家は残つて、俺の方の家が焼けたんだからやることは出来ねえといつて、何と頼んでも呉れません」 旦「どうしても呉れないのか、エ、貰ふな貰ふな、ケチな奴があるものだ、見やがれ。今度此方が焼けたつて火の粉もやらねえぞ」

そんなものは貰はない方が宜い。これに似寄つたお話が幾らもあります。

旦「小僧や、雨戸を修繕するんだ、お向うへ行つて鐡槌を借りて来な」 小「宜しうございます……済みませんが、どうか鐡槌を少々お拝借願ひたいんで」

主「ハイ〱お貸し申さない事もありませんが、竹の釘を打ちなさるか、鐡の釘を打ちなさるか」

小「左様でがすな、雨戸でございますから鐡の釘でございませう」

主「そいつはいけねえ、鐡と鐡とコチン〱やられたら鐡槌が減つてしまふ」

小「ア、成程……旦那、貸して呉れません」

旦「どうして」 小「どうしてと云つて鐡の釘を打つのか竹の釘を打つのかと聞きますから、雨戸でございますから鐡の釘でございませうと言ひますと、鐡と鐡をコチン〱やつたら鐡槌が減つてしまふから貸せませんと斯う申しました」

林家正蔵師の家へ読みに行くという徹底振りでしたが、それを噺家仲間が面白がり、生涯、皆に慕われました。

自らの生活は切り詰めても、祝儀・不祝儀で不義理をすることは無かったと言いますから、粋な始末屋は称賛に値するでしょう。

「始末の極意」へ話を戻しますが、東京落語では「しわい屋」という演題になり、戦前の速記本では『傑作落語 豆たぬき』(登美屋書店、明治四十三年)、『小勝特選落語集』(大日本雄辯會講談社、昭和十二年)などに掲載されています。

ＳＰレコードは三代目桂文團治・三代目柳家小さん・五代目三升家小勝・五代目柳亭芝楽・二代目立花家花橘・初代桂春輔が吹き込み、ＬＰレコード・カセットテープ・ＣＤは八代目林家正蔵・三代目桂米朝・三代目桂文我などの各師の録音で発売されました。

隠れた逸話を紹介すると、八代目林家正蔵師の「しわい屋」は、昭和四十三年、大阪ミナミ・千日劇場で開催された三代目桂文我襲名披露へ来演した時、オチの部分を米朝師から習ったそうです。

その時の昼夜のネタ帳を見ると、米朝師が「始末の極意」を演じることが多かったことがわかりますが、正蔵師に頼まれ、高座へ掛けていたのでしょう。

吹替息子

ふきかえむすこ

作「ウチの親父は、幾つまで生きるつもりや？　『人間五十年』と言うけど、還暦も過ぎて、風邪一つ引いたことが無いわ。コレラが流行った時も、何を食べても当たらなんだ。『今まで一遍も、お茶屋遊びをしたことが無い』と言うてたけど、何を楽しみに生きてる？　野暮な親父から、こんな粋な御子息が生まれたのが不思議や。お茶屋遊びぐらい、面白いことは無いわ。『さァ、早う芸妓を呼んで』『へェ、宜しゅうございます』『一寸、酒の燗をして』『へェ、宜しゅうございます』『ほな、お造りを頼む』『へェ、宜しゅうございます』『勘定は、只にして』『へェ、宜しゅうございます』。いや、それは言わんわ。お茶屋の姐貴が『今日も、あの妓を呼んでやりなはれ』『いや、違う妓を呼んで』。馴染みの芸妓が、わしの背中を膝で突いて、『今、何を言いなはった！　私が聞いてることも知らんと、薄情なことを言うて』『コレ、痛い！　耳を引っ張ったら、千切れる』『一つぐらい千切れても、残った方で用が足ります！』『ほな、今日は帰るわ！』
『いえ、誰が帰しますかいな！』『痛い、痛い！』」
旦「倅、喧しい！　ケッタイな声を出さんと、帳面付けをしなはれ」
作「わァ、耳も達者や」
旦「何ッ？」
作「いえ、何でもございません。（帳面付けをして）ほんまに、お茶屋へ行きたい！　あァ、お茶屋へ行きたいと書いてしもた。今日は、さっぱりワヤや」
八「えェ、八百喜でございます。もし、水菜・芋・ほうれん草・大根は如何で？」
作「あァ、八百喜か。お前の顔を見て、思い出した。折入って、頼みたいことがある。一昨日、備一楼で町内の旦那衆の寄合があった時、わしの物真似で手柄を取ったそうな」
八「わァ、もう知れてますか。賑やかしに呼んでいただきましたけど、御町内の旦那衆は芸達者が揃てはりますわ。田中さんは清元、今井さんが手品、平井さんは踊り、小林さんは端唄。芸が無いのは、此方の旦那だけで。肴を食べては、入れ歯を落として、オナラも落とす。無芸大食を絵に描いて、額へ嵌めたような御方ですわ」
作「ボロカスに言うてるけど、もっと言うて。聞いてるだけで、胸がスッとするわ」
八「『八百喜、何か演れ』と仰るよって、若旦那の物真似をしたら、ヤンヤの喝采。その時、此方の旦那がお手水から戻りはって、『伜が来たとは、けしからん！　何ッ、八百喜の物真似か？　ほゥ、器用じゃ』と仰って、皆が大笑い」

作「昨日、噂で聞いた。お前に頼みたいことは、他でもない。今晩、お茶屋へ行く約束が出来てる。日が暮れに、ウチの表で、エヘンと咳をしたら、表へ出るわ。親父は奥の間に居るよって、ソォーッと二階へ上がって、わしの寝床で寝とおくれ。必ず、夜中の十二時に帰るわ。表の戸を叩いたら、二階から下りて、入れ替わる。親父が声を掛けたら、物真似で誤魔化（ごまか）して。大抵、聞くことはわかってる。『夕べ、八千房（やちふさ）の句会へ行ったか？』『はい、参りました』『一体、誰方がお越しじゃった？』『へェ、夢蝶さんで』『その時、どんな句が出た？』『確か、〔新しき　年に古びる　命かな〕で』『ほな、政丈さんは？』『へェ、〔二日には　二つ咲きける　福寿草〕』と言うてくれたらええわ」

八「若旦那は気楽に仰いますけど、私は覚えられん」

作「ほな、紙へ書くわ」

八「難しい字は付き合てないよって、仮名で書いとおくなはれ」

作「さァ、書いた物を渡しとく。他のことを尋ねたら、見計らいで答えてもらいたい。一遍、物真似を聞かして。ほな、わしが親父になるわ。コレ、伜！」

八「へェ、お父っつぁん」

作「ほゥ、そんな声か？　ほな、もっと続けて」
八「アノ、私は阿呆です。神武この方、こんな阿呆は居らん。猿にも劣る、阿呆です！」
作「コレ！　誰が、そんなことを言えと言うた。ほな、日が暮れに来とおくれ」

日が暮れに、八百喜が若旦那の家の前へ来て、エヘンと咳払い。

旦「コレ、伜！　一体、どこへ行く？」
作「一寸、お手水へ」
旦「お手水やったら、家の中にあるわ」
作「御町内へお触れが廻りまして、今日は家の手水は行くなと」
旦「コレ、何を言いくさる。さァ、早う家のお手水へ行きなはれ」
作「表の様子を見るだけで、直に戻ります。（表へ出て）さァ、二階へ布団を敷いた。十二時に帰るよって、表の戸を叩いたら、直に開けとおくれ。ほな、行くわ」
八「へェ、お早うお帰り。親旦那へ気付かれんように、二階へ上がろか」
旦「コレ、閂（かんぬき）を入れる音がせなんだ。店を閉める時は、閂を入れなはれ」
八「えェ、そんな難儀なこと」

旦「何ッ？」
八「いえ、閂を探してます」
旦「閂は、戸の上にあるわ。閂を入れたら、二階へ上がって、早う休みなはれ」
八「ヘェ、お休みやす。（二階へ上がって）上等の布団へ横になって、旦さんに声を掛けられなんだら、丸儲けや。（布団へ入って）どうぞ、尋ねてくれませんように」
旦「（灰吹（はいふき）を煙管（きせる）で叩き、咳をして）エヘン！　コレ、伜」
八「ソレ、来た」
旦「何が、ソレ来たじゃ。夕べ、八千房の句会へ行ったか？」
八「わァ、台本通り！　（口を押さえて）ヘェ、参りました」
旦「一体、誰方がお越しじゃった？」
八「（紙を読んで）アノ、夢中さんでございます」
旦「夢中やのうて、夢蝶さんじゃ。今日は、どんな句を吐きなさった？」
八「（棒読みにして）『新しき　年に古びる　命かな』で、政丈さんが『二日には　二つ咲きけり　福寿草』」
旦「何じゃ、物を読んでるような。ところで、聞きたいことがある」
八「（溜め息を吐いて）ハァーッ、何です？」

旦「今日の頼母子(たのもし)は、どこへ落ちた？」
八「えッ、そんなことは書いてない。確か、天王寺の裏門へ落ちました」
旦「何じゃ、雷みたいに言うてるわ。頼母子が、どこへ落ちたと尋ねてる」
八「へェ、(アヤフヤに言って) あいようやさんで」
旦「コレ、あいようやさんとは誰方じゃ？　あァ、阿部さんか。阿部さんは、先々月も落ちなさったが、今月も落ちるとは、どういう訳じゃ？」
八「へェ、今月は腕力で取りまして」
旦「コレ、相撲取りのように言いなはんな。さァ、早う寝なはれ」
八「へェ、お休みやす。次々、尋ねられるとは思わなんだ」
旦「(咳をして) エヘン！」
八「へェ！」
旦「いや、何も呼んでないわ。呼ばん先から返事して、何か用か？」
八「いいえ、何でもございません」
旦「そう言うと、思い出した。今日の昼間、魚の干物を買うたじゃろ？」
八「こんなに応対が多かったら、一円では安過ぎるわ」
旦「一体、何をブツブツとボヤいてる？」

八「いえ、何でもございません。ヘェ、干物を買いました」
旦「一体、何の干物じゃ？」
八「アノ、ソノ、蒲鉾の干物です」
旦「蒲鉾の干物が、どこにある？　ひょっとしたら、鰆(さわら)か？」
八「あァ、そうそう！　確か、俵で」
旦「俵やのうて、鰆じゃ。また、ダダ辛(がら)い塩鰆か？」
八「今日の鰆は、ダダ甘いようで」
旦「ダダ甘い干物が、どこにある？　一体、どこへ入れた？」
八「確か、干物箱へ入れてあります」
旦「コレ、干物箱という物があるか？」
八「ヘェ、一つあったら重宝で」
旦「一々、訳のわからんことを言いなはんな。一体、どこへ入れた？」
八「アノ、確か下駄箱で」
旦「コレ、干物を下駄箱へ直す奴があるか」
八「ほな、お手水で」
旦「一々、阿呆なことを言いなはんな。干物で一杯呑むよって、此方へ持ってきなはれ」

八「さァ、騒動や。お腹が痛いよって、持って行けません」
旦「何ッ、腹痛？　ほな、わしのマムシ指で押さえたるわ」
八「今、治りました！」
旦「治ったら、干物を持ってきなはれ」
八「痛い、痛い！」
旦「ほな、押さえたる」
八「今、治りました！」
旦「あァ、親を嬲り物にしくさる。直に行くよって、待ってなはれ。（二階へ上がって）頭から布団を被って、そんな寝方をするよって、布団が脂染むのじゃ。布団から、顔を出しなはれ！　（布団を捲って）コレ、此方は八百喜！」
八「（起き上がって）お父っつぁん、バァ！」
旦「何が、バァじゃ。ハハァ、伜に吹替えを頼まれたような。ウチへ出入りは差し止めにするよって、出て行きなはれ！」
作「（表の戸を叩いて）八百喜、開けて。一寸、財布を忘れた」
旦「あァ、阿呆が帰ってきた。極道な伜は、どこかへ行ってしまえ！」
作「八百喜は器用、親父ソックリ」

解説「吹替息子」

昨今、吹き替えといえば、映画やテレビで、画面の俳優とは別の人が台詞(せりふ)を吹き込む、アフレコ（※アフターレコーディング）のように思われますが、元来、貨幣の改鋳や、博徒が正しい賽(さい)を不正な賽とすり替えることを指し、芝居では死骸などの身代わりを言いました。

替え玉を使い、主人や親の目をかすめて遊びに行くことをテーマにした芸能作品は、狂言「花子(はなご)」、歌舞伎「身替座禅(みがわりざぜん)」などがあります。

『上方語源辞典』（前田勇編、東京堂出版、昭和四十年）では、「安永から天保へかけて、全て、代わりの物、替え玉を、フキカエ、または、フキガエと呼ぶことが流行した」と記されているだけに、流行した言葉を題材にして、「花子」「身替座禅」の構成や演出を採り入れ、「吹替息子」という落語が創作されたのでしょう。

原話は『軽口花笑顔』（延享四年）の「物まねと入替り」で、東京落語では「干物箱」という演題になりましたが、「大原女(おはらめ)」「善公の声色」「身代わり」という別題もあります。

また、桂松光が著した『風流昔噺』（万延二年初春、一四三の演題とオチを収録）に、「喜六こわいろ　息子間違」と記されているそうですが、当時の噺本で類似したネタを見付けるまで、同一のネタとは言い切れないかも知れません。

「さくなま」という別題もあり、これは道楽息子の作次郎の「作」に、楽屋用語の「なまたれ」（※にやけた者・くだらぬ者・道楽者）の「なま」を結び付けたと言いますが、誤魔化しや嘘を「なまくら」と言うこともあっただけに、その意味も加味しているように思います。

戦後、上方落語で上演されることが少なかった理由は、東京落語界の名人・八代目桂文楽の名演が光ったためと考えられるでしょう。

文楽が若い頃、三遊亭志う雀（※雀家・竹の家という亭号も使い、龍生〔司馬？〕を継ぐが、後に三升家志う雀と改めたらしい。「明烏」も習う）から習い、十八番に仕上げましたが、志う雀の「干物箱」は小味で渋く、良い芸だったと言い、替え玉を貸本屋の善公で演じ、「幇間ではなく、本を背負って歩く貸本屋ですよ」と教えたそうです。

初代（※本来は、三代目）三遊亭圓遊が明治中期に改作して面白くしたそうですが、圓遊の演出では、ラストに顔を出した親父を見て、「声色ばかりかと思ったら、顔まで親父とソックリだ」としたこともありました。

また、五代目古今亭志ん生の録音は文楽と異なる演出で興味深く聞けますし、四代目三遊亭圓遊の録音は、ホノボノとした雰囲気に包まれています。

戦前の速記本は『圓遊新落語集』（菁義堂書店、明治四十年）、『三遊落語會』（三芳屋書店・松陽堂書店、明治四十一年）、『圓遊の落語』（三芳屋書店、大正三年）、『三遊やなぎ名人落語大全』（三芳屋書店、大正十一年）、『むらく落語集』（綱島書店、大正十一年）、『小勝特選落語

乾物箱

故人
三遊亭圓遊口

エー今日は古るめかしくも乾物箱と云ふお話を一席辨じ上げます賢
お道樂の末はお約束通り食客と云ふ事に成行きます「居候置ては合
て合はず」一で兩方ながら合はないものでゲス併しながらソウ云ふ衆
も心得て居ます乃公斗りは學問が有るから現時は設令錢を消費つて
に何省へ出れば慥かに二百圓の月給が取れると自分で極めてるんでゲスが
些とも當にはなりません天智天皇を諳で心得て居る位余程學力が有るから

少し位消費たつて早晩に大臣になるんだと儲けないで無闇に消費ふ事計り
考へますから困ります當今では食客が無くなりましたが鼠よりも齒は丈夫
なるすねかぢり藏の戸前を喰ひ破るなり、這へば立て立てば歩めと育てた
る其子に臑を咬られる親でお氣が附れやせんか白髪頭をして居ながらと阿
父を兵隊に出して仕舞て祖母さんを里に遣て兄を懲役に願て置たが未だお
聞き濟がないなかと云ふので仕様がありません　旦那「番頭どんや和郎何
うも宅の野郎にも困るが和郎些と氣を揉んで呉んな怨んで居るヨ……
番「ヘエ小僕は隨分行屆いて居升心得でげすが何にか屆かん事でも有升か
旦「有るつて無つて日が暮れると二時間お暇を願ふと云て乃公の眼を暗ま

—(41)—

『三遊落語會』（三芳屋書店・松陽堂書店、明治41年）の表紙と速記。

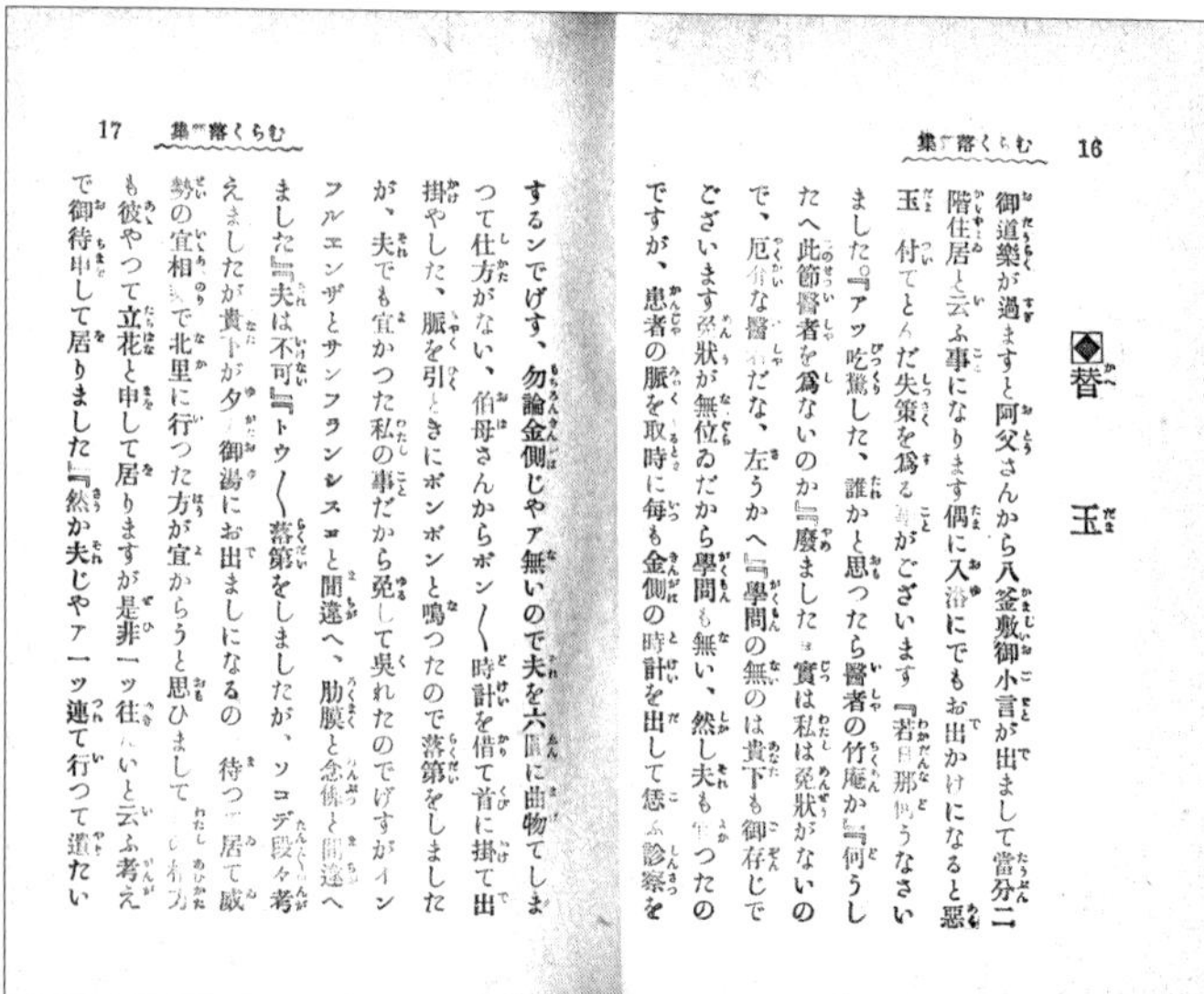

むらく落語集　16

◆替玉

御道楽が過ますと阿父さんから八釜敷御小言が出まして當分二階住居と云ふ事になります偶に入浴にでもお出かけになると悪玉付てとんだ失策を為る事がございます『若旦那何うなさいました』『アッ吃驚した、誰かと思つたら醫者の竹庵か』『何うしたへ此節醫者を為ないのか』『廢ました實は私は免狀がないので、厄介な醫者だな、左うかへ』『學問の無のは貴下も御存じでございます免狀が無位ゐだから學問も無い、然し夫も困つたのですが、患者の脈を取時に毎も金側の時計を出して恁ふ診察を

17　むらく落語集

するンでげす、勿論金側じやァ無いので夫を六圓に曲物てしまつて仕方がない、伯母さんからポン／＼時計を借て首に掛て出掛やした、脈を引ときにポンポンと鳴つたので落第をしましたが、夫でも宜かつた私の事だから免して呉れたのでげすがインフルエンザとサンフランシスコと間違へ、肋膜と念佛と間違へました』『夫は不可』『トウ／＼落第をしましたが、ソコデ段々考えましたが貴下が夕方御湯にお出ましになるの待つて居て威勢の宜相[illegible]で北里に行つた方が宜からうと思ひまして私相方も彼やつて立花と申して居りますが是非一ッ往たいと云ふ考えで御待申して居りました』『然か夫じやァ一ッ連て行つて遣たい

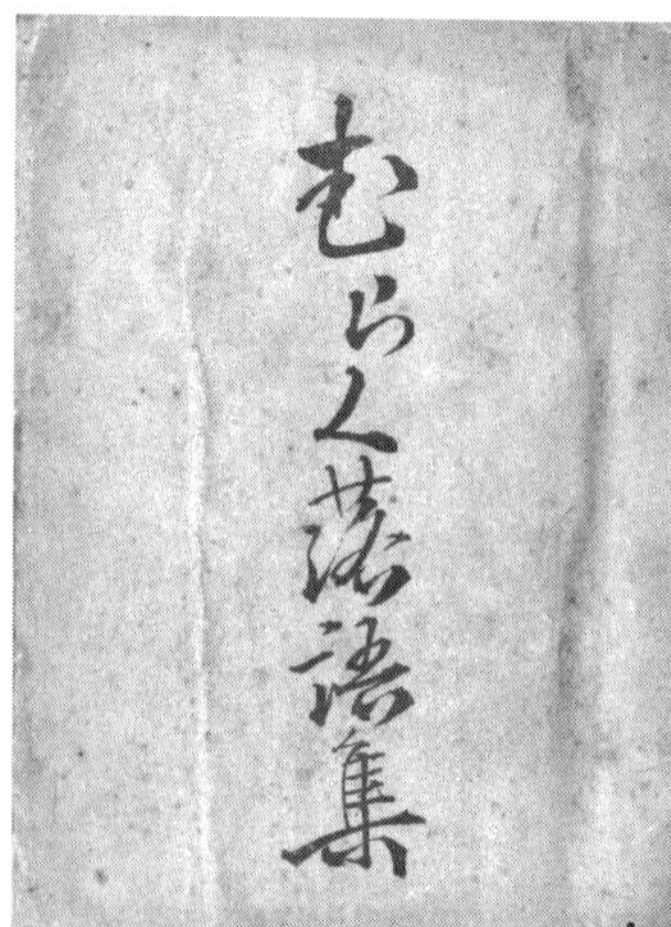

『むらく落語集』（綱島書店、大正11年）の表紙と速記。

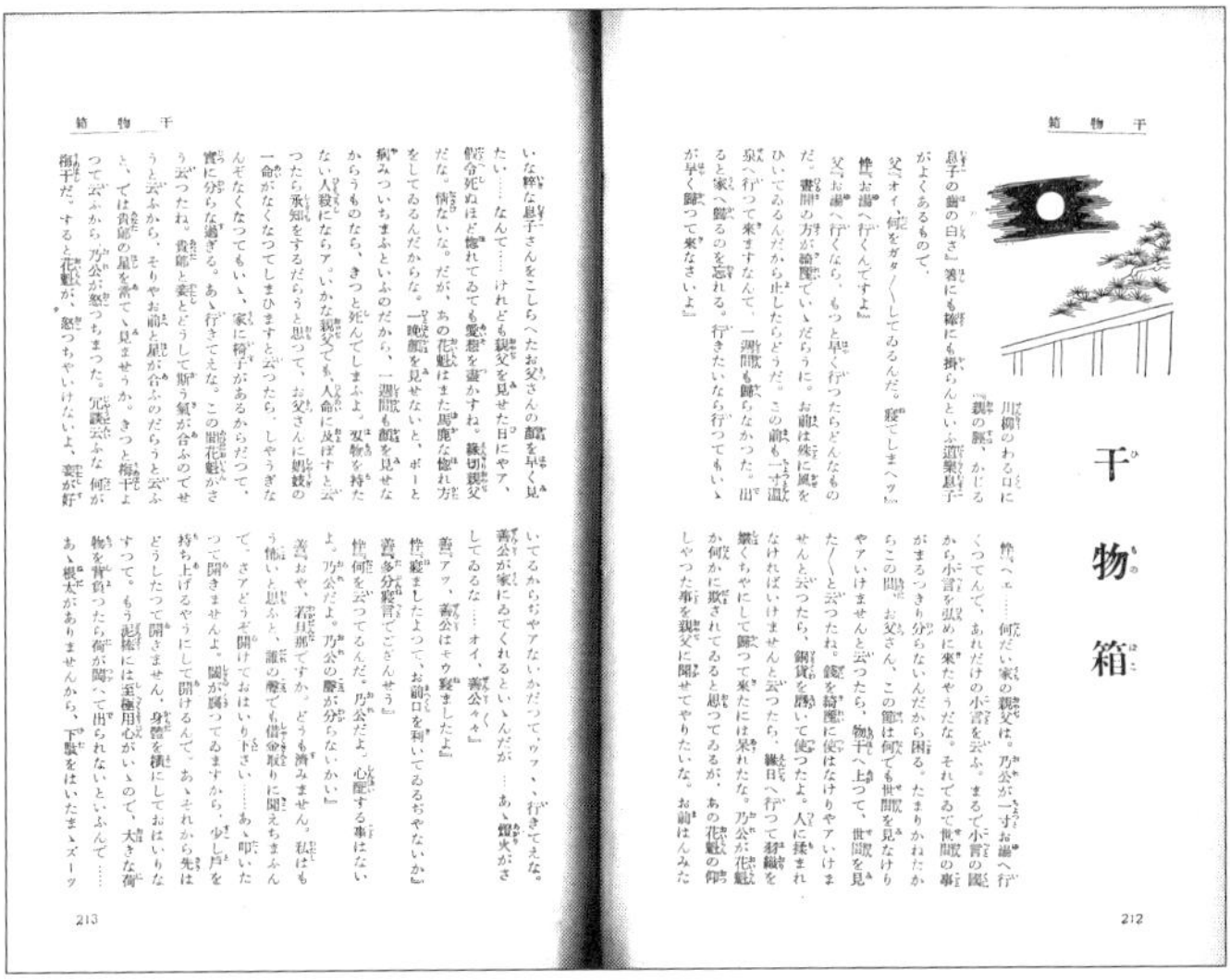

干物箱

干物箱

川柳のわる口に『親の脛、かじる息子の歯の白さ』箸にも棒にも掛らんといふ道楽息子がよくあるもので、

父『オイ、何をガタ／＼してゐるんだ。寝てしまへッ』

伜『お湯へ行くんですよ』

父『お湯へ行くなら、もつと早く行つたらどんなものだ。晝間の方が綺麗でいゝだらうに。お前は殊に風をひいてゐるんだから止したらどうだ。この前も一寸温泉へ行つて来ますなんて、一週間も帰らなかつた。出ると家へ帰るのを忘れる。行きたいなら行つてもいゝが早く帰つて来なさいよ』

伜『ヘエ……何だい家の親父は。乃公が一寸お湯へ行くつてんで、あれだけの小言を云ふ。まるで小言の國から小言を弘めに来たやうだな。それでゐて世間の事がまるつきり分らないんだから困る。たまりかねたからこの間、お父さん、この節は何でも世間を見なけりやアいけませんと云つたら、物干へ上つて、世間を見た／＼と云つたね。銭を綺麗に使はなけりやアいけませんと云つたら、銅貨を磨いて使つたよ。人に揉まれなければいけませんと云つたら、縁日へ行つて着物を皺くちやにして帰つて来たには呆れたな。乃公が花魁か何かに欺されてゐると思つてゐるが、あの花魁の仰しやつた事を親父に聞せてやりたいな。お前はんみた

212

干物箱

いな粋な息子さんをこしらへたお父さんの顔を早く見たい……なんて……けれども親父を見せた日にやア、餓死ぬほど惚れてゐても愛想を盡かすね。縁切親父だな。情ないな。だが、あの花魁はまた馬鹿な惚れ方をしてゐるんだからな。一晩顔を見せないと、ボーと病みついちまふといふのだから、一週間も顔を見せなからうものなら、きつと死んでしまふよ。刃物を持たない人殺しにならア。いかな親父でも、人命に及ぼすと云つたら承知をするだらうと思つて、お父さんに娼妓の一命がなくなつてしまひますと云つたら、家に椅子があるからだつて、しやうぎなんぞなくなつてもいゝ、實に分らな過ぎる。あゝ行きてえな。この間花魁がさう云つたね。貴郎と妾とどうして斯う氣が合ふのでせうと云ふから、そりやお前と星が合ふのだらうと云ふと、では貴郎の星を當てゝ見ませうか。きつと梅干よつて云ふから乃公が怒つちまつた。冗談云ふな 何が梅干だ。すると花魁が、怒つちやいけないよ、妾が好いてるからぢやアないかだつて、ウフヽ、行きてえな。善公が家にゐてくれるといゝんだが……あゝ燈火がさしてゐるな……オイ、善公々々』

善『アッ、善公はモウ寝ましたよ』

伜『寝ましたよつて、お前口を利いてゐるぢやないか』

善『多分寝言でござんせう』

伜『何を云つてるんだ。乃公だよ。心配する事はないよ。乃公だよ。乃公の聲が分らないかい』

善『おや、若旦那ですか。どうも済みません。私はもう怖いと思ふと、誰の聲でも借金取りに聞えちまふんで、さアどうぞ開けておはいり下さい……あゝ叩いたつて開きませんよ。閾が腐つてゐますから、少し戸を持ち上げるやうにして開けるんで。あゝそれから先はどうしたつて開きません。身體を横にしておはいりなすつて。もう泥棒には至極用心がいゝので、大きな荷物を背負つたら荷が閊へて出られないといふんで……あゝ根太がありませんから、下駄をはいたまゝズーッ

213

『小勝特選落語集』（大日本雄辯會講談社、昭和12年）の表紙と速記。

集』（大日本雄辯會講談社、昭和十二年）などがあり、古い雑誌では『はなし／水無月の巻』（田中書店）に、四代目笑福亭松鶴の速記が「さくなま」の演題で掲載されました。

それらの速記本を土台にして、平成九年五月二十六日、大阪梅田太融寺で開催した「第一二回・桂文我上方落語選（大阪編）」で初演した後、独演会のネタにも加え、時折、高座へ掛けるようになったのです。

一階と二階で声を掛け合うというユニークな構成になっていますが、ヒソヒソ声や独り言が多く、それを楽しんでいただく落語だけに、声の大小・高低に気を配らなければ、雰囲気が壊れてしまうので、その都度、細心の注意が必要と言えましょう。

演じるには難易度の高い落語ですが、演っていて楽しいネタでもあります。

世の中で干物箱という物は無いという意見もありますが、世の中には、そのように言っていた家もあるのではないでしょうか。

ＳＰレコードは八代目金原亭馬生が吹き込み、ＬＰレコード・カセットテープ・ＣＤは八代目桂文楽・五代目古今亭志ん生・四代目三遊亭圓遊・五代目柳家小さん・三笑亭夢楽などの各師の録音で発売されています。

打飼盗人

うちがいぬすっと

一口に泥棒・盗人と言うても、物の盗り方で、チボ・万引き・巾着切り・ぼったくり・絞り上げ・もんぐり・焼き抜き・踊り込み・追剥（おいはぎ）と、名前が変わる。

井戸端の盥（たらい）の水へ浸けてある洗濯物を絞って持って行くのが、絞り上げ。

敷居の下へ穴を開けて、手を突っ込んで、錠前を開けるのが、もんぐり。

束にした線香で、錠前の掛け金を焼いて、戸を開けるのが、焼き抜き。

チボは、スリのことで。

スリが盗った所を見つかって、ボォーンと棒で頭を叩かれると、頭は血の気の多い所だけに、バァーッと血が出て、血が棒へ付くので、チボ（※血棒）と言う。

どうやら、これは余所で言わん方がええようで。

家の中へ入ったら根性が据わっても、入るまでは怖（こお）て、戸の外で居る間、身体がゾクゾクするので、盗賊（※戸ゾク）と言う。

これも、アテにならん。

理屈に合わんのが踊り込みで、真夜中に盗人が赤い甚平（じんべえ）を着て、長い刀を抜いて、踊りながら、「（踊って）チョイとチョイと、コリャコリャ、チョイとチョイと」と入ってきたら、グッスリ寝てても、目が覚める。

目が覚めたら、何か言うてやらんと、踊ってる方も頼り無い。

○「おォ、あんたは何じゃ？」
盗「（踊って）あァ、私は盗人じゃ。金くれ、金くれ」
○「（踊って）生憎（あいにく）、今晩、銀行へ持って行って、一寸も無いわ」
盗「（踊って）そんなら、あかん。また来る、さよなら。お休み、チョイチョイ！」
○「一体、何をしに来た？」

踊り込みは、刀を抜いて、脅して入る。

脅し込みが、ほんまやそうで。

盗人が働くのは、世間が寝静まって、藁灰（わらばい）の上へ水を打った如く、シィーンとする頃。

屋の棟も三寸下がろうか、流れる水も止まろうか。
どこの風呂屋か、流しの湯を威勢良う流して、寺の鐘が響いて、ボォーン！
世間が寝静まった頃、厳重な戸締りがしてあっても、盗人が目を付けた家は、遠慮無しに、表の戸をこじ開ける。

盗「ベリボリバリバリ、ベリボリバリバリ、空堀、立売堀」

そんなケッタイな音はせんが、こんな音がすると、グッスリ寝てても、目が覚める。こんな時は、誰でも「ムニャムニャムニャ」という味のわからん物を仰山食べて、身体が痒なって、鼻を擦るだけ擦って、身震いをして、小便がしとなるようで。

○「(欠伸をして) アァーッ、ムニャムニャムニャ。あァ、小便したい。この家は鼠が多いよって、バリバリと煩いわ。シャイ、シャイ！」
盗「ボリバリボリ、ベリバリボリ！」
○「シャイ！」
盗「ボリボリ！」

○「シャイ、シャイ！」
盗「ボリボリ！」
○「わァ、掛け合いや。シャイ！」
盗「シャイ！」
○「アレ、向こうから追いやがった。鼠と思たら、誰かが戸をこじ開けてるわ。この夜中に、余所の家の戸をこじ開けてるのは誰や？　入るのやったら、そこは開かん。もう一枚、右の戸。ソレ、外してしもた！　もし、あんたは誰や？」
盗「ええい、喧しい！」
○「ほゥ、喧しいか？　喧しいのは、あんたの方や。此方は大人しゅう寝てるのに、こんな夜中に余所の家へ入ってきて。一体、誰や？」
盗「コラ、誰も糞（くそ）もあるか。夜が更けてから無断で入ってくる、わしは盗人じゃ！」
○「あァ、あんたは盗人屋か。（笑って）わッはッはッは！　まァ、お入り」
盗「アレ、ほんまに応えん男や。お前は、わしが怖いことないか？」
○「いや、怖がっても仕方が無いわ。まァ、お掛け」
盗「このガキは、馬鹿にしてけつかる。一体、何をさらしてた？」
○「今、寝さらしてる」

盗「一々、ケッタイな言い方をするな。さァ、早う灯りを点け！」
○「寝てるよって、暗い方がええ。灯りが要ると思たら、勝手に点けたらええわ」
盗「電気のスイッチは、どこや？」
○「あァ、電気のネジ？　あんたの頭の上の、もう一寸前」
盗「(頭の上を探って)天井に電気も笠も玉も、何にも無いわ」
○「こないだ、電気会社と些細（ささい）なことで揉めて。電気の笠も玉も持って行って、紙を貼った。ほんまに、アッサリしてるわ」
盗「ほな、電気は引いてけつからんのか？」
○「いや、電気は引いてけつかるけど、灯りを引いてけつからん」
盗「嬲（なぶ）ってたら、ドツくで！　ほな、暗がりで暮らしてるか？」
○「夜になると寝て、朝になると明るなるわ」
盗「夜中に目が覚めたら、灯りが要るわ」
○「朝まで寝てるよって、灯りは要らん。大雨の時のために、蝋燭とマッチだけは置いてあるわ。もう一寸左へ寄ったら、棚の上へ蝋燭とマッチが置いてある。ケッタイな所に柱があるよって、俯（うつむ）かんと頭を打つ。あァ、危ない！　(笑って)わッはッはッは！危ないと言うのと、ゴォーンという音が一緒や」

盗「あァ、痛い！　目から、火が出たわ」
○「目から、火が出た？　ほな、灯りは要らんわ」
盗「嘗めてたら、ドツくで！　暗いよって、馬鹿にしてけつかる。（棚の上を探って）あァ、マッチがあったわ。（何遍も、マッチを擦って）長年、盗人をしてるけど、仕事へ入って、マッチを擦るのは初めてや。おい、このマッチは湿ってるわ」
○「あんたは、イラチやな。『短気は損気』と言うて、腹を立ててるだけ損や。軽うに、スッと擦ったらええわ。軽うに、スッと」
盗「コラ、ほんまに嘗めてけつかる。ほな、蝋燭へ火を点けるわ」
○「もし、あんたの齢は幾つ？」
盗「わしの齢は、三十二や」
○「ほゥ、蝋燭は一本でええか？」
盗「コラ、誕生日やないわ。暗いよって、嘗めてけつかる。さァ、蝋燭へ火が点いた。目に物を見せるよって、吠え面を掻きさらすな。（刀を、鞘から抜いて）二尺八寸、伊達には差さんわ！」
○「良え見得を切ったけど、二尺八寸も無さそうな。私は職人で、目勘定が出来るわ。二尺八寸どころか、二尺も無い。一寸、指で計るわ。（指で、刀の長さを計って）二尺どころか、一尺八寸も無い。もし、人間は嘘を吐いたらあかん。昔から、『嘘吐きは、盗人の始まり』と言うて。（笑って）わッはッはッは！　嘘を吐く人は、あんたか？」

盗「一々、ケッタイなことを言うな！　阿呆らしゅうて、ドスを抜いてられん。（刀を、鞘へ納めて）それはそうと、お前は褌一丁で、屋財家財が無くなってる。五日前から目を付けてたけど、その時は道具が仰山あったわ」

○「借金が溜まるだけ溜まって、皆、ヤシチさんの所へ行ってしもて」

盗「ヤシチさんとは、何や？」

○「質屋を引っ繰り返して、ヤシチさん。その方が、一寸は優しい商売に聞こえる」

盗「コラ、しょうもないことを言うな。一体、何で質屋へ持って行った？」

○「悪い友達に誘われて、博打へ手を出して、何もかも無くなって。着る物から、道具箱まで取られた。残ったのは褌と命だけで、お迎えを待つだけや」

盗「何ッ、博打へ手を出したか。博打をする奴は、人間の屑（くず）や！」

○「盗人をするより、マシやと思う」

盗「ほんまに、ムカつく男や。これから先は、どうする？」

○「大工やよって、博打は止めて、心を入れ替えて、真人間になって、仕事に精を出そと思てる所へ、あんたが入ってきて」

盗「博打を止めて、真人間になる？　ほゥ、真人間という言葉が気に入った。お前が真人間になるのやったら、わしも盗人を止めるわ」

○「えッ、あんたも真人間になる？　ほゥ、面白い！　こんな時は盃を交わして、約束をするけど、酒も何も無いわ。もし、煙草を持ってるか？」

盗「あァ、煙管(きせる)と煙草入れは持ってるわ」

○「煙草を喫い合うて、盃の代わりにするよって、貸して。（煙管へ、煙草を詰めて）蝋燭の火を点けて、（煙草へ火を点け、喫って）フゥーッ！　煙管は、銀の延べや。お宅は男前やけど、デコがポコッと腫れてるわ。（煙草を喫って）ほゥ、叺(かます)も金革(きんかわ)か。叺も煙管も良え物ばっかりや。やっぱり、気の要らん銭で買うだけに」

盗「一々、要らんことを言うな。さァ、早う喫え！」

○「まァ、怒るな。（煙草を喫って）フゥーッ！　そやけど、あんたは良え商売や。得意先は何ぼでもあって、ヌゥと入って、スッと盗って、トォと逃げるわ。それで、ヌゥスットォ（※盗人）と言うか？」

盗「一々、しょうもないことを言うな！」

○「ほんまに、どこの家も無断で入れるのがええわ。（煙草を喫って）一体、どれぐらい税金を払てる？」

盗「黙って、喫え！」
○「(笑って) わッはッはッは！　一寸、冗談を言うてる。こんな日があるよって、世の中は面白い。わしが博打を止めよと思た日に、あんたが入ってきて、盗人を止めるやなんて。(煙管を叩き、煙草入れを懐へ入れて) あァ、今日は良え日や」
盗「(掌を出して) さァ、返せ！」
○「えッ、何を？」
盗「コラ、煙草入れと煙管を返さんか！」
○「あァ、覚えてた？」
盗「コラ、ほんまに悪い男や。(煙管と煙草入れを、懐へ入れて) ほな、帰るわ」
○「アノ、一寸待った！」
盗「まだ、何か用か？」
○「道具箱が無かったら、働けんわ」
盗「ほな、質屋から出してこい」
○「ヤシチさんから出せんよって、裸で暮らしてるわ」
盗「あァ、難儀な男や。一体、何ぼあったら出せる？」
○「ヤシチさんへ、十円で入ってる」

盗「十円あったら、道具箱が出せるか。(財布から、十円を出して) ほな、この十円で出してこい!」

○「えッ、十円を出してくれるか。初めて会うた人に、十円も出してもらえるとは思わなんだ。(十円を受け取って) ほな、一生懸命に働くわ。えェ、へてな」

盗「へてなとは、何や?」

○『それからな』と言うのを、大阪では『へてな』と言うわ。ヤシチさんの蔵へ入ってる道具箱は、十円では出せんと思う」

盗「十円で入れたら、十円で出せるやろ」

○「ヤシチさんは、利を持って行かなんだら出してくれん。十円は元やよって、二円ぐらい利も持って行かんと出してくれんと思うわ。あァ、浮世の義理は辛い!」

盗「もう二円で出せるのやったら、(二円を渡して) これで出せ!」

○「えッ、利も出してくれるか。(二円を受け取って) 世の中に、こんな良え人が居るとは思わなんだ。ほんまに、おおきに有難う。えェ、へてな」

盗「一体、何や? 言いたいことがあったら、一遍に言え」

○「褌一丁では、仕事へ行けん。ヤシチさんへ着物・帯・法被(はっぴ)・腹掛けが三円で入ってるけど、道具箱を出しに行くついでに出してくる方が都合が良えと思わんか?」

盗「ほんまに、お前は上手に物を言うわ。確かに、そんな恰好では仕事へ行けん。利も込みで、四円あったら出せるか。（四円を渡して）さァ、これで出してこい！」

○「わァ、着物も出してくれるか。（四円を受け取って）最前から、あんたが神様に見えてきた。へェ、おおきに有難う。えェ、へてな」

盗「おい、まだか！　一体、何や？」

○「昔から、『腹が減っては、戦が出来ん』と言うわ。昨日から何も食べてないよって、腹がペコペコや。一寸は腹へ入れて行った方が良えと思うけど、どう思う？」

盗「コラ、わしに相談すな！（一円を渡して）一円で、何か食べてから行け」

○「えッ、飯代も出してくれるか。（一円を受け取って）あんたは、来世で良え所へ生まれ変わる。今生で陰徳を積んだら、来世で良え思いをすることは間違い無し！　ほんまに、おおきに有難う。えェ、へてな」

盗「終いに、ドツくで！　一体、次は何や？」

○「実は、家賃が三つ溜まってて」

盗「わしは、お前と所帯を組んでるのやないわ。『へてな、へてな』と言うて、皆、毟り取りやがった。財布の中は、もう一寸も残ってないわ」

○「アレ、もう終いか？　ほゥ、割に稼ぎが少なかったな。明日、また来て」

盗「コラ、誰が来るか！　明日から、しっかり働けよ！」
○「へェ、おおきに。あァ、そうや。コレ、盗人屋！　オォーイ、盗人、泥棒！」
盗「コラ、ええ加減にせえ！　お前は、ほんまに悪い男や。『へてな、へてな』と吐かして、初めて会うた者に持ち金を出させた後で、『盗人、泥棒』と大声を出して。今から、お上へ突き出すつもりか！」
○「いや、そんな悪い男やない。あんたを呼ぼと思たけど、名前を知らん。ほな、商売を呼ぶしかないわ。八百屋やったら八百屋、炭屋やったら炭屋。あんたは盗人やよって、盗人屋、盗人屋！」
盗「ええい、喧しいわ！　大きな声で『盗人、泥棒！』と呼びやがって、何か用か？」
○「へェ、空の財布は持って帰って」

解説「打飼盗人」

中学時代、小遣いを貯めて購入したLPレコードで、擦り切れるほど繰り返し聞いたのが、テイチクから発売され、三枚組で三千円だった『春團治三代記』でした。

昭和四十八年、オイルショックで、一枚千円の廉価盤だった落語のレコードも値上がりし、一気に千三百円となったのも、今となれば懐かしい思い出です。

『春團治三代記』で、初代・二代目・三代目の桂春團治を聞き比べて驚いたことは、同じ春團治の名前で、これほど芸風が違うかということでした。

初代春團治の演目は「いかけや」「池田の猪買い」「らくだ」でしたが、SPレコードの再録だけに、無観客のスタジオ録音・ダミ声（※濁った、ガラガラ声）・早口と、聞きにくい三要素がそろっていたので、当時の私には初代春團治の面白さが理解出来なかったのも事実です。

しかし、二代目春團治になると、昭和二十六年収録の「打飼盗人」「猫の災難」という最古の落語のライブ録音で、最晩年とはいえ、陽気な口調・快いテンポ・観客の笑いの多さと、楽しめる三要素がそろっていたので、一遍にファンになってしまいました。

そのレコードジャケットで、朝日放送ラジオ制作部・狛林利男氏（※後の大阪府立上方演芸資料館初代館長）が、二代目春團治の「打飼盗人」について、「気の優しい盗人とやもめの会話は、

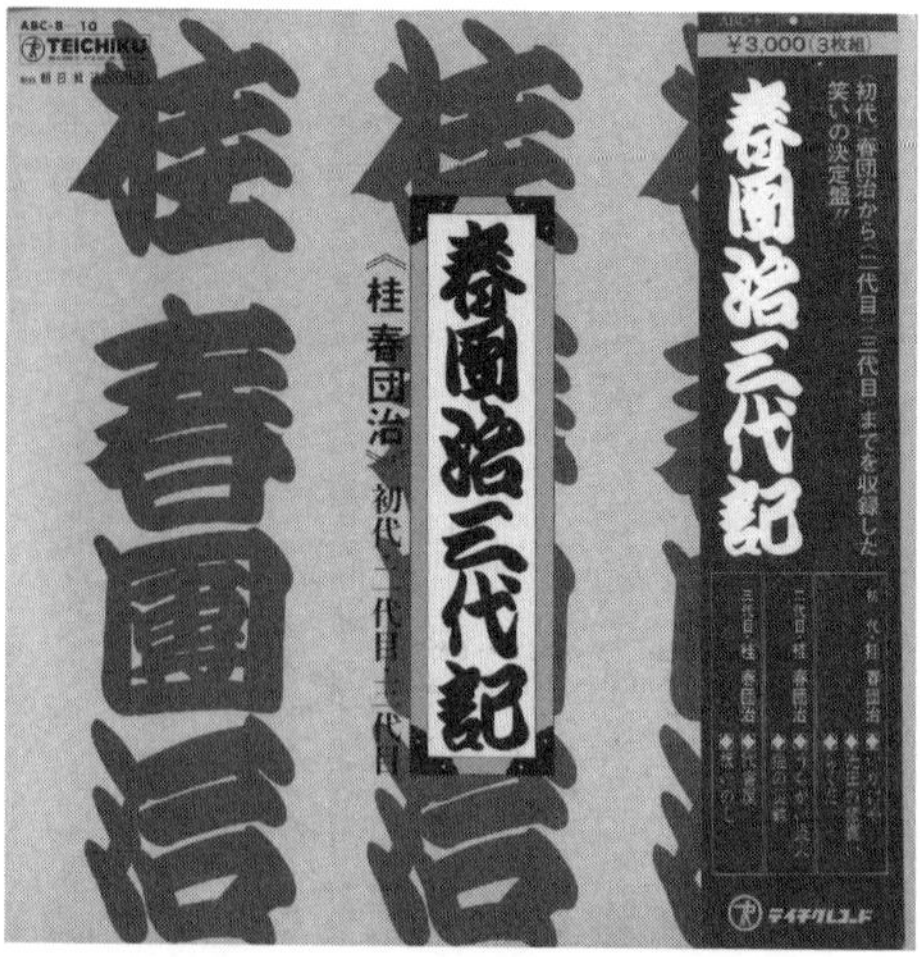

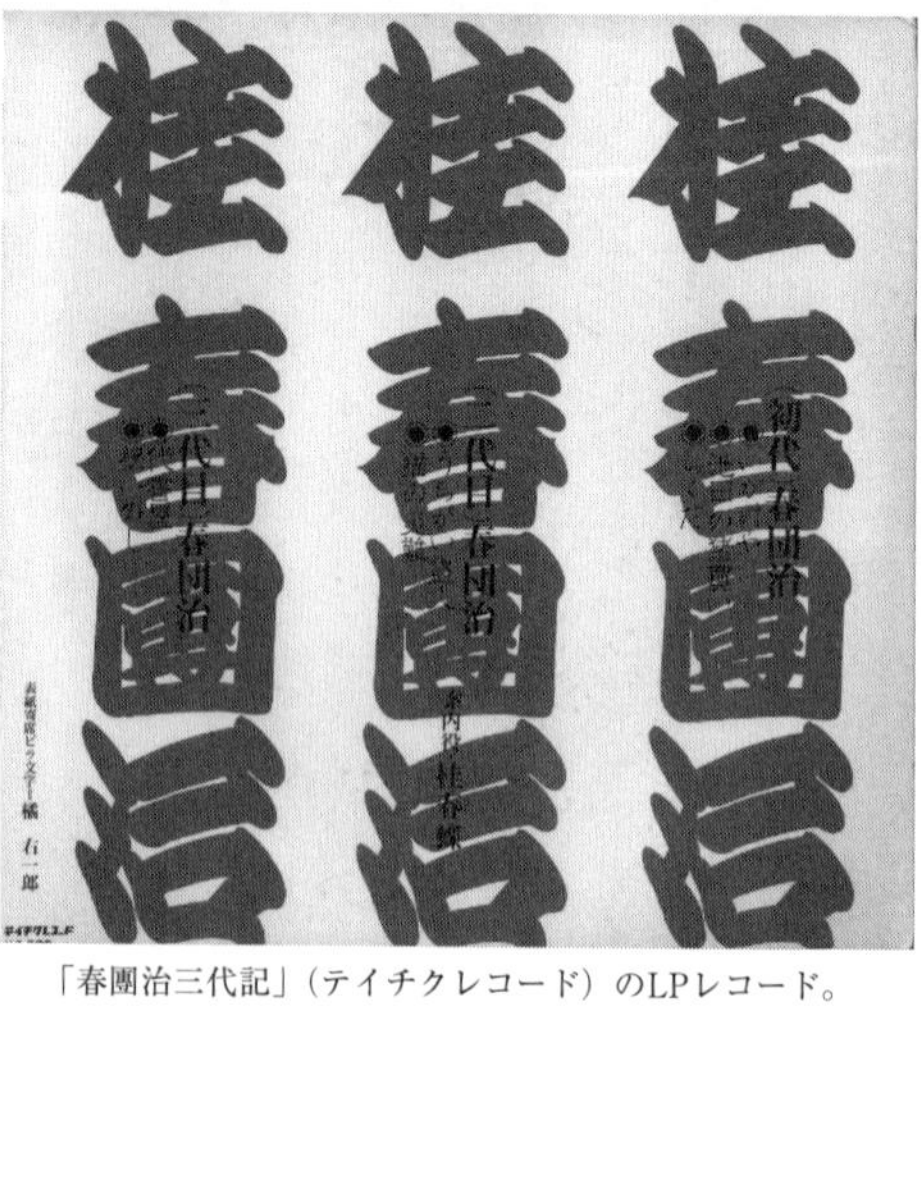

「春團治三代記」（テイチクレコード）のLPレコード。

松竹新喜劇の藤山寛美さんと千葉蝶三郎さんの世界」と解説を加えたことは、的を射た意見と言えましょう。

当時の私の楽しみの一つは、土曜日の昼間に放送された松竹新喜劇を見ることで、藤山寛美は当然のことながら、脇役の名人・千葉蝶三郎の抜群の演技を見るのが、一番の楽しみだったのです。

「愚兄愚弟」に登場する金魚屋の高橋という、麦わら帽子を被って、ヒョコヒョコと出てくる頼りない親爺の役などは、祖母と一緒に見て、腹を抱えて笑いました。

気の弱い盗人役が舞台へ顔を出すだけで大爆笑になるという、これぞ真の名人芸といっても過言ではないほど、見事な演技だったと思います。

その舞台を彷彿（ほうふつ）とさせる世界が、二代目春團治の「打飼盗人」に存在していました。

後にローオンレコードから発売された二代目春團治の二枚組のＬＰレコードのジャケットの表紙は、二代目の姿ではなく、着物姿の藤山寛美が正座をしている絵になっているので、興味のある方は、中古レコード店か、ネットで探してください。

「打飼盗人」には、やもめ（※独身男）と盗人しか登場しないので、二人の描き分けを雑にすると、一遍に面白い世界が壊れてしまいます。

夜中に二人が話をする内に、やもめが盗人の金を巻き上げてしまうという、立場が逆転する面白さは、噺の筋は異なりますが、「らくだ」で登場するヤクザ者と紙屑屋の場面に合（あい）通ずる

「春団治落語独演会」（ローオンレコード）のLPレコード

所があるでしょう。

演題にもなっている打飼は打飼袋といい、打替や打違とも書き、金銭などを入れる胴巻の底の無い袋で、三尺余りの木綿を細長く縫って作り、腰へ巻き、旅行用で使うことが多かったそうですが、元来は鷹狩りのときの犬の餌入れの袋でした。

戦国時代の合戦などで、鎧の上から巻き付けて使用すると、両手が使える上、腰が締まって、具合が良かったそうです。

本来、「空の打飼を忘れてる」という台詞がオチとなるのですが、時代が進むに連れ、打飼がわからなくなったため、空の財布へ替わりました。

演題は「打飼盗人」のままで伝わりましたが、初代春團治のSPレコードでは「逆様盗人」となっています。

『三遊連柳連名人落語全集』（いろは書房、大正３年）の表紙。

原話は『落噺氣の薬』（安永八年江戸板）の「貧乏者」で、東京落語は「夏どろ」「置どろ」の演題を使うことが多いと言えましょう。

戦前の速記本では『小さん落語全集』（磯部甲陽堂、明治四十四年）、『三遊連柳連名人落語全集』（いろは書房、大正三年）、『柳家三人集』（三芳屋書店、大正十四年）、『傑作落語・愉快の結晶』（いろは書房、昭和九年）があり、戦後の速記本で数多く掲載されました。

ＳＰレコードに初代桂春團治・三代目柳家小さんが吹き込み、ＬＰレコード・カセットテープ・ＣＤは初代桂春團治・二代目桂春團治・三代目三遊亭金馬・四代目三遊亭圓遊・五代目柳家小さん・三代目桂文我などの各師の録音で発売されたのです。

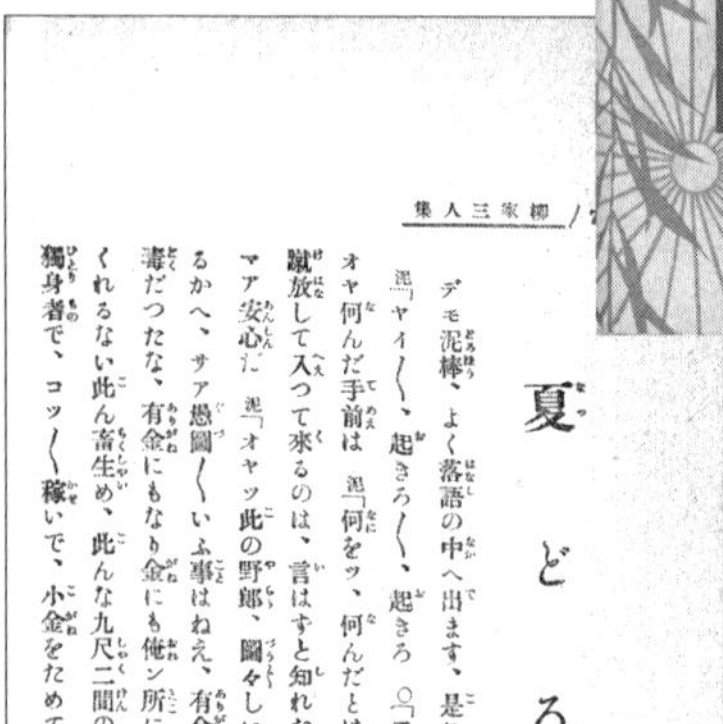

柳家三人集

夏どろ

柳家つばめ

デモ泥棒、よく落語の中へ出ます、是れは又チト風の變つた滑稽な泥棒です。

泥「ヤイ〳〵、起きろ〳〵、起きろ　○「ア、アー、誰だ人を蹴飛しやアがるのは、オヤ何んだ手前は　泥「何をッ、何んだとは何んだ、夜々中人の家の戸を案内もなく蹴放して入つて來るのは、言はすと知れた泥棒だ　○「ハヽヽヽ、泥棒と聞いちやアマア安心だ　泥「オヤッ此の野郎、圖々しい奴だな、泥棒と聞いて安心をする奴があるかへ、サア愚圖〳〵いふ事はねえ、有金殘らず出しちまへ　○「ヤッ、どうも氣の毒だつたな、有金にもなり金にも俺ン所には金ッ氣なんか少しもねえや　泥「白ばッくれるない此ん畜生め、此んな九尺二間の棟割長屋で、貧乏暮らしをしてやがつて獨身者で、コツ〳〵稼いで、小金をためてるのはチヤンと突きとめて來たんだ、惡

『柳家三人集』（三芳屋書店、大正14年）の表紙と速記。

師匠（二代目桂枝雀）の許で内弟子修業を終えた後、先代（三代目桂文我）の許へ稽古に通い、数多くのネタをいただきましたが、先代は二代目春團治の弟子だったので、「打飼盗人」を演じるときのコツも教わりました。

アマチュア時代、二代目春團治のLPレコードで覚え、落語研究会の発表会などで演っていたにもかかわらず、プロになってから演り出したのは遅く、毎月、京都府立文化芸術会館和室で開催している落語会の、平成二十二年八月二十五日「第八二回・桂文我上方落語選（京都編）」で、急に演ってみようという気になり、上演したのです。

この会は上演するネタを発表せず、その時の状況に合わせ、ネタの選定をするだけに、何を演ってもよいので、その場の思い付きで、今まで演っていないネタを初演することが稀にありましたが、「打飼盗人」の場合、初演から手応えがあったので、その後は全国各地の落語会や独演会で上演するうちに、それなりの形になってきました。

二代目春團治も先代も、盗人の「へてな」という言い方が面白かったのですが、さすがに観客へ伝わりにくい大阪弁となっているだけに、「それから」という言葉に直して上演することが多くなったのも事実です。

コラム・上方演芸の残された資料より

「桂文我上方落語全集」のコラムは、元・サンデー毎日の編集長であり、祇園小説に才を発揮し、織田作之助にも影響を与え、戦前・戦後の噺家と付き合いも出来、落語研究家として、『落語の研究』という本まで著した渡辺均氏の自筆原稿を採り上げている。

第五巻は、曾呂利新左衛門（初代桂文之助）・三代目三遊亭圓馬・初代桂春團治についての文になるが、芸名などの表記ミスや、経歴の誤り、令和の今日ではふさわしくない表現の言葉などは、自筆原稿の内容重視と考え、お許し願いたい。

渡辺均氏の文を読むと、当時の噺家へ愛情を注ぎ、損得抜きで付き合っていたことが、ハッキリわかる。

令和の今日、噺家・演芸人・芸能会社・放送局・文化庁へ張り付き、自分の営利へつなげることを主に考えている演芸評論家・芸能研究家・落語作家も見習うことが多いように思うが、いかがであろう?

このようなことを言うと、業界で敵を増やしてしまうことにもなろうが、偽りの無い意見だけに、文句がある者は、いつでも相手をするので、遠慮無く申し出てもらいたい。

おそらく、面と向かって文句が言える者は一人もいないだろうが……。

曽呂利新左衛門の巻 ⑭

はじめ猫丸、夢丸、かしく等を名乗っていたが、慶應元年に笑福亭松鶴の門に入り、松竹となり、明治六年、初代桂文枝に入門して、文之助といった。

初代文枝というのは、大変な名人達人で、彼が明治元年頃、「三十石」の噺を百円で質入れしたという話は有名な話だが、その後、これを受出して、御霊社内の丹岩席で三十日間、「三十石」の続き読みをして、大入りとなったという話が伝えられている人である。

彼の門下に、四天王と呼ばれる上手が輩出した。

この文之助をはじめとして、初代文團治、初代文三（後に二代目文枝）、文都の四人である。

文之助は明治十九年に二代目曽呂利新左衛門と改名し、其後の大阪落語の形を固めた礎石の一人とでもいふべく、その門下には、後に壮士芝居を創めた、オッペケペーの川上音次郎があり、その頃は浮世亭○○といふ名で、席へ出ていた。

曽呂利の碑は大阪の生玉寺町隆専寺（俗に桜寺といふ）にあって、その碑の裏には「辛丑（かのとうし）三月、川上音次郎建立」と刻まれている。

先代三遊亭円馬の巻 ⑮

彼は誠に苦労人であった。

その経歴から見ても、始めは笑福亭木鶴の門に入って、七才で京都京極の笑福亭に初高座をふみ、十三才で立花家橘之助の門に入って東京へ行き、立花家橘松と改めたかと思ふと、二十すぎで大阪へ再び帰って、円朝から橘三郎と名前をつけられ、又、家橘と改め、二十四の時には月亭小文都となり、ここで気に染まぬことがあったため、名古屋へドロンをきめこんで、富士松加賀太夫と一座したら、自ら立花家左近と名乗ったり、二十八の時には七代目むらくを襲名。

大正時代に入ってからは、又、訳があって、橋本川柳と名乗ったこともあり、大正七年に漸く三代目円馬を襲いで、漸く落ちついたのである。

近年、彼はいつしか「上手な落語家」という定評をかち得てしまった。

名人会や研究会などに出ても、東西を通じて、一番うまい落語家といふ折紙がついてしまった。

そして、江戸咄を大阪へ紹介した第一の功労者といふことが出来ると共に、上方咄を東京へ移した数も数へ切れない位で、現在、桂文楽の演る上方咄からのネタは、概ね円馬から教へられたものである。

しかし、大阪では、前席の間は、その江戸咄があまり受けないために、彼は殆んど続き物の人情噺で客を引いていた。

先代桂春團治の巻 ⑯

こんなに客を笑はせ喜ばせ、ワッと爆笑で湧き立たせた人は、恐らくあるまい。

客は爆笑の連続で、彼が高座に居る限り、場内は湧き上って、静まる暇さえなかった。

その爆笑は、彼自身独特の工夫による型破りから来たもので、彼は元来、文我の門に入って、実にみっちりと正当な修業を厳格に積んだ後、それを片っ端から滅茶々々に崩してしまって、彼一流のものにしてしまったのである。

当時は文我、文都、文團治、米團治、松鶴といふやうな錚々たる本格的大物揃ひの未曽有の豪華版落語界の中にあって、漸く頭角を現はして来た彼としては、普通のことでは太刀打ちも出来ない当時の状態であったからこそ、たとへ一部の人たちから邪道といはれ、異端者と罵られても全然無視して、ひたむきに彼自身の型破りな街道を猛進して行った。

又一面、彼は奇言奇行の人として、実生活に於ても、誠に型破りの数々を尽くして来た人で、その奇行は人を驚かせ、唖然たらしむるに足るものが多いが、しかし、世間で伝えられているような、そんな面ばかりの人ではなく、一面に於ては、甚だ涙脆く、純情で、彼の親孝行も、大人への愛も、実に涙ぐまでの善良さが溢れていた。

二十年以上前の話

金原　瑞人

文我さんが両国のシアターX（かい）で「落語百席」をやっているのを知って、最初に顔を出したのが、おそらく平成十一年の七回目。そのときの演目は、「孝行糖」が桂紅雀さんで、「時うどん」「土橋漫才」「寝床」が文我さん。もしかしたらと思い、古いファイルを探したら、文我さんに宛てた感想文が出てきた。日付は同年二月五日。

両国の「百席」と国立演芸場の梅団治さんとの「二人会」、両方とも作家さんやら、学生やら、うちの子やら五人を引き連れて、たっぷりきかせていただきました。息子をのぞいては、ほぼ全員、落語は初めてでしたが、予想以上に楽しかったらしく、四月二九日の両国にはまた何人か一緒にきそうです。寄席の後の晩飯はぼくのおごりなので、ちょっとしんどいのですが、東京にいる学生のあいだに多少なりとも上方落語が根付くのはよいことです。毎回両国でちゃんこ鍋というわけにはいきませんが、デニーズもあることですし、大学生のファンを増やしたいと思っています。

ところで、両国の演目ですが、うちの息子は「時うどん」を大変気に入っておりました。「なんたって、あれだけ有名でだれでも知ってるネタで、あれだけ笑わせるのはすごい」とのこと。ゼミ生には「寝床」が評判でした。やはり、文句無しに面白いようです。あと作家さんは「土橋万歳」は嫌いとのこと。あの若旦那が嫌いだそうです。が、ぼくは「土橋万歳」がいっとう面白く、途中途中で思わずうなってしまいました。米朝も「めったにやらん珍しい噺」といっているくらいで、もちろん初めてきいたのですが、あの番頭のおいはぎ騒動のあとで、若旦那が居直るところが新鮮でした。それにこれは、きいていてどことなく不安になる噺で、それがまたユニークだと思います。というのも、落語の噺は、しばらくきいているうちに「この噺はこういうふうに展開するんだろうな」という予想がつくのですが、「土橋万歳」はちょっと勝手が違う。若旦那がこっそり家を抜け出したあと、なんの必然性もなく番頭が丁稚を連れて葬式にいく。その帰りに話をするうち、若旦那の悪巧みが露見して、番頭が若旦那が遊びにいっている店を訪ねて、見事な意見をするものの……、なんと、若旦那も見事に居直り、番頭を店から追い出す……、その番頭がおいはぎに扮して……と、このあたりまでくると、「そうか、これはここで若旦那が改心する人情噺か」という流れが見えそうな気がするものの……、若旦那がまたまた見事に居直って……、ついに刃傷沙汰……、そしてダブルの夢オチ！

あとから思い返せば、なるほど、こういう噺だったのかとわかるのですが、初めてだと「えっ……、あれっ……?」と、じつに不思議でした。「変な噺」ですね、これは。こういうのって、大好きです。

それから、あの番頭が若旦那に斬りつけるあたりは、歌舞伎の、というか文楽の「夏祭り」のパロディになっているのでしょうか。あの場面、芝居仕立てですが、とても迫力があって、よかったです。

国立演芸場の梅団治さんとの「二人会」では、学生の一番人気は「猫芝居」、次が「餅屋問答」でした。しかしやはり、ぼくは「らくだ」ですね。「らくだ」は寄席やテレビやCDで何度もきいているのですが、今回のが一番ぴったりきました。ぼくの場合、落語は一歩離れて鑑賞していることが多いのですが、この「らくだ」は思わず身を乗り出して聞き入ってしまいました。あの全体のリズムがひとつの牽引力になっているのかもしれません。それから、らくだの死体に触るところで二度とも、脇に置いてある扇子がぱたりと倒れたのは、あれは偶然ですか、それともわざと?　とても効果的でした。

というわけで、素人なりにあれこれ書かせていただきましたが、また次の楽しい噺を心待ちにしています。

ここ数日、むやみに寒い日が続きますが、お風邪など召しませぬよう、どうぞご自愛下さい。

追伸：そうそう、ぼくも岡山出身です。梅団治さんによろしく。

じつはこのとき一緒にいったゼミ生の女の子が落語好きになり、いま、鉄九郎さんについて三味線を習っている。出囃子を弾けるようになりたい、というのがそもそものきっかけだったらしい。

あれから二十年。まさか文我さんが「桂文我上方落語全集」のような暴走を始めるとは、思ってもいなかった。文我さんも文我さんだが、こんな暴挙に加担する出版社があったことにも驚く。それももう五巻＋ＣＤ！　この第五巻には、ぼくの大好きな文我さんの「蜆売り」が入っている。これについては書きたいことがたくさんあるのだが、それはまたの機会に。

●参考文献

笹間良彦『大黒天信仰と俗信』雄山閣、一九九三年
東大落語会編『落語事典』増補改訂新版、青蛙房、一九六九年
前田勇編『上方語源辞典』東京堂出版、一九六五年

(株)パンローリング・後藤康徳社長、岡田朗考部長、組版の鈴木綾乃さん、編集作業の大河内さほさん、校閲の芝光男氏に、厚く御礼を申し上げます。

■著者紹介

四代目 桂 文我（かつら ぶんが）

昭和35年８月15日生まれ、三重県松阪市出身。昭和54年３月、二代目桂枝雀に入門し、桂雀司を名乗る。平成７年２月、四代目桂文我を襲名。全国各地で、桂文我独演会・桂文我の会や、親子で落語を楽しむ「おやこ寄席」も開催。平成25年４月より、相愛大学客員教授に就任し、「上方落語論」を講義。国立演芸場花形演芸大賞、大阪市咲くやこの花賞、NHK新人演芸大賞優秀賞、芸術選奨文部科学大臣新人賞など、多数の受賞歴あり。令和３年度より、東海テレビ番組審議委員を務める。

・主な著書

『桂文我 上方落語全集』第一巻～第四巻（パンローリング）
『上方落語『東の旅』通し口演 伊勢参宮神賑』（パンローリング）
『復活珍品上方落語選集』（全３巻・燃焼社）
『らくごCD絵本　おやこ寄席』（小学館）
『落語まんが　じごくごくらく伊勢まいり』（童心社）
『ようこそ！　おやこ寄席へ』（岩崎書店）など。

・主なオーディオブック（CD）

『桂文我 上方落語全集』第一巻～第四巻 各【上】【下】
『上方落語『東の旅』通し口演 伊勢参宮神賑』【上】【下】
『上方落語 桂文我 ベスト ライブシリーズ１～５』
『おやこ寄席ライブ 1～10』（いずれもパンローリング）など多数刊行。

2022年６月１日　初版第１刷発行

桂文我 上方落語全集 ＜第五巻＞

著　者　　桂文我
発行者　　後藤康徳
発行所　　パンローリング株式会社
〒160-0023　東京都新宿区西新宿 7-9-18　6 階
TEL 03-5386-7391　FAX 03-5386-7393
http://www.panrolling.com/
E-mail　info@panrolling.com
装　丁　　パンローリング装丁室
組　版　　パンローリング制作室
印刷・製本　株式会社シナノ

ISBN978-4-7759-4268-0